GENERAL
EDUCATION 通识
大学生教育

The Appreciation
of World Famous Poems

世界名诗欣赏

■ 吴 笛著

ZHEJIANG UNIVERSITY PRESS
浙江大学出版社

目　录

第一章　个性意识的萌发与抒情诗的产生

——古代诗歌欣赏

第一节　古代诗歌概论

一、诗的起源与发展

说起诗歌,不得不涉及它的定义。关于诗(poem)的定义,我们只能从历史和文学史发展的角度上作泛义的理解,而不要拘泥于某一时代和某一流派。诗有广义和狭义之分,广义的诗是文学艺术的统称,因此,诗学(poetics)便是文艺学之意。这与诗的起源或文学艺术的起源密切相关。至于狭义的诗,其定义则难以统一,也无法统一。别林斯基曾经谈到:尽管所有的人都谈论诗歌,可是,只要两个人碰到一起,互相解释他们每一个人对"诗歌"这一字眼的理解,那时我们就知道,原来一个人把水叫做诗歌,另外一个人却把火称做诗歌。所以,对于狭义的诗的理解,不同的时代、不同的流派、不同的诗人和不同的读者都会作出不同的理解,难以求得统一。但作为一种文学形式,也是具有规律可循的。有一点是明白无误的:诗是美好境界的化身,是人类智慧、人类创造力和想象力的结晶,是人类认识世界、认识生活的一种重要的方式。

关于诗的起源,如同诗的定义一样,历来存在着较大的争议。尽管如此,也有一些影响较大的观点。其中最为传统的一种说法是"模仿说"。这一学说始于古希腊哲学家德谟克利特和亚里士多德等人。德谟克利特认为诗歌起源于人对自然界声音的模仿,亚里士多德在《诗学》中写道:"一般说来,诗的起源仿佛有两个原因,都是出于人的天性。"[①]他接着解释说,这两个原因是模仿的本能和对模仿的作品总是感到快感。他甚至指出:比较严肃的人模仿高尚的行动,所以写出的是颂神诗和赞美诗,而比较轻浮的人则模仿下劣的人的行动,所以写的是讽刺诗。

另外,较有影响的有"情感说"(或"情感表现说")、"巫术说",等等。"情

---

① 亚里士多德:《诗学》,罗念生译,上海世纪出版集团 2006 年版,第 24 页。

感说"认为诗歌起源于情感的表现和交流思想的需要。这种观点揭示了诗歌创作与情感表现之间的一些本质的联系,但并不能说明诗歌产生的源泉,而只是说明了诗歌创作的某些动机。"巫术说"虽然也发现了人类早期诗歌(如《吠陀》等)与巫术的一定的联系,但巫术作为人类早期的重要的社会活动,对诗歌的发展起到的也只是"中介"作用,若视为诗歌的源泉同样缺乏说服力。

比较具有说服力的观点是"诗歌起源于劳动",这是唯物主义的观点,很多理论家对此进行过论述。劳动创造了人自身,使人逐渐摆脱了本能性生存技能的限制,又使人在生产劳动过程中形成了语言和思维,而诗歌则是人类思维水平和语言能力发展到一定程度才得以产生的。

世界诗歌史的发展历程也得以证明,人类最早出现的诗歌是劳动歌谣。劳动歌谣是沿袭劳动呼声的样式而出现的。所谓劳动呼声,是指从事集体劳动的人们伴随着劳动动作节奏而发出的有节奏的呐喊。这种呐喊既有谐调动作的作用,也有情绪交流、消除疲劳、愉悦心情的作用。这样,劳动也就决定了诗歌的形式特征以及诗歌的功能意义,使诗歌与节奏、韵律等联系在一起。

由于伴随劳动呼声的,还有工具的挥动和身姿的扭动,所以,原始的诗歌的一个重要特征便是诗歌、音乐、舞蹈的三位一体。这也从一个方面说明,诗歌是最初的艺术形式,然后才有了其他的艺术形式。

但就抒情诗而言,古希腊的诗歌成就充分表明,它是个性意识萌生的结果,正是因为个性意识取代了群体意识,抒情诗这一艺术形式才得以产生。

二、古代东方诗歌

古代东方诗歌是指自原始社会到奴隶制社会时期的东方诗歌。主要成就除我国之外还产生在古埃及、巴比伦、印度、希伯来等地。古代东方诗歌是人类最早的文学成就,对于了解人类童年时代的生活状态、风土人情等都具有重要的文献价值。

(一)古代埃及诗歌

古代埃及诗歌是世界上最古老的文学,大约产生在公元前3000多年到公元后的几百年,最早的诗歌至今已有近5000年的历史。在古埃及的史前时期和古王国时期(前3200—前2280),就已经产生歌谣、祷文等文学体裁。

古代埃及文学中,最重要的是《亡灵书》,这是古埃及人写在纸草上而置于死者陵墓中的诗作,包括各种咒语、祷文、颂诗、歌谣,等等。诗集中最早的创作,是公元前3500年时的作品,大部分则是公元前2000年到公元前1800年间的中王国时期的创作。现在编辑成书的《亡灵书》,由27篇组成,每篇长短不一,内容繁杂,广泛描写了当时的人们热爱生命、崇拜神灵的思想意识和社会风貌。

（二）古巴比伦诗歌

位于幼发拉底和底格里斯两河流域（美索不达米亚）的巴比伦也是人类文明的发源地之一,早在公元前3000多年,苏美尔人和阿卡德人就定居于此,到了公元前2371年,阿卡德的统治者统一了苏美尔等城邦,建立了中央集权制的阿卡德王国。公元前1894年,幼发拉底河东岸建立了古巴比伦王国,前18世纪,古巴比伦消灭了阿卡德王国,统一了两河流域。在苏美尔－阿卡德时代,两河流域就创建了原始的楔形文字,后来古巴比伦等也继承了苏美尔的文化传统,形成了人类文学宝库中的古老的苏美尔－巴比伦文化。

当时的两河流域,由于缺少纸草,也没有石块,所以,人们便用黏土制成一些四方形的泥板,再用小棒在上面刻写、记载作品。包括史诗《吉尔伽美什》在内,都是凭借这些泥板才得以流传的。

古巴比伦的主要诗歌成就有箴言诗和史诗等。箴言诗是格言和训诫的总汇,是古人智慧的结晶。史诗中最重要的是《吉尔伽美什》,它是迄今为止已发现的世界文学史中的最早的史诗。这部史诗共有3000多行,用楔形文字分别记述在12块泥板上,主要内容反映了远古时期人与自然的矛盾以及人类探索人生奥秘的愿望。

（三）古印度诗歌

古印度的历史,包括远古氏族公社解体到公元六七世纪奴隶制崩溃时为止。

自公元前3000年到公元前1000年,史称"吠陀时期",出自古代印度诗歌创作总集《吠陀》。这是人类最古老的典籍之一。"吠陀"是音译,含有"知识"之意,所以也有人将此译成《智慧书》。

《吠陀》被印度视为圣书,不仅是印度文学的渊源,而且也是印度人生活的准则。

《吠陀》分为本集和文献集。文献集又包括有"梵书"（净行书）、"阿兰若书"（森林书）和优波尼沙士（奥义书）。"吠陀本集"是指最古老的四种吠陀:《梨俱吠陀》、《婆摩吠陀》、《夜柔吠陀》和《阿阇婆吠陀》。其中具有较高的文学和文献价值的是《梨俱吠陀》和《阿阇婆吠陀》。

《梨俱吠陀》是一部抒情诗集,计1028首诗,共10552个诗节,每一节诗称为一个"梨俱"。现行本计10卷,诗集的内容大致分为四个部分:神话传说、描写自然的抒情诗、反映现实的诗作和有关祭祀巫术的作品。

关于神话传说部分,有颂神诗和描述神及英雄的故事。天神因陀罗是诗集中歌颂的一位大神。因陀罗的形象在不同时期的创作中,也是不断变化和发展的,他是征服自然的能手,又是氏族战争中的英雄,后来又成为奴隶主的保护神。在他的身上,体现了人间英雄的力量,又具有天上神灵的威力。随着社会的变化,他由氏族酋长变为奴隶主的典型。而到了下一个历史时期,因陀罗就只是一个不太重要的神了。

《梨俱吠陀》的内容也是以写人与事为主;但也有许多歌颂自然现象的诗作,表现了古代印度人对自然界的细微观察力和艺术表现力。有的描写自然的诗作,表现了古印度人的一种特有的诗的意境,如第 10 卷第 127 首的《夜》中,古印度人并不是怨叹夜的黑暗和漫长,而是把夜作为驱除黑暗、迎来光明的使者加以歌颂,这就体现了古印度人关于光明和黑暗、昼和夜、人生和死亡相互转化的宗教和哲学思想。

描写现实生活的诗作,具有强烈的生活气息,如《水》、《蛙》等;有的诗还反映了社会贫富的区别。在关于祭祀巫术的作品中,反映了印度最古老的宗教观、哲学思想和人生观,但大都内容贫乏,诗意不足。

《阿闼婆吠陀》计 730 首,通行本分为 20 卷,多数是巫术咒语诗。《阿闼婆吠陀》既有着浓郁的生活气息,又充满了神话和宗教色彩,反映了古印度人面对自然现象的困惑以及战胜灾害、渴望幸福的幻想。如第 6 卷第 105 首,是一首治疗咳嗽的咒语诗:"像心中的愿望,/迅速飞向远方,/咳嗽啊! 远远飞去吧,/随着心愿的飞翔。"

《梨俱吠陀》和《阿闼婆吠陀》都具有民间口头创作的特色,善于运用朴素的比喻,给人以鲜明的印象,具有现实主义和浪漫主义的因素。当然,由于婆罗门的编订和宗教神秘色彩的影响,《吠陀》无疑具有落后的成分。

吠陀之后,公元前 10 世纪到公元 1、2 世纪的文学,称为"史诗时期"的文学。主要是出现了《摩诃婆罗多》和《罗摩衍那》这两大史诗。

史诗时期之后,从公元 1 世纪到 12 世纪,是梵语古典文学时期,因为这一时期的作家主要用梵语写作。著名的诗人有伐致呵利和迦利陀娑等。

伐致呵利是公元前 4—前 5 世纪的著名诗人,代表作是《三百咏》,内容包括"世道"、"艳情"、"离欲"三组百咏,每百咏由主题大致相近的百首短诗组成。

迦利陀娑(约公元 350—472 年间)是古代印度文学中具有世界声誉的著名诗人。代表性的作品有抒情性的长诗《云使》和抒情诗集《时令之环》以及诗体剧本《沙恭达罗》。

三、古希腊罗马诗歌

古希腊的历史，一般是从公元前 3000 年至公元前 2000 年起，到公元前146 年被罗马帝国灭亡时为止。

在古希腊罗马文学中，主要成就是诗歌，不仅出现了史诗、抒情诗等艺术形式，就连戏剧、寓言等也是用诗体写成的。古希腊罗马文学是欧洲文化的两个发源地，后世欧洲文学中的各种文学形式都可以在古希腊罗马文学中找到自己的源头。

（一）古希腊诗歌

古希腊诗歌在"荷马时代"（公元前 11 世纪至公元前 9 世纪）出现了欧洲文学史上最早的杰作，即史诗《伊利昂纪》和《奥德修纪》。到了公元前 8 世纪，希腊的氏族社会开始解体，奴隶制逐渐形成。随着氏族社会的解体，个人意识逐渐代替群体意识。于是，反映在文学上，表现集体意识的史诗也就衰落，而适应于抒发个人感情的抒情诗便应运而生。

古希腊的抒情诗，早期是用来歌唱的，根据所伴奏的笛子和弦琴，而分为笛歌和琴歌两类。

笛歌由诗人写成之后，用笛伴奏来咏唱。史诗的格律是每行六音步，笛歌则是六音步和五音步诗行相间。最早的抒情诗人，以写笛歌的居多。笛歌方面的代表诗人是提耳太俄斯。

琴歌分为独唱琴歌和合唱琴歌两种。公元前 7 至公元前 6 世纪出现了几个杰出的独唱琴歌诗人。在公元前 6 世纪初，阿尔凯奥斯和萨福用阿尔凯奥斯体和萨福体进行创作，这类诗体后来被贺拉斯所继承，运用到拉丁语诗歌中。

独唱琴歌的代表诗人有阿尔凯奥斯、萨福、阿那克里翁，合唱琴歌的代表诗人有品达。

阿尔凯奥斯（Alcaeus）约公元前 630－前 620 年间生于累斯博斯岛的一个贵族家庭，曾参与过一些反对平民阶层的政治运动，也曾被迫流亡。他的诗有颂歌（颂神的）、情歌、饮酒歌等。最著名的是饮酒歌。对现实的失望，使他转向了对酒的关注，写下了"哪里有酒，哪里就有真理"的诗句。他觉得只有在朋友们的酒席上才感到一种超脱和轻松。在《饮酒》歌中，他写道："朋友啊，你的心为何烦恼？/ 难道能用思绪阻止未来？/ 喝酒吧，酒是医治忧愁的灵丹妙药，/ 让我们喝个一醉方休！"

萨福（Sappho）是阿尔凯奥斯同时代的诗人，而且也是出生在累斯博斯岛，他们曾相识，阿尔凯奥斯在一篇断章中，还曾隐约承认了对这位女诗人的爱情。

萨福被柏拉图称为"第十位缪斯",拜伦把她的诗歌比作炽热的火焰,甚至在她去世 2500 多年后的今天,萨福在全世界的女诗人中仍独占鳌头。把萨福的许多断章残片译成英语的诗人史文朋曾经说过,从断章——全部流传下来的她的手稿来看,他同意希腊人的看法,认为"萨福无疑是有史以来最最伟大的诗人"。

萨福共创作了 8 部诗集,但是,她的绝大多数诗篇都毁于中世纪了,现流传下来的只是约 170 个断章残片,大多是从辞典的字条中、出土坟墓中、碎瓦片中找到的。所幸的是其中有两首相对完整,从中可以看出女诗人的思想和才华。

阿那克里翁(前 580—约前 495)出生在小亚细亚的泰奥斯城,曾出入于萨摩斯岛和雅典僭主的宫廷。他比萨福晚半个世纪。他在青年时代就成为很有名望的独唱琴歌诗人。他先后在萨摩斯(前 537—前 522)、雅典(前 522—前 514)、帖撒利亚(前 514 以后)作宫廷诗人,以作颂歌和合唱歌为主。他的诗用伊奥尼亚方言所写,想象大胆新颖,所独创的"阿那克里翁诗体"对西欧诗歌颇有影响。

品达(前 518—前 442)是公元前 5 世纪希腊最伟大的合唱琴歌诗人。他的作品主要是赞美神,赞美运动会的优胜者和政治领袖等。品达的诗风格庄严,形式严谨,辞藻华丽,后来,被古典主义诗人们视为"崇高的颂歌"的典范。

品达诗歌作品极多,各种诗体均有。虽然大部分均已散失,但传下来一些颂歌,都是专为各地名门子弟参加奥林匹亚竞技会获胜而作,包括《奥林匹亚竞技胜利者颂》、《皮托竞技胜利者颂》、《涅墨亚竞技胜利者颂》、《伊斯特摩斯竞技胜利者颂》等。

（二）古罗马诗歌

古罗马的诗歌成就主要是通过卡图卢斯、维吉尔、贺拉斯和奥维德来体现的。

在古罗马抒情诗方面,卡图卢斯(约前 87—前 54)的诗最为著名。他生于今意大利北部的维罗纳,家境富有。他发扬了萨福的个人化抒情传统,其爱情诗尤为著名,代表作《歌集》,是一组赠给"蕾丝比亚"的爱情组诗。他属于"新诗派",主张突破拉丁诗劝世说教的传统,并力图把希腊诗艺移植到拉丁语中。他的抒情模式,对后代欧洲诗人有一定影响。

维吉尔(前 70—前 19)是古罗马文学中最重要的诗人。他一生中写有三部作品,第一部《牧歌》,由 10 首短歌组成,取材于农村生活和民间传说。诗人抒发了自己对田园生活的感受。第二部是《农事诗》,分为四卷,主要赞美农牧生活,歌颂劳动,歌颂意大利优美的自然景色。诗中也讲述一些与农事和农业知识相关的内容，并穿插一些与农业有关的神话故事。第三部是史诗《埃涅阿斯纪》（*Aeneid*），这是他的代表作，也是古罗马文学中最辉煌、最重要的作品。史诗取材于有关特洛伊英雄埃涅阿斯在特洛伊被希腊联军攻陷后到意大利建立新的邦国的故事。全诗 10000 行左右，分 12 卷，在结构和技巧方面模仿了荷马史诗。前六卷模仿《奥德塞》，后六卷模仿《伊利亚特》，描写了埃涅阿斯这一罗马人理想的形象。

贺拉斯（前 65—前 8）深受希腊文化的影响。流传下来的作品有：《讽刺诗集》两卷，《长短句集》一集，《世纪之歌》一首，《书札》两卷。他的代表作是《歌集》，共有四卷，大部分是抒情诗，奠定了他作为古罗马抒情诗大师的地位。他的批评著作《诗艺》也极为著名，阐述了他的基本的诗学理论，是亚里士多德《诗学》之后出现的又一篇主要的文艺理论著作。

奥维德（前 43—18）生于罗马附近苏尔莫的骑士阶层家庭，诗歌创作主要分为三个阶段：青年时期以爱情为主要题材，作品有诗集《恋歌》三卷，以及《爱的艺术》、《爱的医疗》等，其中《爱的艺术》是导致诗人晚年遭流放的原因之一；中年的诗歌创作以神话历史宗教题材为主，主要作品有长诗《变形记》，是一部诗体神话故事集；后来遭流放，诗歌主要转向抒发自己真实的内心情感，其间主要作品有《哀歌》和《黑海零简》等。

四、圣经诗歌

《圣经》与古希腊戏剧、史诗并称，成为整个西方文学的源头。作为希伯来民族的一部文献汇编，《圣经》包括了公元前 12 世纪到前 2 世纪的神话、传说、历史、箴言和诗歌，等等。

"希伯来"是迦南人对入侵者的称呼，意为"来自河那边的人"。公元前 3000 年至前 2000 年间，希伯来人征服了迦南（即后来的巴勒斯坦地区）。公元前 17 世纪，希伯来人因饥荒逃入埃及，四百年后，又在摩西的率领下逃出埃及，回到迦南。公元前 11 世纪，传说中的扫罗在这一地区建立了以色列王国。公元前 10 世纪，大卫和他的儿子所罗门相继为王，建立了以色列—犹太王国，定都于耶路撒冷。从此进入鼎盛时期。此后逐渐衰落，直至公元 2 世纪，犹太人流落各地。

圣经诗歌是希伯来人诗作的汇集，主要收集在《诗篇》、《箴言》、《雅歌》、《约伯记》、《耶利米哀歌》、《传道书》等部分。

圣经诗歌就类别来说，有抒情诗、哲理诗等，就内容来说，有爱情诗、劳动歌谣、战歌、颂歌、哀歌等。《诗篇》、《雅歌》、《耶利米哀歌》这三卷属于抒情诗。属于哲理诗的三卷诗集是《箴言》、《约伯记》和《传道书》。

《诗篇》分为5卷,共收150首诗,内容有对上帝的敬拜和赞颂,有祈求神明庇护、拯救、赦罪,有请求宽恕,有对上帝赐福的感恩,有要求对敌人的惩处以及渴望免除灾祸,等等。这些诗歌既有个性化的,也有全民族的,有些是表达个人的隐秘情感,有些则是表达大众的共同的需要和心声。

《雅歌》中所收的主要是一些爱情诗篇,抒情性极为强烈,基本主题是表达婚恋生活的各种体验,从本质上说是世俗的诗篇,有时,就连上帝也被用作赞美爱情的喻体。

《耶利米哀歌》则是一部哀歌集,相传为先知耶利米所作,共有五章,这是一部悼念耶路撒冷被毁的诗篇,反映希伯来民族国破家亡的悲惨经历,表达了亡国者以泪洗面的凄凉情景。在抒发亡国之恨、忧民之情的同时,也表达了复兴故国、恢复昔日荣光的强烈愿望。

第二节　古代诗歌赏析

The Dead Man Ariseth and Singeth a Hymn to the Sun
The Book of the Dead

Homage to thee, O Ra, at thy tremendous rising!
Thou risest! Thou shinest! the heavens are rolled aside!
Thou art the King of Gods, thou art the All-comprising,
From thee we come, in thee are deified.

Thy priests go forth at dawn; they wash their hearts with laughter;
Divine winds move in music across thy golden strings.
At sunset they embrace thee, as every cloudy rafter
Flames with reflected color from thy wings.

Thou sailest over the zenith, and thy heart rejoices;
Thy Morning Boat and Evening Boat with fair winds meet together;
Before thy face the goddess Ma'at exalts her fateful Feather,
And at thy name the halls of Anu ring with voices.

O Thou Perfect! Thou Eternal! thou Only One!
Great Hawk that fliest with the flying Sun!
Between the Turquoise Sycamores that risest, young for ever,
Thine image flashing on the bright celestial river.

Thy rays are on all faces; thou art inscrutable.
Age after age thy life renews its eager prime.
Time whirls its dust beneath thee; thou art immutable,
Maker of Time, thyself beyond all Time.

Thou passest through the portals that close behind the night,
Gladdening the souls of them that lay in sorrow.
The True of Word, the Quiet Heart, arise to drink thy light;
Thou art To-day and Yesterday; thou art To-morrow!

Homage to thee, O Ra, who wakest life from slumber!
Thou risest! Thou shinest! Thou radiant face appears!
Millions of years have passed,—we cannot count their number,—
Millions of years shall come. thou art above the years!

亡灵起身,歌颂太阳
《亡灵书》

向你顶礼,喇神,当你赫然上升!
你上升! 你放光! 令星空退隐!
你是众神之王,你包容万象,
我们自你而生,因你而成神圣。

你的祭司黎明出迎,以欢笑洗心,
神风用音乐吹拂你的金弦。
日落时他们拥抱你,当你的羽翼
用霞光点燃起每一根云橡。

你驶过天顶,你的心中欢愉,
你的晨舟和晚舟都与好风相遇;
你面前,玛特女神举起命运之羽,
迎着你的火,阿努官一片喧语。

啊,你唯一完美而永恒的神!
与太阳比翼齐飞的伟大的鹰!
你的容光在绿榕树间上升,
映在明亮的天河里永远年轻。

奥秘莫测的你，光照万人面。
世世代代更新着你生命之源。
时间卷走了它的尘埃，而你不变，
你创造时间，你又超越时间。

你通过大门，而把夜关在门外，
使沉沦的灵魂们笑逐颜开。
诚实者，心静者，起来饮你的光，
你是过去和现在，你是未来！

向你顶礼，喇神，你唤醒了生命！
你上升！你放光！现出辉煌容颜！
千年万代已逝去，不可计算；
千年万代将来到，你光照万年！

（飞白 译）

　　《亡灵书》被认为是人类已经发现的最古老的书面文学。古埃及人的世界观是"万物有灵论"（Animism），这也是一种最原始状态的宗教信仰。古埃及人认为：人在世上死亡后，灵魂是不灭的，灵魂经由瀑布进入下界，只有在下界经过种种劫难和考验、度过重重难关，才能复归上界，回到原遗体之中，得以再生。这也是古埃及人特别注重保护遗体的原因。为了在下界一切顺利，他们准备了供亡灵在下界游历所使用的书，即《亡灵书》。

　　《亡灵起身，歌颂太阳》是《亡灵书》中最著名的一首颂歌，诗中所歌颂的喇神（Ra）是埃及神话中的太阳神。由于喇神是审判亡灵的神灵之一，所以，亡灵必须学习喇神颂歌，而且，只有在喇神佑护之下，亡灵才能得到复生。

　　所以，历经重重劫难的亡灵，为了超度复生，便向喇神祈求，便赞美太阳。颂歌的第一节，便是对喇神进行赞美，说他是"众神之王"，是万物的创造者和人类的创造者，是他赋予了人们神圣的生命力。

　　在第二至第四诗节中，透过"祭司黎明"、"神风"等表现大自然的词语，可以感到，该诗中的赞美，已经突破了单纯对喇神赞美的范畴，而是对以太阳为象征的光明、完美与生命力的礼赞。第五至第七诗节中，则是从时间的意识上对喇神赞美："你创造时间，你又超越时间"，从而赋予喇神以超越时间、拯救亡灵的神力。

　　该诗可以视为死亡主题的诗篇。我们从中可以看出：从人类最早的诗歌作品起，描写死亡的诗篇就受到关注，不过，该诗主要是从生的意义上来探讨死亡的，以死亡主题来追求生命意义，从而奠定了死亡意识的基础。

Blest as the Immortal Gods Is He
Sappho

Blest as the immortal gods is he,
The youth who fondly sits by thee,
And hears and sees thee all the while
Softly speak and sweetly smile.

'T was this deprived my soul of rest,
And raised such tumults in my breast;
For while I gazed, in transport tost,
My breath was gone, my voice was lost:

My bosom glowed; the subtle flame
Ran quick through all my vital frame;
O'er my dim eyes a darkness hung;
My ears with hollow murmurs rung.

In dewy damps my limbs were chilled;
My blood with gentle horror thrilled;
My feeble pulse forgot to play;
I fainted, sank, and died away.

Translated by Ambrose Philips

我觉得，谁能坐在你面前
萨 福

我觉得，谁能坐在你面前，
幸福真不亚于任何神仙，
他静静听着你的软语呢喃，
　　声音那么甜。

啊，你的笑容真叫人爱煞。
每次我看见你，只消一刹那，
心房就在胸口里狂跳不已，
　　我说不出话。

我舌头好像断了，奇异的火

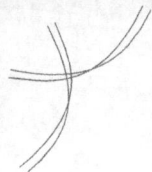

突然在我皮肉里流动、烧灼，

我因炫目而失明，一片嗡嗡

　　充塞了耳朵。

冷汗淋漓，把我的全身浇湿，

我颤抖着，苍白得赛过草叶，

只觉得我似乎马上要死去，

　　马上要昏厥。

但……我能忍受一切。

（飞白　译）

　　对于希腊女诗人萨福的生平情况，我们所知无几，传统的说法是她生于累斯博斯岛，父亲是富裕的酒商，在萨福年幼的时候就去世了。尽管对她的朋友、她的爱人、她的婚姻、她的丈夫和她的孩子我们几乎一无所知，但存在着众多的传说。其中流传最广的是关于萨福爱上了年轻的美男子法翁（Phaou）而遭到拒绝的传说。据传法翁轻蔑地拒绝了这位才华出众的女诗人的爱情，于是她无法忍受这种冷漠，在临海的卢卡第安（Leucadian）跳崖自尽。[①]或许这个故事纯属虚构，或许是人们根据她诗中的只言片语而发挥的想象，但无数的人对此信以为真。

　　《我觉得，谁能坐在你面前》一诗是萨福所留传下来的相对较为完整的一首。该诗的希腊原文所用的格律是"萨福体"，即萨福创作所用的一种独特的长短格诗体。这种诗体显得极为简洁、优美。但是 Ambrose Philips 的英文译文则是采用抑扬格四音步这一英诗格律。

　　萨福的诗歌的主要主题是描写她对女友的爱情和友谊，歌颂她的女友的美丽，以及描写与女友相聚的欢乐和分离的痛苦。从《我觉得，谁能坐在你面前》这首诗中我们可以看出，萨福描写爱情，是把爱情当作生理活动和心理活动来描写的，把它当着奇特的诗的力量来进行领会。表现心理活动时，女诗人也是从生理变化来体现的。女诗人从"心房就在胸口里狂跳不已"、"舌头好像断了"、"奇异的火"突然在皮肉里"流动、烧灼"，直到目眩耳鸣，冷汗淋漓，全身颤抖，马上昏厥，这一系列生理行为写得具体、形象、生动，正是这一系列生理行为，把"发烧又发冷"的心理感觉和抒情主人公"我"的复杂的心理状态恰如其分地展现了出来。

---

　　①　参见：*A History of Ancient Greek Literature*, ed. by Harold N. Fowler, New York：Appleton and Company, 1903, p. 98.

萨福善于用形象化的语言来表现内心的感受,如她曾写道:"爱情震撼着我的心灵,/ 就像狂风摇撼着岩石上的橡树。"在另外一首诗中,她把爱情下定义为:"奇特的甜蜜的痛苦",俄罗斯文学史家曾认为:"这一定义本身就足以说明,在希腊诗歌向着发掘人的内心世界的发展道路上萨福迈出了极其重要的一步。"①

Drinking Song

Anacreon

Drink from my cup, dear! Live my life — be still
Young with my youth! Have one heart, word and will,
One love for both; let one wreath shade our eyes;
Be mad when I am — wise when I am wise.

Translated by E. Arnold

饮 酒 歌

阿那克里翁

饮我的杯吧,爱人! 活我的生命,
因我的青春而年轻! 共有一颗心,
同戴一个花冠,共享一片爱情,
和我一同疯狂,和我一起聪明。

(飞白 译)

阿那克里翁是古希腊独唱琴歌诗人。他的作品有琴歌、抑扬格体诗和哀歌等,亚历山大城的学者曾把它们编辑为 6 卷,但传到今天的只有断章残篇。他用伊奥尼亚方言所写的琴歌,大部分是独唱的。他的诗对罗马影响不大,对后世欧洲诗歌的发展却有很大影响,文艺复兴、启蒙运动时期曾流行模仿他的所谓"阿那克里翁诗体"。

阿那克里翁的这首《饮酒歌》,写得豪迈奔放,充满激情,我们从中所能感受到的不是奢侈享乐的沉湎,而是把握生命的乐观自信。

这里的"饮酒",不再是一般意义上的痛饮美酒佳酿,而是象征性地转化为对爱情欢乐的享受,对生活美味的品尝,以及对生命实质的感悟。并且由此体现了古希腊可贵的现实主义精神。

---

① 俄罗斯科学院:《世界文学史》,第 1 卷,第 338 页。

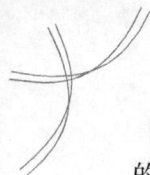

这首诗的语言十分凝练,尤其在词语搭配方面,显得别具一格,如"饮我的杯"、"活我的生命"等,令人惊叹。虽然全诗篇幅短小,但是内涵深刻、富有哲理,传达了一种自由豪放的境界和把握今朝的积极的人生观。

Let Us Live, My Lesbia
Catullus

Let us live, my Lesbia, and let us love,
And let us judge all the rumors of the old men
To be worth just one penny!
The suns are able to fall and rise:
When that brief light has fallen for us,
We must sleep a never ending night.
Give me a thousand kisses, then another hundred,
Then another thousand, then a second hundred,
Then yet another thousand more, then another hundred.
Then, when we have made many thousands,
We will mix them all up so that we don't know,
And so that no one can be jealous of us when he finds out
How many kisses we have shared.

Translated by Rudy Negenborn

生活吧,我的蕾丝比亚……
卡图卢斯

生活吧,我的蕾丝比亚,爱吧,
那些古板的指责一文不值,
对那些闲话我们一笑置之。
太阳一次次沉没又复升起,
而我们短促的光明一旦熄灭,
就将沉入永恒的漫漫长夜!
给我一千个吻吧,再给一百,
然后再添上一千,再添一百,
然后再接着一千,再接一百。
让我们把它凑个千千万万,

就连我们自己也算不清楚，
免得胸怀狭窄的奸邪之徒
知道了吻的数目而心生嫉妒。

（飞白 译）

卡图卢斯的创作中，起重要作用的是对于一位名叫克洛狄亚的姑娘的爱情。这是一种热烈而苦恼、以失败而告终的爱情。诗人失恋后，离开罗马，到了小亚细亚。诗人用简练而朴实的语言描写了这一爱情过程中包括相见、热恋、猜疑、嫉恨、争吵、失望、分离等各种矛盾和痛苦的复杂感情。他的代表作是《歌集》(Carmina)，是一组赠给克洛狄亚的爱情组诗，但用的不是真名，而是根据萨福居住的雷斯博斯岛(Lesbos)所取的萨福的象征性名字"蕾丝比亚"(Lesbia)。

卡图卢斯的《生活吧，我的蕾丝比亚》是《歌集》的第五首，拉丁语原文用的是从"萨福律"的长句演化出的"十一音节律"，中文译文也基本上保持了十一音节的形态。该诗享有盛名，表现出了强烈的现世主义思想，是一首典型的表现"及时行乐"主题的诗篇。

该诗侧重于自我表现，情感强烈。全诗可以清晰地分为前后两个部分，前半部分阐述"及时行乐"的理由，后半部分是对"及时行乐"的具体描述。

开头一行"生活吧，我的蕾丝比亚，爱吧"就为全诗奠定了"及时行乐"的基调，而第二行和第三行"那些古板的指责一文不值，/对那些闲话我们一笑置之"则显得奔放不羁，充满了叛逆精神，同时有着对社会现实的批判。接下去的三行诗可以视为对"及时行乐"理由的阐述。时光匆匆流逝，"太阳一次次沉没又复升起"，而人类的生命却极为短暂，生命之光一旦熄灭，就沉入"漫漫长夜"，永无回程。

经过上半首的阐述，下半首中无论如何"及时行乐"也情有可原了。在下半首对"及时行乐"的具体描述中，同样有着雄辩的口吻。其中一个典型的特征是对数词"千"、"百"、"万"的重复运用，造成一种特殊的效果，将把握瞬间的思想和奔放的激情淋漓尽致地展现出来，最后还别出心裁地说明了要求千千万万个吻的"理由"："免得胸怀狭窄的奸邪之徒/知道了吻的数目而心生嫉妒。"

而且，以数字的重复，来表现数目的巨大和难以计数，也与"短促的光阴"形成了强烈的对照，从而突出"永恒"的内涵和"及时行乐"的意义所在。

Song of Songs: The Third Song
Bible

Lover

How beautiful you are, my darling!

Oh, how beautiful!

Your eyes behind your veil are doves.

Your hair is like a flock of goats

    descending from Mount Gilead①.

Your teeth are like a flock of sheep just shorn,

    coming up from the washing.

Each has its twin;

    not one of them is alone.

Your lips are like a scarlet ribbon;

    your mouth is lovely.

Your temples behind your veil

    are like the halves of a pomegranate.

Your neck is like the tower of David,

    built with elegance;

    on it hang a thousand shields,

    all of them shields of warriors.

Your two breasts are like two fawns,

    like twin fawns of a gazelle②

    that browse among the lilies.

Until the day breaks

    and the shadows flee,

I will go to the mountain of myrrh

    and to the hill of incense.

All beautiful you are, my darling;

    there is no flaw in you.

---

① Mount Gilead: literally, it may refer to some particular height which we have now no means of identifying.

② gazelle [gə'zel] n. [动] 瞪羚。

Come with me from Lebanon, my bride,
　　come with me from Lebanon.
Descend from the crest of Amana,
　　from the top of Senir, the summit of Hermon,
　　from the lions' dens
　　and the mountain haunts of the leopards.
You have stolen my heart, my sister, my bride;
　　you have stolen my heart
　　with one glance of your eyes,
　　with one jewel of your necklace.
How delightful is your love, my sister, my bride!
How much more pleasing is your love than wine,
　　and the fragrance of your perfume than any spice!
Your lips drop sweetness as the honeycomb, my bride;
　　milk and honey are under your tongue.
The fragrance of your garments is like that of Lebanon.
You are a garden locked up, my sister, my bride;
　　you are a spring enclosed, a sealed fountain.
Your plants are an orchard of pomegranates
　　with choice fruits,
　　with henna① and nard②,
　　nard and saffron③,
　　calamus and cinnamon④,
　　with every kind of incense⑤ tree,
　　with myrrh and aloes⑥
　　and all the finest spices.
　　You are a garden fountain,
　　　　a well of flowing water

---

① henna ['henə] n. 指甲花；指甲花染料。
② nard [nɑ:d] n. [植]甘松；甘松香。
③ saffron ['sæfrən] n. [植] 番红花。
④ calamus ['kæləməs] n. 省藤属植物，菖蒲。cinnamon [in'sens] n. [植]肉桂；肉桂色。
⑤ incense [in'sens] n. 熏香。
⑥ aloe ['æləu] n. 芦荟；芦荟油。

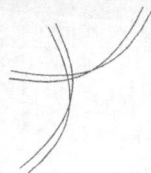

streaming down from Lebanon.

Beloved
Awake, north wind,
　and come, south wind!
Blow on my garden,
　that its fragrance may spread abroad.
Let my lover come into his garden
　and taste its choice① fruits.

雅歌·第三歌
《圣经》

男：
你是多么美丽，我的爱！
你的眼睛在面纱里流露爱的光辉。
你的秀发飞舞，如一群山羊
跳跃着奔下基列的山冈。
你的牙洁白如同绵羊
　刚剪过毛，刚洗干净。
整群羊一只也不少；
　只只都无比匀称。
你的嘴唇像朱红缎带，
　当你启齿时更加秀美。
你的面颊在面纱后燃烧。
　你的颈像大卫王的塔
　那样又圆又润，
一串项链像一千面盾牌挂在周围。
你的双乳像一对羚羊，
一对双生的小鹿在百合花间吃草
我要在没药山上留下，
　在乳香山上留下，
　直到晨风吹拂，

① choice：adj. of very fine quality.

直到黑暗消散。
你是多么美丽,我的爱,
　　你是多么完美无瑕!

跟我来吧,我的新娘,从黎巴嫩,
　　从黎巴嫩的群山。
从亚玛拿山顶下来,
　　从狮子和豹子住的
　　示尼珥山和黑门山来。
我的爱人我的新娘,
　　你的眼神、你戴的项链
偷走了我的心,
你的爱使我欢喜,
　　我的爱侣我的新娘,
你的爱胜过美酒,
　　任何香料都比不上你芬芳。
你的唇上有蜜的甜味,我亲爱的;
你的舌头对于我就是奶与蜜。
你的衣服啊,有整个黎巴嫩的芳香。

我爱侣我新娘是一座秘密的园,
　　高墙围住的花园,隐秘的泉;
　　里面有花草繁茂。
仿佛是一座石榴园
　　结出了最美好的果实。
这里有的是指甲花、甘松香,
　　番红花、菖蒲、玉桂。
　　还有冬种乳香木。
这里长着没药和沉香,
　　又有各种最迷人的香料。
泉水滋润着这座花园,
　　活水潺潺流动,
　　溪水喷涌,流下黎巴嫩的群山。

女:
醒来吧! 北风啊。

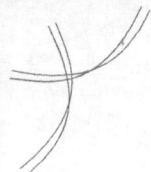

南风啊，吹拂我的花园；

　　使空气充满香气。

让我的爱人来到属于他的园里

　　享用最好的果实。

（飞白 译）

　　《雅歌》是《圣经·旧约》中的著名的抒情诗集，传说出自所罗门之手，又名《所罗门之歌》。在《圣经·旧约》中，《雅歌》最少宗教色彩，而且具有很强的世俗性。其基本主题就是表现现实中婚恋生活的各种感受，赞美充满田园气息的爱情。《雅歌·第三歌》也最能代表《雅歌》的主要艺术特色。

　　首先，《雅歌》具有一定的情节性。《雅歌》叙述的是所罗门国王到黎巴嫩山林中行猎时，不意遇见牧女书拉密，为其美貌所打动，便向她求爱。然而，姑娘却翩然遁入山林。所罗门想方设法都不能与她会面，后来，所罗门王乔装成牧童，入山歌唱，以"所罗门之歌"终于赢得了姑娘的爱情。而且，正因《雅歌》具有一定的情节性，所以，对于它的作者，对于诗中出现的人物等，后来存有争议，有人认为人物是所罗门王和书拉密牧女两人，有人认为此外还有一个牧羊郎，共有三人。这一切正好说明了雅歌的情节性以及情节的丰富曲折。第三歌描写的便是男女主人公相恋或订婚时分的一段情景，这对有情人相互赞美，表示爱情。

　　其次，《雅歌·第三歌》的语言极为清新自然、朴实无华。"绵羊"、"山冈"、"小鹿"、"花园"，一系列自然意象的使用，洋溢着浓郁的田园气息。但是在田园气息中，却又蕴涵着深刻寓意。譬如，男子用爱人的身体象征神秘的花园，女子也希望情人来到自己充满香气的花园，"享用最好的果实"。这种描写，令我们想到人类始祖亚当夏娃偷吃禁果而被赶出伊甸园的故事，然而，真挚的爱情却又建立了一座充满幸福人间的乐园。

　　最后，《雅歌·第三歌》以层出不穷的比喻而著称。在赞美女主人公的美貌时，诗中采用铺陈排比的手段，用一系列的明喻来形容姑娘无与伦比的容貌和身姿。这些比喻使用得非常妥帖，富于形象性和丰富的想象性。而且，男主人公还通过"你的舌头对于我就是奶与蜜"等诗句，由衷地赞美牧女给自己带来的嗅觉和味觉上的感受，表现了一种原始性的美感意识。

第二章　神光沐浴下的情感世界

——中世纪诗歌欣赏

第一节　概　论

中世纪在过去很长时间里被一些学者视为"黑暗的一千年"，人们普遍认为，中世纪显著的时代特征是宗教神权统治一切。然而，我们还应该认识到：尽管宗教神权这一时代特征阻碍了中世纪文学的发展，但是，宗教书籍的流传在一定意义上促使了东西方文化的交流，而且，在"神光沐浴"的中世纪，却又出现了一些典型的抒情诗人，以独特的方式抒发自己的情感世界。

一、中古西方诗歌

在中世纪欧洲的教会文学、英雄史诗和民谣、骑士文学、宗教文学等四类文学中，诗歌占主导地位，就连一些叙事性作品和戏剧等，也主要是用诗体写成的。

（一）宗教诗歌

欧洲的中世纪宗教诗歌如同其他形式的宗教文学，是以基督教的《圣经》为"理论基础"和"法律依据"，束缚人们的思想，为教会神权服务，抒发宗教感情，歌颂圣经美德，是"神学的奴仆"。然而，宗教诗歌尽管题材狭窄，内容单一，但是，所采用的神秘的梦幻和寓意性象征等表现手法，却为文学的发展起了一定的进步作用。

典型的宗教诗歌有赞美诗、圣徒传、祈祷文等体裁。题材主要源自宗教故事，部分作品便是圣经内容的复述或改写，以便普及宗教教义，如英国的《创世纪》、《安得吕斯》，西班牙的《圣母的奇迹》等。宗教诗歌很多是佚名的，但也有一些较著名的宗教诗人，如意大利的方济各（1181－?）、英国的琴涅武甫（? －约825）、西班牙的贝尔西奥（Gonzalo de Berceo，约12－13世纪）等。方济各在《万物颂》中颂扬了创造万物的天主至高无上的恩德，该诗被认为是"意大利文学史中最古老的丰碑之一"。贝尔西奥则为西班牙文学史上第一位被记载的诗人。而在琴涅武甫的笔下，不仅颂扬对上帝的赤诚之爱，而且也赞美点化人的心灵的上帝的智慧以及柏拉图式的因神灵附体而产生的诗

才:"万能的主在我年迈时给我以安慰,/教我以荣耀的礼仪,赠我以优厚的恩惠……"

（二）英雄史诗与民谣

如果说宗教诗歌为教会僧侣所作,那么与此相对应的英雄史诗与民间谣曲则是人民群众的创作了。

英雄史诗多半先在民间流传,而后经过整理形成文字。从内容上看,英雄史诗可以分成两类,一类是反映氏族公社瓦解时期社会生活的早期史诗,另一类则是反映封建制度发展以后即中世纪的时代生活。

《贝奥武甫》

早期英雄史诗的基本主题是歌颂部落英雄的集体主义精神和豪勇尚武的气概,代表性的作品是盎格鲁·撒克逊人的《贝奥武甫》。

《贝奥武甫》是现存最古老、最长的盎格鲁—撒克逊人的英雄史诗,也是中世纪早期最完整的英雄史诗。共有 3182 行,以西撒克逊方言写成。史诗描述了这样一个故事:公元 6 世纪瑞典南部的王子贝奥武夫率领 14 名勇士跨海去丹麦,为解救国王罗斯加,与妖怪格兰代尔英勇搏斗,格兰代尔受重伤仓皇逃走。妖怪死后,妖怪之母疯狂跑来为儿子报仇。贝奥武甫与母妖展开了一场殊死搏斗,终于杀死了敌手。贝奥武甫回国后继任国王,执政 50 年,公正廉明,国泰民安,深受人民的爱戴。年老时,他的国内出现了一条火龙,劫掠村庄,滥杀无辜。贝奥武甫决心为民除害,上山向火龙挑战,双方开始了激烈的交战。在生死存亡之际,他的侄子威格拉夫奋勇冲向敌人,二人合力制服了妖魔。然而,贝奥武甫已经深受重伤,临终前,他把火龙洞中的宝物分给了他的人民。这部史诗规模宏大,有一定的艺术高度,是中世纪早期英雄史诗的巅峰之作。

《伊戈尔远征记》

俄罗斯诗歌,追溯其发展源头,最早的应推口头上流传的"圣诞歌"、"勇士赞歌"等民间作品,但是,由于没有文字记载,这些口头创作多半沉没于那些不可复现的年代。而最早的形成文字的诗歌成就则是 12 世纪的《伊戈尔远征记》。

这部描写抵御外敌侵略的诗篇,以其爱国主义的热忱和高度的艺术性在世界文学宝库中占有一席之地。

《伊戈尔远征记》这部民族叙事诗约成书于 1185 年 5 月至 1187 年 10 月之间。然而在历史上被长期淹没,直到 1795 年,考古学家穆辛—普希金才发现一个 16 世纪的手抄本,并于 1800 年公开出版。

《伊戈尔远征记》成书的年代,正值古代俄罗斯封建割据的时候,分裂成许多公国,彼此不和,相互争权夺利,同时又经常受到游牧民族的侵扰,如受到一种突厥游牧民族波洛夫人的侵扰,史诗就是在这样的背景下写成的。

全诗除序诗和尾声外,共分三个部分。第一部分写诺夫戈罗德王公伊戈尔在没有同别的王公商议,也没有告知基辅大公的情况下,便同自己的几个亲属一起召集军队,擅自向草原上的波洛夫人进军,由于力量单薄而失败;第二部分是写作为诸侯之长的基辅大公在得知伊戈尔失败后所发出的号召诸王公停止内讧、保卫国土的"金玉良言";第三部分是写伊戈尔的妻子雅罗斯拉夫娜在得知丈夫被俘后的哭诉和求告,以及伊戈尔最后逃出波洛夫人的囚禁,重归祖国的情形。

史诗的作者在作品中既歌颂了伊戈尔英勇尚武的优秀品质,也批评了他追求个人荣誉的动机和由此而导致的失败,谴责了诸王公的分裂。因此,作品中洋溢着鲜明的爱国主义的思想和强烈渴望国家团结统一的意愿。作者通过这一不大的历史事件,借助于种种艺术手段,成功地表现了作品的主题:诸王公之间的封建割据必将关系到国家的生死存亡,王公们必须从失败中吸取教训,团结一致,抵御外敌,消除内讧,消除国家的分裂。所以马克思在谈及《伊戈尔远征记》时写道:"这部史诗的要点是号召俄罗斯王公们在一大帮真正的蒙古军的进犯面前团结起来。"

在艺术上,史诗运用了多种艺术形式和艺术手段。史诗主要内容的三个部分,便是由叙事、忠告、抒情所构成的"三位一体";史诗充分吸取了民间艺术的营养,以民间诗歌和民间口头语作为创作的基础;史诗尤其突出地运用了象征和比喻等艺术手段,诗中的太阳、风雨、黑夜、大地、河流、植物、鸟兽等自然意象宛如有灵之物,诗中的人物及其行动和情感,以及政治、军事和社会力量,无不以这些自然意象作为象征来加以体察和表达,使作品充满庄严和神秘的抒情气氛。

中世纪英雄史诗的代表作品还有法国的《罗兰之歌》、西班牙的《熙德之歌》,以及德国的《尼伯龙根之歌》等。

(三)骑士诗歌

中世纪的骑士诗歌分为骑士抒情诗和骑士叙事诗(或骑士传奇)两类。

骑士抒情诗是中世纪抒情诗创作的一个新阶段,大约出现于 11 世纪下半叶的法国南部,由于大贵族的扶持,得到迅速发展,并传播到北方。

骑士抒情诗往往按照一个模式创作,缺乏新意,优秀作品屈指可数。至13 世纪中叶,骑士抒情诗开始衰落。骑士抒情诗的中心内容是讴歌骑士对贵妇人的爱情。对爱情的描写显然与中世纪盛行的禁欲主义相悖。同教会宣扬的来世思想发生冲突。在艺术上,骑士抒情诗较之英雄史诗也有所发展。骑士抒情诗讲究形式工整、结构对称和词藻华丽,大多采用民间流行的短诗,相比之下,比英雄史诗精练得多。骑士抒情诗开始对人的精神生活进行探索,从英雄史诗只描绘人的行动和外部世界转向描绘人的内心感受,这无疑又是一个大的进展。由于诗人们十分注意文字的锤炼和用字的准确,因此,骑士抒情诗"在近代一切民族中第一个创造了标准语言。它的诗当时对拉丁语系各民族,甚至对德国人和英国人都是望尘莫及的范例"。法国的骑士抒情诗对全欧产生了重大影响,但丁也从中汲取了有益的营养。

由于骑士抒情诗最早产生于 11 世纪下半叶法国南部的普罗旺斯,所以也称普罗旺斯抒情诗。骑士抒情诗的种类有"牧歌"、"情歌"、"破晓歌"等,其中以"破晓歌"最为著名。"破晓歌"描写的是骑士与情人在夜间幽会直至破晓时分离别的情景,表达他们的欢乐与离愁。就思想意义而言,骑士抒情诗有力地冲击了当时教会的禁欲主义的宣传和封建的婚姻制度,具有一定的进步意义。在艺术方面,骑士抒情诗讲究形式的工整、结构的对称、语言的华丽,并注意描绘人的内心感受。

骑士叙事诗兴起于 12 世纪下半叶的法国北方,主要内容是写骑士的冒险故事。就取材而言,大约可分为三类:即古代希腊罗马系列、不列颠凯尔特系列、拜占庭系列。

(四)市民诗歌

公元 11 世纪前后,随着封建经济的发展,欧洲各国相继出现了以手工业和商业为中心的城市。由于市民阶层的文化生活的需要,表现市民情感、反映市民精神、维护市民利益的市民文学也就应运而生了,市民诗歌便是市民文学中的主导部分。

市民诗歌具有强烈的现实性,取材于日常生活,基本主题是歌颂市民的机智勇敢、揭露教会僧侣和封建领主的残暴愚蠢。在表现手法上,主要是运用讽刺手法,有时也运用隐喻、拟人等手法。

市民诗歌的主要形式有韵文故事、含有寓意的讽刺叙事诗、市民抒情诗等。

韵文故事是一种诗体小故事,形式短小精悍,内容大多是写僧侣的贪婪和虚伪,如德国的《神父阿米斯》、法国的《驴子的遗嘱》等。

讽刺叙事诗的特点是大量使用象征、隐喻、拟人等艺术手段,使鸟兽及花草树木等自然意象或某些抽象概念等高度人格化、具体化,从而达到讽刺现实、惩善扬恶、表达下层市民的思想情感的效果。

讽刺叙事诗的代表性作品是《列那狐传奇》和《玫瑰传奇》。

《列那狐传奇》分 27 个组诗,共 30000 多行,是在民间动物故事的基础上写成的,作者也不可考。这部作品以兽寓人,以动物故事讽喻中世纪封建社会的现实生活。诗中的各种动物都暗喻着当时的各个阶层,形象地表现出当时各个阶层之间的关系。

《玫瑰传奇》分成两个部分,第一部分为吉约姆·德·洛里斯所作,共4000 余行,第二部分为让·德·墨恩所作,约 18000 行。第一部分写诗人在"欢乐"果园爱上"玫瑰"并受到"羞耻"、"恐惧"等百般阻挠的故事。第二部分主要以"理性"和"自然"等名义抨击了天主教的伪善和贵族阶层的门第观念。

市民抒情诗的主要代表有法国的吕特博夫(约 13 世纪末)和维庸(1431—1463?)。

吕特博夫出身贫寒,生活艰难,他在自己的诗中(《如吕特博夫的贫困》)如实地表述自己的贫困,其中不乏苦涩,但也表现出对贫困的超脱,因而增添了一种幽默和笑谑。

维庸在法国诗歌史上的地位有如意大利文学史上的但丁,被认为是法国中世纪的最后一位诗人,近代的第一位诗人。他出身微贱,自幼丧父,由一位教士收养并受到大学教育。维庸的一生极为奇特,既有不凡的诗才,也有庸俗的习气,因此,既诗名远扬,又臭名昭著。他斗殴、酗酒、杀人、盗窃,多次被捕,两次被判绞刑,但都改判流放。

维庸的代表作是在悲观绝望之中写下的两部诗集《小遗言集》(1456)和《大遗言集》(1461—1462),传诵最广的诗作是《绞刑犯之歌》和《美丽的制盔女》。这两首诗代表了维庸创作中的两个特点以及他的生命观和美学观。《美丽的制盔女》表现了维庸化丑为美、丑中见美的艺术观和美学观,而《绞刑犯之歌》不仅以死亡的恐怖来表现对人生的眷恋,而且表现出在死亡面前人人平等的思想,认为哪怕是罪孽深重的绞刑犯,死后也能得到上帝的宽恕,这无疑也是对宗教神学的批判。

(五)但丁的诗

但丁(1265—1321)少年时代好学深思,广泛阅读哲学和文学著作。18岁时,开始写诗。对他诗歌创作产生重大影响的,是他对邻居家一位姑娘贝雅特里奇的恋情。这是一种精神上的爱,带有神秘主义色彩,但丁把她看成崇高美德的化身,为她写了不少诗歌。当时,佛罗伦萨是"温柔的新体"诗派的中心,但丁与这一诗派密切接触,他的诗歌创作也成了"温柔的新体"诗派的重要成就。但丁把抒写对贝雅特里奇恋情以及其他相关的诗歌,用散文连成一体,取名《新生》。这是他的第一部文学作品,也是西欧文学史上第一部向读者剖析作者最隐秘的思想感情的自传性作品。

二、中古东方诗歌

中古东方诗歌成就较高的国家和地区有阿拉伯国家、印度、日本等,诗歌成就最为突出的是波斯。

印度的主要诗歌成就是 10 世纪到 14 世纪印地语文学中的反抗异族侵略的英雄史诗。

日本这一时期的成就是 8 世纪下半叶出现的和歌总集《万叶集》。

(一)阿拉伯诗歌

中古阿拉伯诗歌大致分为三个发展时期,即蒙昧时期、伊斯兰时期、阿拔斯时期。各个时期都取得了一定的诗歌成就。

蒙昧时期(又称贾希利耶时期,475—622),是指伊斯兰教创立之前的时期。由于阿拉伯有丰富的民间文学传统,远古时代的阿拉伯半岛上的牧民便流传着许多民间谣曲,所以,阿拉伯书面文学中的诗歌一开始就显得较为成熟,如有作品流传下来的最早的阿拉伯诗人之一穆海勒希勒(?—525),其作品就表现出情感真挚、忧伤,语言朴实、自然,比喻生动等特色。

这一时期最著名的是"悬诗"。通常的说法是在伊斯兰教产生之前,阿拉伯人每年在麦加举行集市,各部落的诗人也来朗诵他们的诗,并进行比赛。优胜者的佳作用金水写在细亚麻布上,挂在神庙的墙上,得以流传,故而得名。被列为"悬诗"诗人的有乌姆鲁勒·盖斯(约 497—545)、昂塔拉(525—616)、库勒苏姆(?—584)等。

盖斯是伊斯兰教兴起之前的最杰出的诗人,被誉为阿拉伯中古诗坛的魁首。他的创作也成了阿拉伯诗歌史上的经典杰作的一个组成部分。他的诗歌基调忧伤,擅长借景抒情,也擅长使用形象化的比喻,技巧相当娴熟。

另一位著名的"悬诗"诗人是昂塔拉。他是阿拔斯部落首领和埃塞俄比亚女奴的私生子。他诗歌创作方面的成就主要是情诗,表达自己对同父异母妹妹艾布拉的倾心与迷醉。流传下来的诗作约有 1500 行。他的作品语言明晰、形象、生动,如在《一枝致命的度箭》一诗中,他写道:"美人儿从一旁走过,仿佛漆黑的天空/升起星辰簇拥的一轮月亮。//绽露出笑颜——雪白的珍珠/在两唇之间闪烁,稍纵便难以寻访。"

除悬诗诗人外,较著名的还有塔阿巴塔·舍拉(?—450)、尚法拉(?—525)等"游侠诗人"。这些诗人因赤贫如洗,常以打家劫舍为生,他们的诗作反映下层百姓的痛苦和对社会不公的愤慨。

发展时期(又称伊斯兰时期)指穆罕默德的四位继承者统治时期(632—661)和伍麦叶王朝(661—750)时期的文学。

这一时期,由于伊斯兰教的崛起,以及散文巨著《古兰经》的影响,具有"异教"性质的诗歌一度受到冷遇,而为穆罕默德和伊斯兰教唱赞歌的颂诗却一度受宠。随着社会矛盾的发展以及政治和宗教派别的演变,在这一时期的后期,政治抒情诗和爱情抒情诗也得以繁荣。

在诗歌创作方面,首先应该提到的是跨越贾希利叶和伊斯兰初期的女诗人韩莎(575—664)。韩莎年轻时候就开始写诗,638年,阿拉伯人和波斯人发生战争冲突,她送四个儿子参战,全部阵亡。她还有两个兄弟在部落战争中阵亡。这使她十分悲痛,尤其她的兄弟萨赫尔之死,竟使她悲痛得双目失明。伤痛之情成了她诗歌创作的基础和源泉,她的悼亡诗,成了中古阿拉伯最感人的悼亡诗。

在伍麦叶王朝时期,政治抒情诗的突出成就是号称"三大诗王"——艾赫泰勒(640—708)、法拉兹达格(641—732)、哲利尔(653—733)——的创作。他们的诗夸耀门庭的高贵、祖先的荣耀,反映社会的矛盾与斗争,歌颂伍麦叶王朝,同时,他们也写讽刺诗,相互进行讽刺攻击。

爱情抒情诗分为"艳情诗"和"贞情诗"两类。

"艳情诗"专写偷香窃玉的风流韵事,代表诗人是欧麦尔·拉比阿(644—711)。他所创作的"艳情诗",主要歌颂朝圣的美丽姑娘,喜欢袒露心灵,也喜欢直率地描写女性的体态、风貌。他的诗歌词藻华丽,音韵和谐,风格绮丽,适于咏唱。他因而被称为"爱情诗大王"。

"贞情诗"则与沉湎于声色的"艳情诗"相反,"贞情诗"歌咏的是柏拉图式的纯真的情爱以及真诚相爱却难成眷属的痛苦、思念和绝望之情。这些诗作写得缠绵悱恻,凄婉感人,诗句也较典雅,自然流畅,代表诗人有哲米勒(?—701)等。

据说,诗人与本部落姑娘布赛娜真心相爱,但女方家长因他写过情诗,怕有损于女儿名声而拒绝了他。此后诗人苦恋不舍,并为此写下许多诗作。

这一时期还有一个著名的爱情诗人,名为马杰农(?—700)。他的真名叫盖斯·伊本·穆拉瓦赫,"马杰农"意为"因爱情而发疯者"。诗人同一位名叫蕾莉的女子倾心相恋,但因双方父母反对而未能成婚。蕾莉嫁给他人后,诗人绝望发狂,万念俱灰,漂泊而死。他为蕾莉写下了许多忧郁、感伤的诗作,来纪念这一不幸的爱情。马杰农与蕾莉的传说,后来被编为故事,广为流传,成了阿拉伯文学中最优美动人的篇章之一。

繁荣时期(750—1258)又称阿拔斯时期。

8—9世纪,重要的诗人有两位:布尔得(714—783)和阿塔希叶(748—825)。布尔得是一位先天失明的诗人,善于运用比喻和对仗修饰诗句,以写妇女题材和讽刺诗而著称。

阿塔希叶早期写过颂诗、情诗和饮酒诗，后来成为一名僧侣，创作了许多出色的苦行诗，宣扬禁欲主义。他因而被称为"阿拉伯宗教诗篇之父"。

10 世纪以后，最著名的诗人是穆泰奈比（915－967），他被认为是"中古时期最重要的阿拉伯诗人"。此外，著名的还有哲理诗人麦阿里（973－1057）（他也是盲诗人，他以理性和现实的眼光看待人生和宇宙，被称为"诗人中的哲人，哲人中的诗人"），以及伊斯兰教苏菲派诗人法里德（1181－1234）。他在诗中歌颂人与神的交流，信奉神秘主义，著名的作品《神秘的进程》便是一首精神之爱的颂歌。

（二）波斯诗歌

波斯是世界上有名的文化古国之一，素有"诗国"之称。波斯位于亚洲西部，是东西方文化的汇合处。但中世纪的波斯诗歌是指中世纪用波斯语进行创作的诗歌的总称。包括现在的阿富汗、阿塞拜疆以及塔吉克等中亚细亚各国。

波斯文学的黄金时代是 11 至 15 世纪。这一时期，出现了许多卓越的波斯诗人，他们写出了许多题材新颖、内容丰富、风格独特的诗歌作品，甚至被西方学者们称为波斯的"文艺复兴"。在这六个世纪的时期里，波斯诗坛上群星闪烁，几乎每一个世纪都有一两个才华横溢的诗人，他们以独具风格的诗歌创作，极大地丰富和发展了世界诗歌的艺术宝库。

这些杰出的波斯诗人包括鲁达基、菲尔多西、海亚姆、尼扎米、萨迪、鲁米、哈菲兹等。

鲁达基（850－941）被誉为"波斯诗歌之父"。他是波斯古典文学的始祖，也是波斯古典诗歌的奠基人。主要是用双行诗进行创作，体裁有颂歌等。

菲尔多西（934－1020）的主要贡献是史诗《王书》（又译《列王记》）。《王书》结构宏伟，人物众多，其中包括波斯历史上五十多个帝王的生平事迹，还有四千多年流传民间的神话传说。

海亚姆（1040－1123）以一种四行诗（鲁拜体）而著称于世。海亚姆在中世纪曾以科学家、数学家和天文学家而闻名。但作为诗人，长期被人们遗忘，直到 19 世纪后半叶，英国诗人菲茨杰拉德（Edward Fitzgerald）将其作品译成英文，风靡西方，才使得海亚姆赢得了世界声誉。

尼扎米（1140－1202）以叙事诗而著称。他的《蕾莉与马杰农》叙述了男女青年的爱情悲剧，被欧洲人誉为"东方的罗密欧与朱丽叶"。

萨迪（1184？－1292）是一位著名的哲理诗人。他前半生由于外族入侵战祸连年，过着颠沛流离的生活，积累了丰富的生活经验；后半生退隐故里，埋头著书。其代表作为《果园》和《蔷薇园》。

鲁米(1207－1273)受苏非主义的影响,他是波斯神秘派诗歌最杰出的代表。

"苏非"派是伊斯兰教中一个影响很大的神秘主义派别。"苏非"原意是"羊毛",因该派成员以身着粗毛织成的衣服而得名。苏非主义产生于7世纪末。传说女教徒赖比耳·阿德威叶(约717－801)是苏非派最早出名的一位圣徒,她宣称曾在梦中会见先知穆罕默德,能与真主"结合"。后来,梳毛工人哈拉只,公开宣称"我即真主"。

苏非主义最初只是提倡一种禁欲生活。当它接受了佛教、基督教和古希腊神秘哲学的影响之后,才逐渐形成它的神秘主义理论。这就是:真主是永恒的美,达到真理的道路则是爱;修行的目的,则是通过冥想和内心自修,认识真主,以求神我相通,神人合一。后来,苏非主义又发展成为神智教和无我主义的泛神论等派别,形式多种多样。最后,也从反对正统而成为维护正统宗教的派别。中古波斯的苏非派诗人,大都接受了苏非主义离经叛道的思想。苏非派诗人的创作,对波斯和其他国家文学,都有很大影响。

哈菲兹(1320－1391)这个名字,就是"能背诵古兰经的人"之意。他幼年丧父,家道贫寒,但自幼聪敏过人,通晓阿拉伯文,他很早开始写诗,20岁成名。

哈菲兹采用"哈宰里"诗体,写了大量的抒情诗。"哈宰里"是波斯古典诗的一种传统形式,每首诗由7到15个联句组成,每联尾音押韵,每一到两个联句构成一个诗的意境。这种诗体十分自由,哈菲兹用它来抒发自己的感情,表达对美好事物的追求,达到高度完美的艺术境界。

作为一个苏非派诗人,哈菲兹在创作中表现了对人生、对过去、对未来的探索精神,而且也富于批判精神。

他的诗歌主题,一是颂酒,二是歌颂爱情。但是,他凭借这样的题材,表现了芸芸众生的愿望以及诗人自己的思想情感,而在描写爱情的诗歌中,他则把爱情抽象化,表现出了强烈的反宗教、反禁欲主义的思想:"是醉是醒,人人都把真情向往,/清真寺、修道院,处处都是爱的殿堂。"

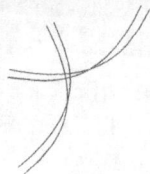

第二节　中古诗歌赏析

Dawn Song

Bertran d'Alamano

A knight beside his sweet desire
Between his kisses makes inquire:
Sweet, what is to do my dear?
Dark must end as day draws near.
I hear the watchman's 'Up away;'
On the heels of dawn runs day.

Sweet, if day and dawn for ever
Ended were that lovers sever,
Best of blessings where true knight
Lies beside his best delight.
I hear the watchman's'Up away;'
On the heels of dawn runs day.

Sweet, be sure there is no smarting
Pain can match with lover's parting;
I myself can count its pains
By how little night remains.
I hear the watchman's 'Up away;'
On the heels of dawn runs day.
Sweet, I go but leave thee knowing
I am thine wherever going;
Keep me ever in thy mind
For my heart remains behind.
I hear the watchman's 'Up away;'
On the heels of dawn runs day.

Sweet, without you death would find me,
Love put all my life behind me.
I'll be back as soon as fled,

For without you I am dead.
I hear the watchman's 'Up away;'
On the heels of dawn runs day.

Translated by Willard Trask

破　晓　歌
贝特朗

一名骑士睡在他心仪的女人身边，
在亲吻间发出询问，情意绵绵：
亲人啊，我该怎么办呢，亲人？
黑夜即将终结，白昼就要降临。
我听到巡夜人在高喊"离开"，
破晓之后，白昼便接踵而来。

亲人啊，倘若白昼和破晓
不再迫使情侣分道扬镳，
那么最好的祝福就是真挚的骑士
躺在他最动心的女人的怀里。
我听到巡夜人在高喊"离开"，
破晓之后，白昼便接踵而来。

亲人啊，世界上的任何痛苦和悲戚，
都比不上情侣之间的别离；
我自己能够根据短暂的残夜
来计算我们遭受的痛苦何等剧烈。
我听到巡夜人在高喊"离开"，
破晓之后，白昼便接踵而来。

亲人啊，我得走了，可你必须记住：
我属于你，无论我走到何处；
请把我永远铭刻在你的心头，
因为我虽然离去，心却在此处存留。
我听到巡夜人在高喊"离开"，
破晓之后，白昼便接踵而来。

亲爱的，没有你，死神就会将我追寻，

是爱情让我忘记了我的全部生命。
我一定会回来的,尽一切力量,
因为没有你,我如同死了一样。
我听到巡夜人在高喊"离开",
破晓之后,白昼便接踵而来。

(吴笛 译)

贝特朗的《破晓歌》在骑士文学中具有代表性。骑士文学是中世纪欧洲特有的一种文学现象,是骑士制度的产物。骑士是下层的小封建主,是大封建主所豢养的封建武装。一旦需要,骑士们就自己备好武器、马匹,为封建主去打仗,有了战功还可以获得大封建主的赏识。

骑士的信条是忠君、护教、行侠,他们把这些看作荣誉,骑士还要效忠于自己的女主人,要为封建主和所谓的心爱的贵妇人去冒险,去立功,以争取最大的荣誉,这也就是所谓的骑士精神。

贝特朗的《破晓歌》描写骑士和贵妇人在夜间幽会以后破晓时分离别的情景。全诗共分五节,采用双行韵,既严谨规范,又富有变化,具有强烈的节奏感和音乐性。每一诗节的最后,都要重复:"我听到巡夜人在高喊'离开',/破晓之后,白昼便接踵而来。"这一诗句的重复,既增强了作品的音乐性,又强化了"破晓歌"这类作品的主题。该诗的第一节,直接陈述骑士和他心仪的女子在度过情意绵绵的夜晚之后面对破晓的困惑。巡夜人已经在高喊"离开"了,可是骑士和他所爱的女子依然情意绵绵,难舍难分。面对即将来临的白昼,他们不知如何是好。

在第二诗节中,所表达的是这对情侣的良好的企盼。企盼白昼和破晓不再迫使情侣分离,让彼此相爱的情侣永远相处在一起,让"真挚的骑士"永远"躺在他最动心的女人的怀里"。在这企盼声中,我们可以感受到抒情主人公对封建婚姻的憎恨和对以性爱为基础的现代婚姻的向往。

第三、四两节突出描写分离的痛苦,认为这种情侣的分离是人世间最大的痛苦和悲戚,他们之间所剩的残夜已经屈指可数,随着白昼的逐步临近,他们的分离的痛苦越发剧烈。他们必须分离,然而,正如抒情主人公的表白,虽然必须分离,但是他们的心灵是紧紧连在一起的。我们从他们的痛苦中感受到他们爱情的真挚与炽热。

诗的最后一节,可以视为一种山盟海誓。骑士发誓,他一定会回到自己所爱的女子身边。因为在他的心目中,爱情比生命更为重要,爱情的力量比死亡还要强大。没有爱情,一个人如同行尸走肉,有了爱情,死神也会被爱者所战胜。

　　我们知道,以《破晓歌》为代表的骑士抒情诗最早产生于 11 世纪下半叶法国南部的普罗旺斯,到了 13 世纪已经相当繁荣,而 13 世纪中叶以后开始衰落。《破晓歌》主要描写骑士与贵妇人之间的爱情。尽管这些作品歌颂的不是正当的夫妇之爱,然而,对于当时教会的禁欲主义宣传和对封建婚姻制度来讲,这却是一种具有进步意义的冲击,冲破了禁欲主义思想的束缚。

So Winsome and So Worthy Seems to Me
Dante Alighieri

So winsome and so worthy seems to me
my lady, when she greets a passer-by,
that every tongue can only babble shy
and eager glances lose temerity.

Sweetly and dressed in all humility,
away she walks from all she's praised by,
and truly seems a thing come from the sky
to show on earth what miracles can be.

So much she pleases every gazing eye,
she gives a sweetness through it to the heart,
which he who does not feel it fails to guess.

A spirit full of love and tenderness
seems from her features ever to depart,
that, reaching for the soul, says softly "Sigh."

我的恋人如此娴雅
但　丁

我的恋人如此娴雅如此端庄,
当她向人行礼问候的时刻,
总使人因舌头发颤而沉默,
双眼也不敢正对她的目光。

她走过,在一片赞美的中央,
但她全身却透着谦逊温和,

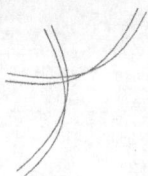

她似乎不是凡女,而来自天国,
只为显示神迹才降临世上。

她的可爱,使人眼睛一眨不眨,
一股甜蜜通过眼睛流进心里,
你绝不能体会,若不曾尝过它:
从她樱唇间,似乎在微微散发
一种饱含爱情的柔和的灵气,
它叩着你的心扉命令道:"叹息吧!"

(飞白 译)

《我的恋人如此娴雅》出自但丁的抒情诗集《新生》。这部诗集写于1283—1291年,是但丁对贝雅特里奇的恋情的结晶,包括31首抒情诗,并用散文将其联为一个整体。

从这首优美的抒情诗中,我们可以看出,但丁写诗时的一个特点是特别注重反馈信息,突出客观上所引起的强烈反响,他没有直接刻画他对贝雅特里奇的印象或者贝雅特里奇的迷人的形象给他造成的冲击,而是通过与她相接触的人的反响,作为一种反馈的信息,来奇特地表现她的娴雅端庄、谦逊温和,来展现她天使一般的感化人的内心、转换人的灵魂的神奇的精神力量。

但丁写诗时的另一个特点是善于将生理和心理的要素结合起来,恰如其分地展现抒情主人公的内心世界的复杂而微妙的情绪变化和发展,"舌头发颤"、"眼睛一眨不眨"、"双眼也不敢正对"等表现生理活动的词语,突出地表现了贝雅特里奇的魅力以及给人们带来的震撼和冲击,而"柔和的灵气"、"显示神迹"等词语,已经将该女性独具的魅力净化成一种宗教情感,成为顶礼膜拜的对象,从而与中世纪的时代特征以及但丁的世界观形成吻合。

If I Were Fire, I'd Burn Up the World
Cecco Angiolieri

If I were fire, I'd burn up the world;
If I were storm, I'd raise a giant swell
And drown it all; if I were God I'd hurl
This rat's—ass circus all the way to hell.
If I were pope, how happy I would be!
I'd cheat the Christians blind and suck their blood.
To serve as emperor I might agree,

So I could chop off everybody's head.

If I were death, I'd go to see my dad—
Of course with mother I would do the same.
If I were life, I'd run from them like mad.
If I were Cecco, as I was and am,
I'd take the lovely and the lively dames
And leave for you the ugly and the sad.

Translated by Leonard Cottrell

如果我是火……
安杰奥列里

如果我是火,我要把世界烧毁,
如果我是风,我要吹垮它,
如果我是水,我要淹没它,
如果我是上帝,我要把它投入深渊内,
如果我是教皇,我将快乐无比,
因为我欺骗了所有基督教徒;
如果我是皇帝,你知道我干什么?
我要砍去每个人的脑袋。

如果我是死神,我将走向父亲身旁,
如果我是生命,我将从他身边逃离,
我对母亲的态度也是这样。
如果我是切科——过去是,现在也是,
我将把年轻美丽的女人带在身旁,
让又老又丑的投到别人怀里。

（钱鸿嘉 译）

切科·安杰奥列里(Cecco Angiolieri,1260—1313)是当时民间文学作品的代表人物。出生于锡耶那的富裕家庭。对于他的生平,现有可信资料不多。根据某些文献,他的生活放荡不羁,声名狼藉,而且债台高筑。年轻时与但丁结识,写过3首十四行诗献给这位大诗人。据考证,他写过128首十四行诗,技巧娴熟,想象力丰富。

安杰奥列里的这首写于中世纪的十四行诗,今天读来的确令人振聋发

聩。也许,随着时代的变迁,这种情绪对于我们今天的社会已经格格不入了。然而,我们必须看到它在中世纪的意义。众所周知,在中世纪,由于受到来世主义思想的影响,人们常常把今生今世只是看成是通往来世、迈向天堂的阶梯。因此,人们时常俯首帖耳,逆来顺受,而《如果我是火……》中的抒情主人公却大胆地向时代挑战,在以神性为时代特征和神权统治一切的人类社会里,呼唤人性,赞美人权,在教会神权统治一切的中世纪,就表现出强烈的即将来临的人文主义思想。

该诗首先假设的是自然的要素,自然的力量,如果是火,是风,是水,那就要用这些自然的力量把这个世界摧毁。那么,为什么要摧毁这个世界呢?诗人在接下来的诗句中作出了回答:因为"上帝"把这个世界投入了深渊,而人类社会的至高无上、受命于天的两个权威——教皇和皇帝,一个"欺骗了所有基督教徒",一个草菅人命。诗人在此以反讽的手法,对教皇和皇帝进行了犀利的批判。而"如果我是死神"和"如果我是生命"这一对偶句,更是说明了当时的社会中的尔虞我诈,以及亲情的丧失和道德的沦丧。从另一层次上对中世纪的社会现实进行了真切的描述和强烈的批评。

作品的最后三行"如果我是切科——过去是,现在也是,/我将把年轻美丽的女人带在身旁,/让又老又丑的投到别人怀里",则是抒情主人公身上的热情奔放的现世主义精神和豪放性格的强烈体现,传达了人文主义思想的先声。同时,这坦荡直率、自然豪迈、近乎放荡不羁的诗句也是对教会神权统治下的中世纪的黑暗社会发出的一声呐喊,一声向往爱情、享受生活、肯定现世生活价值和意义的崇高的呐喊。

The Rubaiyat
Omar Khayyam

12

A book of Verses underneath the Bough,
A Jug of Wine, a Loaf of Bread — and Thou①
   Beside me singing in the wilderness —
Oh, wilderness were Paradise enow②!

---

①   Thou [ðau] pron. 你。
②   enow = enough.

20

And this delightful Herb① whose tender Green
Fledges the River's Lip on which we lean —
  Ah, lean upon it lightly! for who knows
From what once lovely Lip it springs unseen!

24

Ah, make the most of what we yet may spend,
Before we too into the Dust descend;
  Dust into Dust, and under Dust, to lie,
Sans Wine, sans Song, sans Singer, and — sans② End!

29

Into this Universe, and why not knowing,
Nor whence, like Water willy-nilly③ flowing:
  And out of it, as Wind along the Waste,
I know not whither, willy-nilly blowing.

35

Then to this earthen Bowl did I adjourn
My Lip the secret Well of Life to learn:
  And Lip to Lip it murmur'd — "While you live
Drink! — for once dead you never shall return."

36

I think the Vessel, that with fugitive
Articulation answer'd, once did live,
  And merry-make; and the cold Lip I kiss'd

---

① Herb: aromatic plants used especially in medicine or as seasoning. 药草；芳草。
② sans: prep. without.
③ willy-nilly: It's a modified form of an older phrase that is variously expressed as will I, nill I or will ye, nill ye, means "be I willing, be I unwilling".

How many Kisses might it take — and give!

37

For in the Market-place, one Dusk of Day,
I watch'd the Potter thumping his wet Clay:
    And with its all obliterated Tongue
It murmur'd — "Gently, Brother, gently, pray!"

38

And has not such a story from of Old
Down Man's successive generations rolled
    Of such a clod of saturated Earth
Cast by the Maker into Human mold①?

Translated by Edward Fitzgerald

鲁 拜 集
海亚姆

12

只要在树阴下有一卷诗章,
一壶葡萄酒和面包一方,
还有你,在荒野里伴我歌吟,
荒野呀就是完美的天堂!

20

我俩枕着绿草覆盖的河唇,
苏生的春草啊柔美如茵,——
轻轻地枕吧,有谁知道
它在哪位美人唇边萌生!

24

啊,尽情利用所余的时日,

---

① mold: frame or model on which something is formed or shaped.

趁我们尚未沉沦成泥，——
土归于土，长眠上下，
无酒浆，无歌声，且永无尽期！

29

我像流水不由自主地来到宇宙，
不知何来，也不知何由；
像荒漠之风不由自主地飘去，
不知何往，也不能停留。

35

我把唇俯向这可怜的陶樽，
想把我生命的奥秘探询；
樽口对我低语道："生时饮吧！
一旦死去你将永无回程。"

36

我想这隐约答话的陶樽
一定曾经活过，曾经畅饮；
而我吻着的无生命的樽唇
曾接受和给予过多少热吻！

37

因为我记起曾在路上遇见
陶匠在捶捣黏土一团；
黏土在用湮没了的语言抱怨：
"轻点吧，兄弟，求你轻点！"

38

岂不闻自古有故事流传，
世世代代一直传到今天，
说是造物主当年造人
用的就是这样的湿泥一团？

（飞白 译）

欧玛尔·海亚姆(Omar Khayyam,1048? —1122)是著名的中古波斯诗人。他曾以当时著名的哲人野芒·茂华克为师,受过良好的教育。海亚姆虽才华过人,受到重用,但生前并不以诗闻名,他曾在宫廷任太医和天文方面的职务,1074 年还曾修订历法,筹建天文台。随着旧日君主的一一去世,他晚年的生活穷困潦倒。他的诗大多收在《鲁拜集》里,大部分是关于死亡与享乐的。他用了很多笔墨来讽刺来世以及神,这与当时的世俗风尚相去甚远。他的诗继承了萨曼王朝时期霍拉桑体的诗风,语言明白晓畅,朴实洗练。长期以来,他作为一个数学家、天文学家和哲学家闻名于世,其诗名直至 19 世纪英国诗人菲茨杰拉德将其诗歌译成英文后才得以建立。

这里所选的海亚姆的《鲁拜集》中的诗篇,表现了"及时行乐"的主题,并且对人的存在之谜进行了探讨。如在第 12 节中,诗人以拥有艺术(诗章、歌吟)、爱情(你)、美酒等朴实的普通的人间生活来与"完美的天堂"相提并论,认为现世的普通生活可以与天堂媲美,从而强调了现世生活的价值与意义。而在第 24 节诗中,诗人认为生命来自于土,归之于土,一旦"沉沦成泥",便毫无声息,"永无尽期",因此,人的生命的意义就在于"尽情利用"现实的时光。

海亚姆善于借无生命的陶樽的口来叙说"及时行乐"的哲理:"我把唇俯向这可怜的陶樽,/想把我生命的奥秘探询;/樽口对我低语道:"生时饮吧!/一旦死去你将永无回程。"由此可见,当西方尚处在中世纪教会神权统治之下的时候,东方诗歌中已经强烈地闪耀着具有人性色彩的"及时行乐"的思想,尤为重要的是,从某种意义上来说,中古时期东方诗歌中的这一主题在不同的地理方位上表现了西方的人文主义的先声。

在探讨人的存在之谜方面,第 36 节至 38 节表现得尤为深刻。海亚姆甚至从陶樽、泥土等无生命的物体中,探讨存在之谜、生命的价值和生命的能量:"而我吻着的无生命的樽唇/曾接受和给予过多少热吻!"而上帝造人和陶匠制作陶樽,都是以泥土为原料,更是加深了自然界的泥土与人类世界的同一性。

The Merchant and the Parrot
Rumi

There was once a merchant, who had a parrot,
A parrot fair to view, confined in a cage;
And when the merchant prepared for a journey,
He resolved to bend his way toward Hindustan.

Every servant and maiden in his generosity
He asked, what present he should bring them home;
And each one named what he severally wished,
And to each one the good master promised his desire.
Then he said to the parrot, "And what gift wishest thou,
That I should bring to thee from Hindustan?"
The parrot replied, "When thou seest the parrots there,
Oh, bid them know of my condition,
Tell them, 'A parrot, who longs for your company,
Through Heaven's decree is confined in my cage.
He sends you his salutation, and demands his right,
And seeks from you help and counsel. '
He says, 'Is it right that I in my longings
Should pine and die in this prison through separation?
Is it right that I should be here fast in this cage,
While you dance at will on the grass and the trees?
Is this the fidelity of friends,
I here in a prison, and you in a grove?
Oh, remember, I pray you, that bower of ours,
And our morning-draughts in the olden time;
Oh, remember all our ancient friendships,
And all the festive days of our intercourse!'"
The merchant received its message,
The salutation which he was to bear to its fellows;
And when he came to the borders of Hindustan,
He beheld a number of parrots in the desert.
He stayed his horse, and he lifted his voice,
And he repeated his message, and deposited his trust;
And one of those parrots suddenly fluttered,
And fell to the ground, and presently died.
Bitterly did the merchant repent his words;
"I have slain," he cried, "a living creature.
Perchance this parrot and my little bird were close of kin,
Their bodies perchance were two and their souls one.

Why did I this? Why gave I the message?
I have consumed a helpless victim by my foolish words!
My tongue is as flint, and my lips as steel;
And the words that burst from them are sparks of fire.
Strike not together in thy folly the flint and steel,
Whether for the sake of kind words or vain boasting;
The world around is as a cotton-field by night;
In the midst of cotton, how shall the spark do no harm?"

The merchant at length completed his traffic,
And he returned right glad to his home once more.
To every servant he bought a present,
To every maiden he gave a token;
And the parrot said: "Where is my present?
Tell all that thou hast said and seen!"

He answered, "I repeated thy complaints
To that company of parrots, thy old companion,
And one of those birds, when it inhaled the breath of thy sorrow,
Broke its heart, and fluttered, and died."
And when the parrot heard what its fellow had done,
It too fluttered, and fell down, and died.
When the merchant beheld it thus fall,
Up he sprang, and dashed his cap to the ground.
"Oh, alas!" he cried, "my sweet and pleasant parrot,
Companion of my bosom and sharer of my secrets!
Oh, alas! Alas! And again alas!
That so bright a moon is hidden under a cloud!"
After this he threw its body out of the cage;
And lo! The little bird flew to a lofty bough.
The merchant stood amazed at what it had done;
Utterly bewildered he pondered its mystery.
It answered, "Yon parrot taught me by its action:
'Escape,' it told me, 'from speech and articulate voice,
Since it was thy voice that brought thee into prison;'

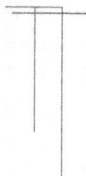

And to prove its own words itself did die. ”
It then gave the merchant some words of wise counsel,
And at last bade him a long farewell.
“Farewell, my master, thou hast done me a kindness,
Thou hast freed me from the bond of this tyranny.
Farewell, my master, I fly toward home;
Thou shalt one day be free like me!”

Translated by E. J. W. Gibb

商人和鹦鹉
鲁 米

从前有个商人养了一只鹦鹉，
将它囚于笼中，取悦人们的耳目。
一天商人打点行囊要出趟远门，
他决心去印度碰碰自己的财运。
他慷慨地询问了每个男女家仆，
问他们想要他带回什么样的礼物。
于是每个人都将自己的心意表露，
每个心愿都得到了主人的赐福。
“那么你呢?”他最后问那只鹦鹉，
“你想让我从印度带给你什么礼物?”
“你要是在那里看见了我的同伴，
呵，请告知他们我难言的辛酸。
你就说,‘有只鹦鹉渴望你们的陪伴，
却因上帝的裁决樊笼里度日如年。
它向你们问候并申明它的权利，
希望你们能给予它帮助和建议。’
它说了,‘难道我就该听任命运的驱遣，
茕茕孑立,在牢狱中憔悴直至生命耗干。
难道我就该安于这笼中的死寂，
而你们却可以草地林间漫游嬉戏?
这难道就是所谓的朋友的忠贞，
我这儿身陷囹圄,你们却逍遥绿林。

呵，求你们记起旧时凉亭的浓荫，
我们曾一同畅饮陶醉晨酒的芳醇。
呵，请记得我们友谊的悠远绵长，
还有我们共度的每一刻欢乐时光！'"
商人将鹦鹉的嘱托默默牢记，
他将向它的伙伴们传达这一讯息。
当他来到印度的边境，
见许多鹦鹉盘旋在沙漠的上空。
他勒住马，抬高自己的嗓门，
向它们殷切地转达了鹦鹉的口信。
只见其中一只突然拍打着翅膀，
一头扎向地面，顿时气绝身亡。
商人追悔莫及，恨不能收回射出的语箭，
"我残害了一只生灵，"他哀叹，
"它和我那小雀儿怕是同胞血缘。
它们虽远隔万里然灵魂相依相吸。
我却为何偏要将这样的凶信传递？
我愚蠢的话将一颗无助的生命吞灭！
我的舌头坚如燧石，嘴唇冷似钢铁；
语弹如火舌从那里喷薄而出，
这火舌却不因愚行将石铁惩处，
或出于仁善，或出于赤裸的虚浮。
今夜的世界好似一片丰收的棉田，
棉田中的火星怎会不将万物席卷？"

最后商人做完了自己的生意，
又一次满心欢喜地回到家里。
他拿出备好的礼物分给每个男仆，
每个女仆也得到了允诺的礼物。
"那我的礼物在哪儿呢？"鹦鹉问道，
"请把你经历的一切都告诉我！"
"我只把你的牢骚重复了一遍，"他答言，
"就说给那群鹦鹉，你的老伙伴，
其中有一只听罢你悲痛的经历，

伤透了心,扑倒在地没了气息。"

这鹦鹉一听到它伙伴的不幸,

也挥了挥翅膀,顷刻间倒地毙了性命。

商人望着面前的一幕惨状,

突然一惊而起,将帽子狠摔在地。

"呜呼!"他痛哭,"我甜蜜可人的鹦鹉,

我灵魂的知己,心中的密友。

呜呼! 苍天! 苍天哪! 我喊你不应!

如此娇美的月亮就这样被乌云吞噬!"

于是商人将鹦鹉的尸体扔出鸟笼;

快瞧呀! 那小鸟竟纵身跃上树梢。

眼前的一幕令商人惊呆不已,

他满心疑惑地思忖其中的玄秘。

"我的伙伴用行动开导了我,"鹦鹉开了口,

"'逃走,'它说,'快逃离语言和声音的陷阱,

既然正是这声音将你的自由背弃。'

为此它不惜用鲜血证明这个道理。"

鹦鹉又赠予他几句智者的训诫,

最后它向那个商人道了永别。

"别了,我的主人,你的这一善行

使得我摆脱暴虐,重获新生。

别了,我的主人,我要回到我的家园。

但愿有一天你自由的颜色如我这般!"

(樊维娜 译)

第二章 神光沐浴下的情感世界

　　鹦鹉是具有灵性的,无数诗人对鹦鹉进行了各种形式的赞美。同样,对于笼中的鹦鹉,古今中外许多诗人也发出了种种感慨。我国唐朝就有许多诗人对笼中的鹦鹉寄予深切的同情,发出了由衷的感叹:来鹄的《鹦鹉诗》咏物寄情:"色白还应及雪衣,嘴红毛绿语仍奇。年年锁在金笼里,何似陇山闲处飞。"杜甫也在《鹦鹉》一诗中哀叹鹦鹉"未有开笼日,空残旧宿枝。"李义府在《咏鹦鹉》中则写了鹦鹉孤苦伶仃的境况:"慕侣朝声切,离群夜影寒。"而白居易的《红鹦鹉》在对鹦鹉极度赞美之后却又发出哀叹:"安南远进红鹦鹉,色似桃花语似人。文章辩慧皆如此,笼槛何年出得身?"

　　然而,鲁米的《商人和鹦鹉》,靠的是鹦鹉自身的大彻大悟和心灵的默契

而获得了自由和拯救。

就作品情节来说,鲁米的《商人和鹦鹉》是一篇极为优美的寓言故事。故事的中心形象便是鹦鹉。一位富商家中养了鹦鹉,这只鹦鹉尽管受到了"款待",但它毕竟是一只"离群索居"的失去自由的"笼中之鸟"。当商人出差去印度的时候,鹦鹉恳请主人给印度原野上的自由的鹦鹉捎个口信,向它们诉说一下自己的囚禁生活。赴印度的商人欣然接受了鹦鹉的托付。到了印度的国土,商人看到原野上的几只鹦鹉,便将自己家中鹦鹉所托付的话语转述给其中的一只鹦鹉听。谁知,鹦鹉闻言,便一阵惊悸,顿时跌落在地,从此"一命归西"。商人极度后悔,怪自己不该传达那个消息,将一个生灵置于死地。回国之后,商人悔恨地把这一经历告诉了家里的笼中的鹦鹉。当笼中的鹦鹉听到了印度原野上的鹦鹉的相关情况后,也突然全身震颤,跌倒变僵。看到笼中的鹦鹉死了,主人只得来到户外,把它从笼中倒出。谁知,一旦从笼中倒出,"断气"的鹦鹉突然似"一道晨光",翻身飞到树上。原来,鹦鹉之间通过商人进行了沟通,传递了妙计,笼中鹦鹉终于获得了解救。

从叙述的语言来看,该诗简洁流畅,语言明晰,没有晦涩之感,但是,对于诗中的象征以及所传达的思想内涵,便仁者见仁,智者见智了。伊朗著名学者纳迪尔·瓦金普尔对于该诗的研究作过综述,将该诗的象征意义以及基本思想内涵概括成两种观点:"一种观点认为:这首诗表现了苏菲主义'死亡与被拯救'的重要思想。包括摒弃个人特性,而注重灵魂的至上性,为了摆脱对人的束缚(诗中'鸟笼'的象征意义),则要蔑视一切情欲和世俗享乐;要避免自我暴露,不被赞誉引诱等。另一种观点认为:它告诉人们要彼此相爱,身陷囹圄时要乞求神的宽恕。"

应该说,这两种观点对于我们欣赏此诗,是非常具有参照价值的。不仅是象征意义,该诗所阐述的一般意义上的人生哲理也是极为深邃的。概括起来,我们所获得的以下几点启示是非常明显的。

首先,该诗叙述了灵魂的追求,这是一曲自由的颂歌。诗人通过笼中鹦鹉与印度鹦鹉的对比,来突出对自由的追求以及遭遇束缚与自由自在之间的精神反差。生活的意义和价值在于精神的愉悦,而不是在于物质的丰腴。哪怕物质生活无忧无虑,得到百般宠爱,可是却束缚在"笼中"而不能自由自在地生存,其生命意义何在?所以该诗中的鹦鹉蔑视物质享受,向往"飞翔在树梢,栖息在草坪"的自由生活。而且,这种对自由的向往还具有与"真主"合一的意旨。在尘世之牢狱中,人们不能放弃对自由境界的追求。所以,鹦鹉获得自由的故事也象征着一个苏菲主义者摆脱人世间的痛苦最终达到与"真主"合一的自由境界。因为"他心怀对一主之爱,主就是他自身,/爱主就是爱己,二者无法区分"。

其次,该诗渲染了灵魂的默契和感悟。鹦鹉之间得以沟通,靠的就是心灵的感悟。日常生活中,不能被语言的表象所迷惑。如诗中所述:"语弹如火舌从那里喷薄而出。"言语只是符号,只是媒介,要透过符号进行感知,进行探究。所以,鹦鹉之间的沟通,是一种超越语言的对真主的大彻大悟。

再则,该诗在结尾部分明确道出了含而不露的"不要丧失自我,不要显摆"的处世原则。鹦鹉之所以成为笼中之囚,在于它一开始不懂得这一原则,为了讨好于人,卖弄自己,模仿人的语言,丧失鸟的本性,从而导致自己失去自由,成为人的玩物。同样,一个人若是过于显摆,甚至卖弄自己,那么,定会遭遇忌妒和厄运。

最后,该诗表现了灵魂的拯救与再生。该诗是一首诗体寓言,形象地说明了摆脱肉体的"牢笼",超脱世俗,洞悉"人生真谛",在主的启示下,进行自我拯救,获得再生,达到自我完善的思想。

总之,这首描写鹦鹉自我拯救的诗篇,所蕴涵的人生哲理和处世原则是极为深刻、发人深省的。

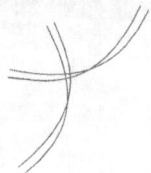

第三章 人的发现和人类价值的讴歌

——文艺复兴时期的诗歌欣赏

第一节 人文主义诗歌概论

一、文艺复兴与人文主义诗歌的特征

文艺复兴的产生,是以资本主义在欧洲的出现为先决条件的。在这个时期,欧洲封建社会逐渐解体,资本主义生产关系在封建社会母体内部孕育起来并且得以发展。作为中世纪的第三时期,这个时期是欧洲从中世纪封建社会向资本主义过渡的历史转折时期。

由于封建社会日趋瓦解,资本主义不断发展,欧洲社会的阶级关系也相应发生了深刻变化,并且随着资本主义生产关系的产生,在欧洲许多国家内形成了一个新的阶级,即资产阶级。于是,主要的社会矛盾是新兴的资产阶级和城市平民等与封建主以及罗马天主教会之间的矛盾。

中世纪,在教会神权的统治下,人们的思想受到禁锢,古代希腊、罗马文学被埋没了近千年。到了 14 世纪,特别是到了 15、16 世纪,古代文化又重新被欧洲人所重视,出现了一个研究古代希腊罗马文化、复兴古代希腊罗马文化的热潮。这个时期就是欧洲历史上著名的文艺复兴时期。

文艺复兴的出现,并不是一个简单的古代希腊罗马文化的复兴,这一复兴只是一个因素或者一个征兆。文艺复兴正是在这一因素或者征兆的作用下,在 14 世纪到 16 世纪欧洲的封建社会解体、资本主义萌芽这样一个特定历史条件下,所形成的新兴资产阶级反封建、反教会的思想文化运动。这个时期,欧洲社会还是封建制度,资产阶级如果要发展资本主义,必然要和当时占统治地位的封建制度、封建势力发生冲突。因此,资产阶级作为一种新的生产方式的代表,便开始了这样的一场反封建的斗争。

当然,由于在漫长的中世纪教会神权是封建制度的精神支柱,因此,要想反对封建制度,就必须攻下封建教会这一顽固的堡垒。这样,宗教改革便应运而生。宗教改革是资产阶级在宗教外衣之下来进行反对教会统治的革命斗争。

资产阶级不仅直接以宗教革命，也以世俗的形式来进行斗争，借用古代文化中的积极因素，来进行反对教会神权统治、反对封建思想的斗争。从 14 世纪的意大利开始，就有一些资产阶级的思想的代表，学习古代文化，从中发掘积极的东西。从 15 世纪后半叶开始，由于印刷术的发展，使得希腊罗马文化得以迅速流传，人们有可能广泛地接触古代的文化遗产，因此，在人们的面前，便展现了一个新的世界，一个灿烂的希腊罗马的古代文明。于是，面对灿烂的古代文明，中世纪的幽灵便消逝而去。

而且，正如印刷术的发展为文艺复兴的展开提供了可能，当时自然科学和社会科学的发展、人类文明的进步，也为这场斗争的开展起了重要的促进作用。如 15、16 世纪的地理大发现，极大地扩充了人们的视野，使得人们看到了世界真实的面貌，也使得人们认识到人自身具有无穷无尽的智慧和才能。再如波兰科学家哥白尼（1473—1543）的《天体运动》，否定了天主教一千多年以来一直所竭力维护的"地球中心说"的反动体系，提出了"太阳中心说"，从而动摇了人们心目中根深蒂固的上帝创造世界的神话。此外，意大利哲学家布鲁诺（1548—1600）、意大利物理学家伽利略（1564—1642）等，都为反对封建神学、宣扬人文主义思想作出了杰出的贡献。正是这些自然科学和社会科学的成就，促使人们头脑中的中世纪的神学观念迅速瓦解。在复兴古代文化的同时，掀起了一场反封建、反教会、反禁欲主义的思想文化运动。

文艺复兴这场思想文化运动的指导思想是人文主义。人文主义是在这场运动中形成的一个资产阶级思想体系，是资产阶级反封建斗争的思想武器，也是这一时期资产阶级进步文学所倡导的中心思想。它的斗争锋芒是针对中世纪封建主义世界观，特别是天主教会的宗教世界观的。教会以神为宇宙的中心，人文主义者则提出人是宇宙的中心来和它对抗。对"人"的肯定，成了资产阶级思想的核心。

文艺复兴时期诗歌成就最高的是意大利、法国和英国。就思想内容而言，文艺复兴时期的人文主义诗歌特别注重两个方面：

一是以人权反对神权，肯定人的价值和力量。由于人文主义思潮极大地冲击了统治中世纪的教会神权，冲击了这些宗教观念和神学思想，重新发现了人自身的价值，所以文艺复兴时期的人文主义诗歌以歌颂人性、歌颂人的价值为其根本主题。

二是宣扬世俗精神，反对禁欲主义。人文主义者充分强调现世生活的幸福，反对来世主义的虚伪性，并以个人幸福、个性解放来反对教会的禁欲主义。

在艺术方面，人文主义诗歌主要包括以下两个基本特征：

1. 由于肯定人的价值和现世生活,以及打破了中世纪教会神权的束缚,人的精神世界得以解放,那种"原罪论"的精神压力得以减缓,因此人性得以抬头,压倒了神权,体现在诗歌艺术上,首先是注重人的内心世界,展现人的内心活动,人性、人情、人的内心隐秘活动不再是诗的禁区了,而是成了许多诗人力图发掘探幽的对象。如彼得拉克的《歌集》、莎士比亚的《十四行诗集》、斯宾塞的《爱情小唱》等,都是以表现人的精神探索和情感世界为主要特征的。

2. 主张朴实的诗风,反对浮华辞藻,贴近民族语言(即提倡用俗语写作),既表现了一定的民族意识,又在使民族语言发展成文学语言以及使文学艺术贴近生活这一方面作出了很大贡献。如莎士比亚的创作等,在中古英语朝现代英语过渡方面,也起了相当重要的促进作用。

文艺复兴时期的重要诗人有意大利的彼得拉克、法国的龙萨,以及英国的莎士比亚等。

彼特拉克(F. Petrarca, 1304—1374)是文艺复兴时期诗歌艺术成就的最初的代表。

文艺复兴最初兴起于意大利,意大利这时出现了前所未有的繁荣。13世纪末14世纪初,意大利出现了三位文学大师:但丁、彼特拉克、簿伽丘,被人们称为佛罗伦萨文化的"三桂冠"。但是,在但丁的诗篇中,神学的威力占主导地位,所以仍被人称为是新旧过渡时期的诗人,而彼特拉克的抒情诗的主旋律则是千姿百态、变化多端的感情世界,表现出了强烈的人文主义思想,因而被人称为"第一个人文主义者"和"意大利诗歌之父"。

在文学史上,彼特拉克以优美、秀逸的抒情诗著称于世。他的诗作大多以自己丰富、敏感的思想和多愁善感的内心世界作为题材,而他一生中,对他抒情诗创作发生影响的,是他对劳拉的爱情。1327年(23岁时)他在阿维尼翁一座教堂内与劳拉初次相逢,爱慕之情油然而生,从此这一爱情成了诗人精神的支柱、创作的源泉和生活的动力,但这一爱情故事也与但丁的《新生》相似,结局悲惨,劳拉也与他人结婚了,而且,在他与劳拉相识21年后,劳拉也早死了(1348)。劳拉是在席卷整个欧洲的大瘟疫中离开人世的。彼特拉克得知这一消息后,悲痛欲绝,从此四处漂泊,长期流浪,无一固定住处,最后死于异地。

彼特拉克的代表作是《歌集》。这是一部献给所恋女子劳拉的抒情诗集,是他一生精神世界的生动写照。《歌集》由"圣母劳拉之生"和"圣母劳拉之死"两部分组成,第一部分描写了诗人热恋的感受以及有血有肉的爱情给他带来的欢乐和痛苦;第二部分宣泄了失恋的痛苦,并描绘了劳拉充满柔情地抚慰诗人的梦境。《歌集》共收十四行诗 366 首,用的是"彼特拉克诗体"。

"彼特拉克诗体"是一种十四行诗体。是欧洲文艺复兴时期的重要诗体,从文艺复兴之后,便一直经久不衰。在结构上"彼得拉克诗体"是 4433 结构,前 8 行展现主题或提出疑问,后 6 行是解决问题或作出结论。前 8 行韵式为 abba,abba,后 6 行韵式为 cde,cde,或 cde,dcd,或 ccd,eed 等。总之,该诗体富有变化,韵脚错落有致,听起来不单调,长度也适中,所以风行数百年。

龙萨(Pierre de Ronsard,1524—1585)是文艺复兴时期法国"七星诗社"的代表诗人。法国的人文主义作家具有贵族和平民两种倾向,"七星诗社"是前者的代表,《巨人传》的作者拉伯雷是后者的代表。"七星诗社"对法国文学的主要贡献在于他们对统一民族语言和建立民族诗歌所作的贡献。由杜贝莱起草的《保卫和发扬法兰西语言》不仅是他们的宣言,而且也是法国文艺批评史上的第一部论著。

作为七星诗社的领袖,龙萨也是法国文艺复兴诗歌成就的主要代表。他出身贵族,出入宫廷,写过不少出于应酬的宫廷诗,但最负盛名的是他的抒情诗。他讴歌生活,歌颂感情真挚的爱情,有时也抒发岁月易逝、人生短暂的哀叹。因此,他被人们誉为法国近代第一位抒情诗人。他的代表作是《致爱兰娜十四行诗集》。这是他后期的作品,显得构思新颖,想象丰富,是他爱情诗中的珍品。据说这部诗集记载的是诗人对亨利二世王后的侍女爱兰娜的恋情。在《致爱兰娜十四行诗集》中,龙萨表现了强烈的人文主义精神。如在其中的《爱人啊,那一天》一诗中,龙萨宣称"爱情在禁区燃烧",说明即使是在修道院,也挡不住人的天性和世俗精神,宣告了现世爱情战胜宗教禁欲主义的思想。

二、莎士比亚的诗歌创作

威廉·莎士比亚(William Shakespeare,1564—1616)既是伟大的戏剧家,又是伟大的诗人。出生于沃里克郡斯特拉特福镇的一个富裕市民家庭。他的诗主要包括以下几个部分:

1. 剧本里的诗

他的剧本很大部分是用素体诗写成的,但其中还有很多抒情插曲,包括牧歌(Pastoral)、情歌(Love songs)、民谣(Ballads),等等,可以独立成篇,显得优美、清新,充分显示出莎士比亚作为抒情诗人的才华。

2. 两部长诗

莎士比亚的两部长诗是《维纳斯和阿多尼斯》(*Venus and Adonis*,1593)和《鲁克丽斯受辱记》(*Rape of Lucrece*,1594)。两部长诗均取材于罗马诗人维奥维德吉尔的著作,主题是描写爱情不可抗拒以及谴责违背"荣誉"观念的兽行。

3. 十四行诗集

莎士比亚的十四行诗共 154 首,每首诗通常有五个音步,每个音步有一轻一重两个音节(抑扬格)。韵式与彼得拉克的诗有所不同,不再是 4433 结构,而是 4442 结构,韵脚排列形式是 abab cdcd efef gg。而且有的论者认为莎士比亚许多的十四行诗都有鲜明的起、承、转、合。头四行是"起",中间四行是"承",后四行是"转",最后两行是"合",是对一首诗所作的小结。

莎士比亚的十四行诗是作者思想和艺术高度凝练的结晶,历来受人重视,特别是在 20 世纪以来,研究十四行诗的论著,其数量仅次于《哈姆莱特》。其中有许多颇有价值的探讨和发现,但很多问题至今仍未得到令人信服的解答。不过,提出问题的主要意义在于加深了人们对莎士比亚诗歌的理解。

关于这部诗集的中心内容和主题,传统的观点认为是歌颂真善美以及友谊和爱情,从而表现了人文主义的思想。多数学者认为该诗集的主题是歌颂"真、善、美",也有专家认为,"《十四行诗集》按内容可以分为三类:歌颂美的诗,以友谊为题的诗,以爱情为题的诗"[①]。国外的学者大多持这种观点,国外的一些教材甚至把这部诗集当成"爱情十四行诗"来看待。[②] 就连近年出版的《哥伦比亚英国诗歌史》,也是把它列为"爱情抒情诗集"(collection of love lyrics)的范畴,而且认为:"威廉·莎士比亚的《十四行诗集》比别的爱情抒情诗集激起了人们更为紧要的推测。"[③]

但这种观点确实有些牵强附会,我们只有结合莎士比亚整个的创作生涯,才能作出比较客观的评价。莎士比亚的十四行诗集的创作年代是 16 世纪末和 17 世纪初,这正是他的戏剧创作从喜剧朝悲剧过渡的时期。十四行诗集所反映的情绪恰恰是从乐观向悲观乃至失望的转变。而导致这种情绪转变的一个重要因素,是对"时间"这一概念的理解以及由此产生的悲观主义的时间意识。

因此,我们认为,在莎士比亚这部著名的十四行诗集中,无论是美,还是友谊和爱情,都因为受到了"时间"的无情吞噬而弥漫着强烈的悲观的情调。

---

① 杨周翰:《谈莎士比亚的诗》,《文学评论》1964 年第 2 期。

② 如 Poetry Handbook 的编者 John Lennard 将莎士比亚的十四行诗集形容为"love poems and declarations of courtship"(John Lennard: *Poetry Handbook*, Oxford University Press, 1996, p. 23.)。

③ Carl Woodring ed. *The Columbia History of British Poetry*, New York: Columbia University Press, 1994, p. 194.

在这部作品中,始终贯穿着与时间抗衡和妥协的思想以及面对时间而表现出的茫然和困惑。这种困惑,是16世纪末和17世纪初人文主义者对时代感到困惑的一个反映。

莎士比亚并不像同时代的其他诗人那样歌颂"爱的永恒",或像约翰·多恩那样认为爱情不受时间和空间的限制,他的这部十四行诗集中的友谊和爱情的线索是处于发展和变换之中的,并且在时间的支配下,在思想感情和气氛上造成一种一致的比较合乎逻辑的发展。无论是对男性青年的友谊,还是对"黑肤女郎"的爱情,其实主要是作为一种铺陈,来突出"时间"的残酷和无情。所以,到了诗集的最后部分,即第146—152首,随着"时间"的流逝,诗人遇到的是友谊和爱情的双重背叛。他似乎完全陷入绝望,在失恋的痛苦中挣扎,同时万般悔恨自己有眼无珠,错爱一场。可见,莎士比亚描写爱情,主要是悲叹爱情短促易逝。

一般认为莎士比亚的戏剧创作分为喜剧、悲剧、传奇剧等三个创作阶段,这一观点较为客观,也被许多学者所认可。既然如此,那么创作于16世纪末和17世纪初的十四行诗集,就应该相应地是莎士比亚从喜剧向悲剧过渡时期的创作。抒情诗创作不同于戏剧,常常是作者个人经历和心灵历程的记录,比其他任何形式的作品都更能展现作者本人的思想情绪。

我们考察莎士比亚十四行诗中的时间主题,既能使我们从一个侧面加深对他戏剧创作从喜剧向悲剧转换的理解,同时也更能加深我们对文艺复兴时期人文主义作家世界观的理解,尤其更能加深我们对人文主义者强调现时生活意义的理解。正因他与时间妥协和抗衡但又无法摆脱"时间"的无情吞噬而表现出来的大胆揭露的精神和悲观的情绪,使他的诗作超越了时空,有了普遍的意义,成了"时代的灵魂",从而"不属于一个时代而属于所有的世纪"。①

第二节　人文主义诗歌赏析

Love's Fidelity

Francesco Petrarca

Set me whereas the sun doth parch the green,
Or where his beams do not dissolve the ice:
In temperate heat, where he is felt and seen;

---

① 本·琼生语,引自王佐良《英国诗史》,译林出版社1997年版,第119页。

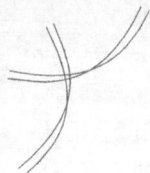

In presence prest of people mad or wise;

Set me in high, or yet in degree;
In longest night, or in the shortest day;
In clearest sky, or where the clouds thickest be;
In lusty youth, or when my hairs are grey:

Set me in heaven, in earth, or else in hell,
In hill or dale, or in the foaming flood;
Thrall①, or at large, alive whereso I dwell,

Sick or in health, in evil frame or good,
Hers will I be; and only with this thought
Content myself although my chance be nought.

爱 的 忠 诚
彼特拉克

不论我在南方冒着赤日炎炎，
或在阳光无力融化冰雪之处，
或在阳光和煦的温暖国土，
不论与狂人为伍或在哲人之间，

不论我身份是高贵或是低贱，
不论是长夜漫漫或白昼短促，
不论是晴空如洗或乌云密布，
不论是年华正茂或双鬓斑斑；

不论我在人间、地狱或天堂，
在滔滔洪水中，或在高山深谷，
不论患病或健康，快乐或忧伤，

不论住在何处，自由或为奴，
我永属于她；哪怕我的希望
永成泡影，这念头已令我满足。

（飞白 译）

---

① thrall: be enslaved or be held in bondage(奴役)。

彼特拉克擅长描绘人物内心世界微妙的变化，善于表达爱情的欢乐与悲哀，表现人文主义的人生观。他在作品中大胆提出"人学"与"神学"的对立，所以被誉为欧洲第一个人文主义者和意大利诗歌之父。

彼特拉克以典雅、优美的抒情诗著称于世，他的诗作大多以自己的丰富、敏感的思想和多愁善感的内心世界作为题材，而在他的一生中，对他的抒情诗创作影响最大的，是他对一位名叫劳拉的女子的爱情。

这首十四行诗中，前面的 12 行是通过一系列的排比句，构成各种假定的条件，衬托核心话语："我永属于她"（Hers will I be）。而令人感动的"爱的忠诚"便是通过 12 行中的假定来体现的。无论处在什么样的场所，无论自己是什么样的身份，无论生活发生什么样的变迁，无论身体处于什么样的状况，无论自己处于什么样的情绪，抒情主人公只有一个念头："我永属于她"。而且，仅仅这个念头，就感到无比幸福，心满意足。联想到彼特拉克对劳拉的痴情的爱恋，我们不难理解，为什么这一爱情成了诗人精神的支柱、创作的源泉和生活的动力，因为对这一爱情的追求的过程，本身就是美的体现，心灵在其中得以升华和净化，无需在乎结果是否徒劳和无望了。

Love's Inconsistency

Francesco Petrarca

I find no peace, and all my war is done;
I fear hope, I burn and freeze likewise;
I fly above the wind, yet cannot rise;
And nought I have, yet all the world I seize on;

That looseth, nor locketh, holdeth me in prison,
And holds me not, yet can I 'scape no wise;
Nor lets me live, nor die, at my devise,
And yet of death it giveth none occasion,

Without eyes I see, and without tongue I plain;
I wish to perish, yet I ask for health;
I love another, and yet I hate myself;

I feed in sorrow, and laugh in all my pain;
Lo, thus displeaseth me both death and life,
And my delight is causer of my grief.

爱 的 矛 盾
彼特拉克

我结束了战争，却找不到和平，

我发烧又发冷，希望混着恐怖，

我乘风飞翔，又离不开泥土，

我占有整个世界，却两手空空；

我并无绳索缠身枷锁套颈，

我却仍是个无法脱逃的囚徒，

我既无生之路，也无死之途，

即便我自寻，也仍求死不能；

我不用眼而看，不用舌头而抱怨，

我愿灭亡，但我仍要求康健，

我爱一个人，却又把自己怨恨；

我在悲哀中食，我在痛苦中笑，

不论生和死都一样叫我苦恼，

我的欢乐啊，正是愁苦的原因。

（飞白 译）

该诗描写的是彼特拉克对爱情的复杂体验以及无所适从的状态。这首诗中，诗艺上的一个突出成就，就是悖论(Paradox，又译佯谬法、矛盾修辞法)的运用。悖论这一术语的论述是20世纪的事，即布鲁克斯(Brooks)在《制作精美的瓮》(*The Well-wrought Urn*)中的精辟论述，按布鲁克斯的说法，佯谬法是指表达人的感官同时感知到的复杂、甚至相对立的各种思想、事实或品质。

诗人在这首诗中写的是心灵的活动，内心分析的微妙，不光在节奏上，而且在层次上，作者以内心深处的感受，来唤起读者的情绪。作者打破了诗中所描述的爱情的那种单一、和谐的状态，不是单纯地描写爱的欢乐、爱的痛苦、爱的寂寞、爱的悲哀，而是往其中注入了许多不和谐的因素，真实地展现了各种情绪都交织一起的特殊的情绪。诗中前三节十一行构成了十几对相互冲撞的情绪，抒情主人公的理智与情感进行了一场艰苦卓绝的战争，难以定夺，因此，尽管结束了战争，却无法找到战后应有的和平，诗人的心灵深处依然充满了矛盾：既惊恐万分，又信心百倍；既热情焕发，又心灰意冷；既渴望超然升天,又不愿离开这尘世的一片泥土;既感到拥有整个世界,又觉得一贫如洗;从而如一名"无法脱逃的囚徒",在既无生路又"求死不能"的境况下忍受煎熬,无可奈何地"在悲哀中食","在痛苦中笑",最后又得出:"我的欢乐啊,正是愁苦的原因"这种相互对立的结论。

　　这些冲突正是弗洛伊德学说中的伊德、自我、超我的冲突,正是这些看起来似乎对立的因素把抒情主体的心理惟妙惟肖地表现出来,一个"发烧又发冷"的正在品尝"甜蜜痛苦"的矛盾组合形象也就逼真地呈现在读者的眼前了。

When You Are Truly Old

Pierre de Ronsard

When you are truly old, beside the evening candle,
Sitting by the fire, winding wool and spinning,
Murmuring my verses, you'll marvel then, in saying,
"Long ago, Ronsard sang me, when I was beautiful."

There'll be no serving-girl of yours, who hears it all,
Even if, tired from toil, she's already drowsing,
Fails to rouse at the sound of my name's echoing,
And blesses your name, then, with praise immortal.

I'll be under the earth, a boneless phantom,
At rest in the myrtle groves of the dark kingdom:
You'll be an old woman hunched over the fire,

Regretting my love for you, your fierce disdain,
So live, believe me: don't wait for another day,
Gather them now the roses of life, and desire.

Translated by A. S. Kline

当你衰老之时
龙　萨

　　当你衰老之时,伴着摇曳的灯
　　晚上纺纱,坐在炉边摇着纺车,
　　唱着、赞叹着我的诗歌,你会说:

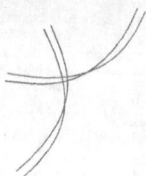

"龙沙赞美过我,当我美貌年轻。"

女仆们已因劳累而睡意蒙眬,
但一听到这件新闻,没有一个
不被我的名字惊醒,精神振作,
祝福你受过不朽赞扬的美名。

那时,我将是一个幽灵,在地底,
在爱神木的树阴下得到安息;
而你呢,一个蹲在火边的婆婆,

后悔曾高傲地蔑视了我的爱。——
听信我:生活吧,别把明天等待,
今天你就该采摘生活的花朵。

(飞白 译)

作为法国近代史上第一位抒情诗人,龙萨是七星诗社领袖,享有"诗王"美誉。他的代表作包括《颂歌集》、《赞歌集》以及《献给卡桑德蕾的爱情诗集》等诗集。他在抒情诗方面的突出成就,丰富了法国语言,为法国民族诗歌的发展作出了重要贡献。

《当你衰老之时》是龙萨《致爱兰娜十四行诗集》中流传最广的名篇。这是献给皇后侍女爱兰娜的爱情诗。

龙萨在诗中表现出抛开天国的幻想,追求现世生活,追求现世爱情的人文主义思想。这种思想的集中体现是"生活吧,别把明天等待"这一诗句。这一口号可溯源到古罗马诗人卡图卢斯的《生活吧,爱吧》,而"一个蹲在火边的婆婆"的形象,总是用来表述年老的妇人,与中古法国诗人维庸的《美丽的制盔女》一脉相承,也与 20 世纪抒情诗人叶芝的《当你老了》存有血性联系。叶芝的《当你老了》所着重表述的是对恋人忠贞不渝、超越时空的恋情,而龙萨的《当你衰老之时》更多的是强调享受现世生活、追求现世爱情的意义,同时又有着年华易逝去、艺术则能与时间抗衡的思想,所有这些,正是文艺复兴时期人文主义思想的具体表现。

I'd Like to Turn the Deepest of Yellows
Pierre de Ronsard

I'd like to turn the deepest of yellows,
Falling, drop by drop, in a golden shower,

Into her lap, my lovely Cassandra's,
As sleep is stealing over her brows.

Then I'd like to be a bull, white as snow,
Transforming myself, for carrying her,
In April, when, through meadows so tender,
A flower, through a thousand flowers, she goes.

I'd like then, the better to ease my pain,
To be Narcissus, and she a fountain,
Where I'd swim all night, at my pleasure:

And I'd like it, too, if Aurora would never
Light day again, or wake me ever,
So that this night could last forever.

Translated by A. S. Kline

啊,但愿我能发黄而变稠

龙　萨

啊,但愿我能发黄而变稠,
化作一场金雨,点点滴滴
落进我的美人卡桑德蕾怀里,
趁睡意滑进她眼皮的时候;

我也愿发白而变一头公牛
趁她在四月走过柔嫩的草地,
趁她像一朵花儿使群芳入迷,
便施展巧计而把她劫走。

啊,为了把我的痛苦消减,
我愿做那喀索斯,她作清泉,
让我整夜在泉中沉醉;

我还求这一夜化作永恒,
我还求晨曦不要再升,
不再重新点燃白昼的光辉。

(飞白 译)

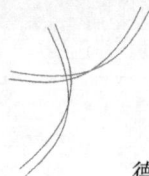

该诗是一首爱情诗,选自龙萨的诗集《献给卡桑德蕾的爱情诗集》。卡桑德桑是诗人在舞会上所相识的 15 岁的意大利姑娘。

作为出身贵族的诗人,龙萨学识渊博,熟谙古典。在《啊,但愿我能发黄而变稠》一诗中,诗人连用希腊神话典故,将全诗建立在三个希腊神话典故上,洋溢着浓郁的古典色彩,表现了作者崇尚古典的艺术风格。

第一个是宙斯与达娜厄(Danae)的故事:据希腊神话中的"阿尔戈斯传说",阿尔戈斯国王不让女儿出嫁(因他得到神谕,说他必将死于外孙之手),把公主达娜厄囚禁在一座铜塔之中,塔里只留下一个天窗,谁知宙斯爱上了达娜厄,化着一场金雨,自天而降,点点滴滴落到达娜厄的身上,使她怀孕,生下了珀尔修斯(Persus),即阿尔戈斯传说中的英雄。国王下令把女儿和外孙装进一只箱子扔进大海,其后被渔夫救起。后来在竞技会上扔铁饼时,珀尔修斯无意击中了外祖父,把他砸死了。

第二个典故是宙斯与欧罗巴的故事。腓尼基国王阿革诺耳的女儿欧罗巴(Europe)同女友们在海滨玩耍时,宙斯发现了她,被她的美貌所打动,因而施展巧计,变成一头白色的公牛引诱欧罗巴来骑,欧罗巴骑上后,宙斯驮着她,游过大海,把她劫到了克里特岛。

第三个典故即诗中提及的那喀索斯(Narcissus)的故事,他是一个美男子,但他爱上了自己的倒影。那是在一次出猎的时候,他在清泉旁边看到了自己的倒影,便如痴如醉地爱上了这水中的自我形象,守在泉边,顾影自怜,寸步不离,最后相思而死。

由于诗人熟谙古典,所以诗中用典妥帖自然,表现了抒情主人公无怨无悔的崇高的恋情,也体现了诗人龙萨崇尚古典的艺术风格。

Sonnet 18

William Shakespeare

Shall I compare thee① to a summer's day?
Thou art more lovely and more temperate.
Rough winds do shake the darling buds of May,
And summer's lease hath all too short a date.

---

① thee:you。第二人称单数形式代词多用"thou",其宾格形式为"thee"。下文中的"thy"是所有格,等于"your"。

Sometime① too hot the eye of heaven② shines,
And often is his gold complexion dimmed,
And every fair from fair③ sometime declines,
By chance or nature's changing course untrimmed.
But thy eternal summer shall not fade,
Nor lose possession of that fair thou owest④,
Nor shall Death brag thou wander'st in his shade
When in eternal lines to time thou grow'st.
So long as men can breathe, or eyes can see,
So long lives this⑤, and this gives life to thee.

我怎么能够把你来比作夏天?

莎士比亚

我怎么能够把你来比作夏天?
你不独比它可爱也比它温婉:
狂风把五月宠爱的嫩蕊作践,
夏天出赁的期限又未免太短:
天上的眼睛有时照得太酷烈,
它那炳耀的金颜又常遭掩蔽:
被机缘或无常的天道所摧折,
没有芳艳不终于雕残或销毁。
但是你的长夏永远不会凋落,
也不会损失你这皎洁的红芳,
或死神夸口你在他影里漂泊,
当你在不朽的诗里与时同长。
只要一天有人类,或人有眼睛,

---

① sometime:sometimes.

② the eye of heaven:sun.

③ every fair from fair:此处两个 fair 意思并不相同,前者指具体的美人或美的事物,后者指美貌。此处的内涵是:Everyone who is fair (or Everything that is fair) loses the beauty, by chance or in the course of changing nature.

④ owest 以及下文的 grow'st 是第二人称单数动词词尾形式。当时,与 thou 搭配,动词词尾需加-est,-st 或-t。上文中的 art 也属这种形式。Fair thou owest:beauty you own.

⑤ 此处的 this 指的是 this poem。

　　这诗将长存,并且赐给你生命。

(梁宗岱 译)

世界名诗欣赏

　　《我怎么能够把你来比作夏天?》是莎士比亚十四行诗集的第 18 首。莎士比亚十四行诗集的开头部分是写给一位英俊的年轻友人的诗,也主要是想规劝年轻友人成婚来把自己的美在后代身上保存下来,从而与时间抗衡,避免时间对美的扼杀。

　　为了避免时间对美的扼杀,诗人在诗集开头部分的十多首诗中,主要是想通过劝婚来与时间妥协,以及通过艺术来与时间抗衡。其中第 1 首至第 14 首主要是想通过婚姻繁衍子孙来与时间妥协。但他又觉得这种以结婚来抗衡的思想相对显得有些苍白无力。他必须寻找新的抗争方式。

　　所以,在自第 15 首起的几首诗里,诗人展现的是与时间妥协或抗争的矛盾冲突。在第 15 首诗中,诗人不再指望靠友人以结婚的方式来与时间抗衡了,而是决心要用自己的诗篇来记录男性青年的美,与时间抗衡。

　　第 18 首《我怎么能够把你来比作夏天?》是表达艺术与时间抗衡这一思想的代表性的诗篇。正如国内王佐良等学者所说,该诗的主题是表达"唯有文学可以同时间抗衡;文学既是人所创造的业绩,因此这里又是宣告了人的伟大与不朽"。这样,该诗就具有了明显的人文主义思想。

　　诗中可以感受到对爱的信念。正是相信这种爱,使得他的诗能够永恒,而诗歌又使情人的美得以永恒。

　　莎士比亚的十四行诗通常有五个音步,每个音步有一轻一重两个音节(抑扬格)。韵式与彼特拉克的诗有所不同,不再是 4—4—3—3 结构,而是 4—4—4—2 结构,韵脚排列形式是 abab cdcd efef gg。而且有的论者认为莎士比亚许多的十四行诗都有鲜明的起、承、转、合。该诗中,头四行是"起",表明他所歌颂的年轻友人的不同凡响的美丽;中间四行是"承",讲岁月无常,青春难驻;后四行是"转",宣告虽然别人的美貌难以存留,可他所爱的人却可以通过他的不朽的诗篇来得以永存;最后两行是"合",是对一首诗所作的小结。以富有思辨的语言总结了人类、诗歌艺术以及所歌颂对象之间的关联:只要人类尚有生息,歌颂你的诗篇就会流传,而正是这些永久流传的诗篇使得你的生命与美丽可以与时间抗衡,得以永存。

Sonnet 66

William Shakespeare

Tired with all these, for restful death I cry,

As，to behold desert a beggar born，
And needy nothing trimmed in jollity，
And purest faith unhappily forsworn，
And gilded honor shamefully misplaced，
And maiden virtue rudely strumpeted，
And right perfection wrongfully disgraced，
And strength by limping sway disabled，
And art made tongue-tied by authority，
And folly，doctorlike，controlling skill，
And simple truth miscalled simplicity，
And captive good attending captain ill. ①
Tired with all these，from these would I be gone，
Save that，to die I leave my love alone.

厌了这一切，我向安息的死疾呼
莎士比亚

厌了这一切，我向安息的死疾呼，
比方，眼见天才注定做叫花子，
无聊的草包打扮得衣冠楚楚，
纯洁的信义不幸而被人背弃，
金冠可耻地戴在行尸的头上，
处女的贞操遭受暴徒的玷辱，
严肃的正义被人非法地诟让，
壮士被当权的跛子弄成残缺，
愚蠢摆起博士架子驾驭才能，
艺术被官府统治得结舌钳口，
淳朴的真诚被人瞎称为愚笨，
囚徒"善"不得不把统帅"恶"伺候：
厌了这一切，我要离开人寰，
但，我一死，我的爱人便孤单。

(梁宗岱 译)

---

① 这首诗中前12行是一个整句，核心部分为 I cry for restful death, being tired of beholding…
在 behold 之后，接着出现 desert、nothing 等 11 个宾语。

莎士比亚第 66 首十四行诗《厌了这一切,我向安息的死疾呼》历来受到人们极大的关注。但关注的原因各个不同。我国 20 世纪七八十年代的教科书上认为,这是莎士比亚十四行诗集中最好的一首,因为它的批判性最强。这一观点也一直延续到现在,似乎也没有人对此提出疑义。

其实这首诗的成功之处更在于该诗的出色的诗歌艺术品质。从原文中我们可以看出,该诗在艺术上采用了多种与原诗内容相仿的技艺。我们以下逐一分析。

一是头韵的使用。头韵(Alliteration)一般是指"同一首诗行或不同的诗行中,有两个以上的词的词首辅音、元音或辅音组合相同"(《世界诗学百科全书》)。这一用法类似于中国诗歌的"双声"。其目的是为了增强诗中的音乐性,使诗句更加具有艺术感染力。

该诗中,莎士比亚巧妙地使用了头韵这一技艺。如第 2 行中的 beggar burn(注定做叫花子),第 3 行中的 needy nothing(无聊的草包)等,运用词首辅音相同这一头韵技巧,在一定程度上加强了诗中的音乐性。除了加强音乐性,莎士比亚使用头韵的目的还起着强调关键词语的作用。开头的 1 行使用了 I cry(我……疾呼)这一头韵,又在结尾的第 14 行使用了 love alone(爱人便孤单)这一头韵。这两个头韵都是一个词的词首音与另一个词的非词首重读音相同。不仅这两个头韵技巧相同,而且都是用在关键性的词语上,强烈地表现了作者的心愿,起到了振聋发聩的艺术效果。

汉诗中与英诗中的"头韵"相对应的技巧是"双声"和"叠韵"。汉诗中的"双声"是指用相临近的词的声母的重复出现。如:"荏苒星霜换,回环节候催。"(白居易)"叠韵"是指相临近的词的韵母的重复出现。如:"怅望千秋一洒泪,萧条异代不同时"(杜甫)。在汉诗中,这些技巧的使用主要是为了产生乐感效果。

二是重复的技巧。重复(Repetition)是指某个词语、某行诗句或某种格律形式的反复使用。英诗和汉诗中都常见这一技巧。

相对而言,汉诗中较多使用的是字的重复,有人称之为"叠字"。如:"无边落木萧萧下,不尽长江滚滚来。"(杜甫)"一怀愁绪,几年离索。错错错!……山盟虽在,锦书难托,莫莫莫!"(陆游)"寻寻觅觅,冷冷清清,凄凄惨惨戚戚。"(李清照)

在欧美诗歌中,重复使用得更为广泛。不仅有词语的重复,更多的是诗句的重复。如美国诗人惠特曼在《草叶集》中就特别喜欢使用这一技巧,尤其是《我听见美洲在歌唱》等诗。

重复这一技巧的使用不仅仅是出于音乐性或节奏的考虑,有时这一重复的词语和诗句本身就有了语义学上的价值。重复的词句或诗行往往在语义上得以升华，不同于原义了。如俄罗斯诗人帕斯捷尔纳克在抒情诗《冬夜》中反复使用"桌上的蜡烛在燃烧"这一诗句，但经过重复的这一诗句不再是本义了，而是转义为诗中人物的炽烈的激情。美国诗人弗罗斯特在抒情诗《雪夜林边小立》的结尾处，重复地写道："还要走很多路程才能安睡，/还要走很多路程才能安睡。"其中"安睡"一词在第一句中是本意睡觉，第二句则转义为死亡了；第一句中的"路程"是指具体的行程，第二句则是指人的生命历程了。

莎士比亚的这首十四行诗中，既有诗句的重复，又有词语的重复。在"起、承、转、合"的结构中，该诗第1句和最后"合"的部分中，重复使用了"厌了这一切"，首尾相贯，突出了诗的主基调"厌倦"。词语重复方面，是第1行至第12行句首的 And 一词。在英文原诗中，连续12个"And"在句首的使用，给人造成的厌倦感是显而易见的，这与诗的主题也是吻合的。也许，诗人重复使用该词的目的就是为了在厌倦感方面引起读者"共鸣"。

三是拟人及转喻的手法。拟人（Personification）是指将一般事物或抽象概念赋予生命，使抽象名词具体化和形象化。转喻（Metonymy）是指将具有某种品质的抽象名词转义为具有这种品质的人。拟人及转喻都起着使"思想知觉化"的化虚为实的作用。

拟人的手法在中外诗歌中是常用的技巧。如唐代诗人罗隐在描写自己骑马缓行、流连忘返的感觉时，写道："芳草有情皆碍马，好云无处不遮楼。"在诗句中，"芳草"、"好云"有了人的情感，从而增强了全诗的韵味。杜牧在《赠别》一诗中以"烛芯"发出联想，将"蜡烛"拟人化："蜡烛有心还惜别，替人垂泪到天明"，从而表达了更为真挚的离别的忧伤之情。

莎士比亚的第66首十四行诗中，也广泛地运用了这一技巧。从第2行到第14行中，每一行都有这种转喻的或拟人化的抽象名词，如：desert（天才）、nothing（草包）、faith（信义）、honour（金冠）、virtue（贞操）、perfection（正义）、strength（壮士）、art（艺术）、folly（愚蠢）、skill（才能）、truth（真诚），等等，使这一系列表示品质的抽象名词变得栩栩如生。

四是矛盾对比及悖论手法。矛盾对比（Oxymoron）是指将表面上看起来相互矛盾的词语结合在一起，通过强烈的对比和反差，来揭示其不同凡响的内在意义，从而起到强烈的表意效果。这一修辞方法也被一些学者看成是悖论（Paradox）的一种。悖论即指表面上似乎自相矛盾，有悖常理，但实质上却反映了事物矛盾对立的实质。在西方抒情诗中，悖论是常用的技巧。似乎自抒情诗诞生起，这一技艺就被发现。如古希腊女诗人萨福，不仅在《我觉得……》等诗中广泛应用这一技艺来表现自己复杂的内心体验，还以"甜蜜的痛苦"来作爱情的定义。文艺复兴时期被誉为"意大利诗歌之父"的著名抒情诗人彼特拉克在《爱的矛盾》等诗中,通过大量的相互对立的意象表现了真实而复杂的爱的体验。在17世纪,英国玄学派诗人约翰·多恩、西班牙诗人贡戈拉等在自己的诗歌创作中将悖论这一技法发展成诗歌中的一种基本技法。20世纪的著名评论家克林斯·布鲁克斯在《制作精美的瓮》中断言:"建筑在悖论之上的诗歌体现了浪漫派思维方式的基本结构,并与雕虫小技式的文学游戏大相径庭。"

莎士比亚的这首十四行诗中,诗人使用 captive(囚徒)来修饰 good(善),用 captain(统帅)来修饰 ill(恶),用 doctor-like(摆起博士架子)来修饰 folly(愚蠢),这些词语的搭配,看上去似乎有悖常情,却体现了相反相成的艺术效果。

综上所述,莎士比亚的第66首十四行诗,无论在思想上还是在艺术上都极具代表性,体现了莎士比亚的艺术精神。

Sonnet 130
William Shakespeare

My mistress' eyes are nothing like the sun;

Coral is far more red than her lips' red;

If snow be white, why then her breasts are dun;

If hairs be wires, black wires grow on her head. ①

I have seen roses damasked, red and white,

But no such roses see I in her cheeks;

And in some perfumes is there more delight

Than in the breath that from my mistress reeks.

I love to hear her speak, yet well I know

That music hath a far more pleasing sound;

I grant I never saw a goddess go;

My mistress, when she walks, treads on the ground.

And yet, by heav'n, I think my love as rare

As any she belied with false compare. ②

---

① 此诗是写 Dark Lady 的,因此,诗中的"breasts are dun"、"black wires"等暗示了女郎的褐色皮肤、黑色头发。

② as rare as any she:as rare as any woman.

我情妇的眼睛一点不像太阳

莎士比亚

我情妇的眼睛一点不像太阳；
珊瑚比她的嘴唇还要红得多：
雪若算白，她的胸就暗褐无光，
发若是铁丝，她头上铁丝婆娑。
我见过红白的玫瑰，轻纱一般；
她颊上却找不到这样的玫瑰；
有许多芳香非常逗引人喜欢，
我情妇的呼吸并没有这香味。
我爱听她谈话，可是我很清楚
音乐的悦耳远胜于她的嗓子；
我承认从没有见过女神走路，
我情妇走路时候却脚踏实地：
可是，我敢指天发誓，我的爱侣
胜似任何被捧作天仙的美女。

(梁宗岱 译)

莎士比亚十四行诗集中的第 130 首《我情妇的眼睛一点不像太阳》是献给"黑肤女郎"(Dark Lady)的。该诗的主要特征是对一些流行的空洞浮夸的比喻进行了讽刺，对一般意义上的可能出现的空洞的比喻进行否定，反而由衷地赞美了一个活生生的、平凡的、真实的女性。

在该诗中，诗人从第一句就开始对别的诗人所惯用的描述女性的形容词和修饰语进行逐条否定，认为自己情人的眼光不是阳光，情人的嘴唇不是珊瑚，情人的酥胸不是洁白如雪，情人的脸颊不是红似玫瑰，所呼出的气息没有香水的芳香，所说出的话语也没有音乐动听。但是，这种表面上的否定却蕴涵着实际上的赞美。诗人在此所赞美的是"黑肤女郎"所具有的本色美，而不是别的诗人所塑造的"女神"。这种赞美，同样强烈地表现了人文主义的思想，表现了人对神的一种自豪感。特别是"我情妇走路时候却脚踏实地"这一诗行，更是表现了由衷的自豪和赞美。

从艺术主张来说，莎士比亚在这首诗中，可以说是开辟了现实主义艺术手法的新天地。对待爱情的态度，是现实主义的态度，采用的艺术手法，是"脚踏实地"的现实主义的手法，没有浪漫主义的矫情，更没有夸饰和矫揉造

作。而最后一句，"可是，我敢指天发誓，我的爱侣/胜似任何被捧作天仙的美女"，强调了现实的平凡的本色之美的独特价值和情感力量，体现了人文主义精神和人性战胜神性的豪迈。

One Day I Wrote Her Name upon the Strand
Edmund Spenser

One day I wrote her name upon the strand①,
But came the waves and washed it away;
Again I wrote it with a second hand,
But came the tide and made my pains his prey.
"Vain man," said she, "thou dost in vain assay
A mortal thing so to immortalize,
For I myself shall like to this decay,
And eek② my name be wiped out likewise."
"Not so," quoth③ I, "let baser things devise④
To die in dust, but you shall live by fame：
My verse your virtues rare shall eternize,
And in the heavens write your glorious name；
Where, whenas⑤ death shall all the world subdue,
Our love shall live, and later life renew."

有一天我把她的名字写在沙滩上
斯宾塞

有一天我把她的名字写在沙滩上，
大浪冲来就把它洗掉。
我把她的名字再一次写上，
潮水又使我的辛苦成为徒劳。
"妄想者，"她说，"何必空把心操，

---

① strand [strænd] n. beach.
② eek [i:k] adv. Here the word "eek" means "also".
③ quoth [kwəuθ] v. said (古语,用在第一与第三人称的过去式).
④ devise [di'vɑiz] v. to form, plan, or arrange in the mind (图谋).
⑤ whenas ['(h)wen'æz] conj. whereas(虽然).

想叫一个必朽的人变成不朽！

我知道我将腐烂如秋草，

我的名字也将化为乌有。"

"不会，"我说，"让卑劣者费尽计谋

而仍归一死，你却会声名长存，

因为我的诗笔会使你的品德永留，

还会在天上书写你的荣名。

死亡虽能把全世界征服，

我们的爱情却会使生命不枯。"

（王佐良 译）

爱德蒙·斯宾塞（Edmund Spenser，1552—1599）是英国16世纪最伟大的诗人之一。生于伦敦一商人家庭，获得剑桥大学硕士学位，曾做过伊丽莎白女王的宠臣李斯特伯爵的秘书，并由此结识了伯爵的外甥锡德尼和当时文艺界一班颇有影响力的人物。后任英驻爱尔兰总管的秘书，在一次当地居民起义中，他所占有的古堡被烧，全家仓皇逃回英格兰，不久病死。长诗《仙后》是他最重要的作品，他的《爱情小诗》和《贺新婚曲》等，也写得颇为出色。

《有一天我把她的名字写在沙滩上》选自斯宾塞的十四行诗集《爱情小诗》，一般认为此诗集是他写给未婚妻伊丽莎白的。头四行所展现的场景是海边情侣非常熟悉的场景：一对情侣在海滩嬉戏，用赤足或树枝在平整的沙滩写上情侣的名字后，海滩随即被一股海浪淹没，所写的名字也即刻被海浪冲平。

斯宾塞这首诗作的意义在于就此发挥，展开联想，探讨生命和爱情的意义，以及时间和艺术的辩证关系。

在斯宾塞看来，生命虽然短暂，如同"秋草"，必将"化为乌有"，但是，爱情却赋予生命特别的意义，并且得以不朽。

而使生命得以不朽的一个重要条件是艺术，如同莎士比亚的十四行诗一样，斯宾塞认为艺术可以与时间抗衡，正是因为有了诗笔，所以，"死亡虽能把全世界征服"，却难以征服我们的爱情和生命。因为诗歌能将爱情代代相传，使"生命不枯"。这其中的乐观主义情调也是显而易见的。

该诗是用"斯宾塞十四行诗体"写成的。斯宾塞十四行诗体有别于彼特拉克十四行诗体和莎士比亚十四行诗体，押韵形式为"ABAB BCBC CDCD EE"，前三节有着明显的连锁韵律，最后的双行为"EE"，西方有位学者说，"斯宾塞有一双乌黑的眼睛。"（Spenser had EE—Ebony Eyes.）这倒是有利于我

们记忆斯宾塞十四行诗体的。这一诗体与该诗所表现的内容非常吻合,抑扬格五音步的诗行,加上连锁韵律,如同层层叠叠、环环相扣的海涛,而情侣间对话时的温柔细语,也与潮起潮落式的韵律隐隐呼应,达到了一种独特的艺术效果。

Sonnet XVII

Gaspara Stampa

Angels in heaven, I don't envy you
Your glories, your great joys, and that desire
Which satisfaction makes a hotter fire
Since you are always in the Most High's view:

For so diverse and rich is my delight
That it exceeds the scope of human thought.
I sing and write forever, as I ought,
His eyes' serenity and tender light.

Infinite beauty gives to me below
The life you gain in heaven from His face
Which endlessly refreshes you. I know
There's only one respect in which your grace
Can outdo mine: it has no overthrow,
While mine will one day vanish without trace.

你们拥有这么多的荣华与福泽

丝塔姆芭

你们拥有这么多的荣华与福泽,
我一点也不嫉妒,圣洁的天使;
也不艳羡你们常和高贵的天主在一起,
一切贪求与渴望都能获得满足;

因为我的欢乐花样繁多,数不胜数,
世人的心无法了解其中底细。
我面前的一双眼睛,明净而仁慈,
我一定要尽情歌唱,奋笔疾书。

你们在天堂，惯于从天主的脸上
吸取众多养分，生气勃勃，
我却从他无比的美中获得补偿。
你们仅在这方面比我更加欢乐，
你们的欢愉永恒不变，始终一样，
而我的荣光会消失得十分迅速。

（钱鸿嘉 译）

该诗作者迦丝芭拉·丝塔姆芭(Gaspara Stampa，1523－1554)被认为是意大利文艺复兴时期最伟大的女诗人。有的评论家认为她是文艺复兴时期第一个女诗人，某些作品可与古希腊诗人萨福媲美。她生于帕多瓦，后迁居威尼斯。曾创办文学沙龙，接纳威尼斯许多著名文人。主要作品是《韵文集》(1554)，内收入抒情诗300首左右，大多为十四行诗，内容以情诗为主。她的这首十四行诗显得极为质朴明净，流畅典雅。丝塔姆芭不愧为写十四行诗的能手，她的《十四行诗与情诗》在西方享有盛誉。

她的这首十四行诗采用的是 4－4－3－3 结构的彼特拉克诗体。诗歌的题材和风格也同样受到彼特拉克的影响。如同彼特拉克在诗中主要描写与他邂逅的名叫劳拉的女子，丝塔姆芭的诗中则主要描写与她在文艺沙龙相逢的柯拉蒂诺伯爵。她死后不久出版的《韵文集》(1554)，共收入抒情诗311首，绝大多数是与柯拉蒂诺伯爵有关的十四行诗，像彼特拉克抒写对劳拉的爱慕一样，丝塔姆芭一首接一首地抒写着对柯拉蒂诺伯爵的没有回报的爱情。

这首十四行诗全篇的构思是建立在对照基础之上的，以天使的"荣华与福泽"与女诗人自己的欢乐和荣光进行对照。作为开头的第一诗节，女诗人在渲染圣洁的天使能和"高贵的天主"呆在一起，拥有无尽的"荣华与福泽"，但是，在这般渲染之后，她却强调自己对此"一点也不嫉妒"。为什么毫不嫉妒？第二诗节对此做了表述。原来，她拥有与天使一样的荣光，而且"欢乐花样繁多，数不胜数"，几乎令天使都为之嫉妒。虽然天使能够经常和"高贵的天主"相处，可她的眼前却有一个男子的一双"明净而仁慈"的眼睛，给她带来无数的欢乐和无数的创作灵感。可见，这位男子的形象完全被神化了。他发挥着神一般的作用，如同天使能够从天主的脸上"吸取众多养分"，他那无比的美也能给女诗人带来滋养，使她从中"获得补偿"。

但是在最后一个诗节，女诗人却把我们的注意力拉回到现实世界，以现实主义的笔调突出说明了天堂与现世的区别：天使的欢愉"永恒不变"，而人

间的荣光却会消失得"十分迅速"。因此,这首十四行诗在此又突出表达了文艺复兴时期的一个受到关注的诗歌主题:把握今朝,及时行乐。因为我们都是凡人,我们的时光极为有限,所以,趁我们尚未"沉沦为泥"的时候,应该尽情享受人生的欢乐。也许只有这样,我们才能够真正与天堂抗衡,与天使享有同样的"荣华与福泽"。

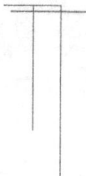

第四章　感情哲理化，思想知觉化

——玄学派诗歌欣赏

第一节　17 世纪诗歌概论

17 世纪的西方文学,是以古典主义为主要文学思潮的,特别是在法国。但就诗歌而言,可以说,这也是一个繁荣的世纪,出现了古典主义文学、资产阶级革命文学和玄学派诗歌或巴洛克文学三足鼎立的格局。

一、古典主义文学

在 17 世纪,欧洲各国资本主义的发展极不平衡,较之文艺复兴时期发生了很大变化。在一些国家出现了君主专制与上升的资产阶级相对峙的局面。如在法国,一方面,中央王权在政治上给资产阶级开放一部分政权,使他们为王权服务,另一方面,资产阶级本身也羽毛未丰,需要依附王权来发展资本主义。而在英国,尽管资产阶级革命于 1648 年获得胜利,建立了共和国,但人民群众有进一步的民主要求,致使资产阶级感到恐惧。于是资产阶级在 1660年与旧贵族妥协,导致了王政复辟,直到 1688 年的"光荣革命"才结束封建王朝的专制统治。

这种阶级妥协让步,就是古典主义文学(Neoclassic literature)之所以产生的政治基础。换句话说,古典主义是为适应当时君主专制的要求而产生的,是资产阶级对王权妥协的表现。一切要有标准,要有准则,要服从权威,——这些都是古典主义的基本信条。

如果说君主专制以及资产阶级对王权的妥协是古典主义思潮的政治基础,那么,它的哲学基础就是笛卡儿为代表的唯理主义(Rationalism)。唯理主义以理性为出发点,强调规则和规范,把理性奉为至上,作为认识论的出发点,认为理性高于一切,用几乎是几何学的方法来认识事物。这种方法在认识事物上,有一定的科学性,超过了以前的蒙昧主义,但认为理性可以包容一切,说明一切,是过于自信,用自己的教条代替了哲学的教条,以有限的知识代替了无限的认识。在美学上,理性主义者重理轻情,重观念而贬情感,用逻辑思维代替形象思维。这些都对文学创作产生了重大影响。

古典主义也受到宗教思潮的影响。在马丁·路德的宗教改革以后,新的教派——加尔文教派在英法等国成为清教徒(Puritan)。他们反对天主教的腐败,提倡节俭、清苦,反对享受,反对情感。在英、法、德等国出现的大规模的宗教革命也对文学创作产生了很大影响。

古典主义文学在文艺理论和创作实践上提出以希腊、罗马文学为典范,因而有了这一称呼。古典主义诗歌,在艺术上有以下两个基本特征:

(一)古典主义诗人崇尚理性,把理性视为创作中必须遵守的基本原则,并归纳出一套古典主义的文学理论。如布瓦洛在《诗的艺术》中指出:"不管写什么主题,或庄严或诙谐,/都要情理和音韵永远互相配合,/……因此,首先须爱理性,愿你的一切文章/永远只凭着理性,获得价值和光芒。"

他们反对文艺复兴时期遗留下来的个人主义极端发展的倾向,提出理性原则,要求在创作中克制个人感情,履行公民义务,拥护中央王权,以达到政权巩固的目的。因此在诗歌领域,他们贬低情感和想象,反对"过分",反对传奇的色彩,仿佛是在预先反对浪漫主义,所主张的是普通的、永恒的规则。大概也正是反对过分了,所以后来导致了浪漫主义的产生,对古典主义进行反叛。

(二)古典主义者模仿古代文学,追求艺术完美,把希腊、罗马文学奉为典范,但也只是片面地利用,在古代文学中寻找适合他们的东西,有时甚至进行篡改。如戏剧中的"三一律"就是一个明显的例子。在诗歌方面,他们追求严谨、高雅、节制、简洁的诗风,与文艺复兴时期的大胆、热情、奔放,甚至粗俗的诗风形成对照。对诗的格律也进行清洗,讲究规范,讲究严谨。在诗歌语言上,古典主义者强调语言准确、明晰、合乎逻辑。排斥外来语、俗语、俚语,以及生动的民间语言,把这些语言以及喜欢使用这些语言的民间诗歌看成是"粗俗的"、"低贱的",不能登入诗歌的大雅之堂。

古典主义的主要诗人有德莱顿、布瓦洛等。

德莱顿(1631—1700)是英国古典主义诗歌的奠基人,是英国的第一位"桂冠诗人",有"诗人之王"的称号。生于英国北部北安普敦郡,少时在威斯敏斯特学校接受拉丁文教育,接着入剑桥大学学习,毕业后定居伦敦,开始写诗。由于他是 17 世纪末期王政复辟时代最有代表性的作家,所以,那个时代被称为"德莱顿时代"。

德莱顿主要是用英雄双行体(heroic couplet)进行创作,但有时也使用自由格律诗体。德莱顿善于写颂诗,《亚历山大之宴》便是其中最著名的一首。该诗写的是亚历山大庆祝胜利的宴会,主题是歌颂音乐的力量。诗中含有对王权的大量的颂扬,但在颂扬之中又有明显的讽喻。亚历山大是著名的君主,但在这首诗中却被一个乐师的演奏所迷惑,尽管他战胜了波斯,却不能逃出音乐力量的支配。

布瓦洛(Nicolas Boileau,1636—1711)则是法国古典主义最重要的理论家,他用诗体所写的《诗的艺术》等理论著作,对古典主义文学的发展起了重要作用。

二、资产阶级革命文学

英国资产阶级革命文学是在英国资产阶级革命的影响下所形成的文学现象,代表诗人有弥尔顿等。这些作家在自己的创作中,表现了英国清教徒革命家的战斗精神。

弥尔顿(John Milton,1608—1674)是英国著名的革命诗人。生于伦敦一个富裕的清教徒家庭,在剑桥大学求学时和毕业后一段时间,钻研古代和文艺复兴时期的文学。1638年他旅行意大利。1639年,他回国参加反对国王和国教的斗争。1649年共和国成立后,新政府任命他为拉丁文秘书。他积劳过度,双目失明,但仍坚持斗争。王朝复辟后,他受到迫害,著作被焚毁,生活贫困。他早年的创作主要是短诗。他的十四行诗歌颂自由,斥责教会,或抒写个人的情怀,艺术上有较高的成就。他后期在双目失明的情况下,完成了举世闻名的三部杰作:长诗《失乐园》、《复乐园》和诗剧《力士参孙》。弥尔顿长诗的革命精神主要体现在撒旦的形象上,歌颂了他反抗权威的叛逆精神。

三、玄学派诗歌

玄学派诗歌(Metaphysical school of poetry)是在古典主义诗歌发展的同时所存在的与古典主义相对立的文学倾向。这个称呼最早是英国诗人德莱顿在1693年才提出来的。当时是含有贬义的,他认为以多恩为代表的一些诗人"好弄玄学……爱情诗本应言情,他却用哲学的微妙的思辨,把女性们的头脑弄糊涂了"[1]。17世纪的约翰逊(Samuel Johnson)进一步作出评论,认为17世纪"涌现出一批可以称之为玄学派诗人的作家"[2],从而使这一术语广为流传。约翰逊还论述了这派诗歌的特色,认为他们的诗中富有巧智,但只是把不协调的东西生拉硬套,扭在一起。

---

[1] 王佐良等主编:《英国文学名篇选注》,商务印书馆1987年版,第242页。

[2] 罗吉·福勒主编:《现代西方文学批评术语词典》,袁德成译,四川人民出版社1987年版,第160页。

这派诗歌在 18 和 19 世纪默默无闻,但到了 20 世纪初,玄学派诗歌得以复活,大概是人们对于 19 世纪的浪漫主义那种甜蜜蜜软绵绵的风格感到腻烦,所以对玄学派诗歌交口称誉,特别是艾略特等人对此派大加赞誉。艾略特认为英国诗歌从多恩之后便日趋衰落。认为多恩诗歌智性和激情交融一体。因此,多恩被誉为英国文学史上最伟大的诗人之一,对玄学派的研究至今仍被人关注。西方也有论者认为玄学派是 17 世纪风行整个欧洲的世界性思潮。如华盛顿大学比较文学教授旺克(Frank J. Warnke)便持这种观点。①

就这一普遍意义上的玄学派诗人来说,这是不以和谐、简要和匀称为原则并对现实生活表现出漠视态度的文学倾向。主要产生于意大利、西班牙、德、英等国,并以西班牙的贡戈拉主义诗歌和英国的玄学派诗歌为代表。最主要的代表是英国的多恩和西班牙的贡戈拉。此外,还有英国赫里克、伯特、马韦尔,意大利的马里诺等。

多恩(John Donne,1572—1631)是英国玄学派诗歌的主要代表,他出生于富商家庭,母亲出身天主教名门。早年受到天主教徒的教育,并入牛津大学学习。他一生经历曲折复杂。青年时代个性狂放,生活放荡,又野心勃勃,做了宫廷一位大臣的秘书之后,又在 1601 年与大臣夫人的侄女私逃结婚,而被关进监狱。获释后,生活潦倒。但他仍不肯放弃仕途生涯,但最后不得不在教会中寻求出路,根据对他赏识的国王詹姆斯一世的意旨,在 1615 年改信国教,做了牧师,最后受命任伦敦圣保罗大教堂教长,直至逝世。

投身宗教以后,他的生活和创作都发生了根本的变化,以前过着放荡的生活,出入于剧场、妓院,追求享受,寻求冒险,而到后期,则哀叹"过去浪费掉的叹息和眼泪",把思想感情和炽热的爱转移到"神圣"的宗教事业上来。

他早期的主要创作成就是爱情诗和讽刺诗,晚期的主要成就是宗教诗歌和布道文。正如他自己所宣称的那样:"我青年时代的情妇是诗歌,老年时代的妻室是神学。"他的创作启迪了包括乔治·赫伯特、安德鲁·马维尔等一大批杰出诗人在内的玄学派诗歌。

赫里克(Robert Herrick,1591—1674),生于伦敦。他自幼丧父,在叔父的金器店当了 10 年徒工。1613 年入剑桥大学求学,获硕士学位。此后他在伦敦谋得神职,并追随琼森学诗。他一生对琼森崇拜之至,自称是其门下。1629 年他赴英国西部的德文郡当牧师,在乡村度过 18 年时间。资产阶级革命前夕,他被清教徒派撤去牧师之职,回到伦敦,整理诗稿,并于 1648 年出版

---

① Frank J. Warnke: *European Metaphysical Poetry*, New Haven: Yale University Press, 1974, p. 4.

诗集。王政复辟后他得以复职,回乡村定居直到去世。赫里克是个多产的诗人,现存诗歌约 1200 余首,分别收在《圣曲》和《西方乐士》两部(后合为一部出版)诗集中。诗集中有些诗已成为英国诗歌不朽的名篇,如《给少女们的忠告》、《致水仙》、《咏花》等,这些诗被当时著名音乐家洛斯谱成乐曲后,几个世纪来在民间广为传唱。

赫伯特(George Herbert,1593—1633)出生于威尔士边界蒙哥马利一个古老的贵族家庭,3 岁丧父,母亲酷爱文艺,是诗人多恩的朋友。赫伯特剑桥大学毕业后,担任母校负责接待和对外宣传工作的"发言人",因多年未见升迁而放弃出仕之念,到一小教堂当了牧师。三年后患病去世,临死前他将自己编辑的诗集《寺庙》交出版社出版。该诗集共收诗 160 首,绝大多数系任牧师期间完成,因而带有浓厚的宗教色彩。

马韦尔(Andrew Marvell,1621—1678)生于英国东部赫尔市一个温和派清教徒家庭,12 岁入剑桥大学,18 岁获学士学位,然后赴荷兰、法国意大利和西班牙等国漫游。50 年代起,他开始参与国内政治斗争,先后在议会派将领费尔法克斯将军和克伦威尔的被保护人威廉·达顿处任教师,期间曾写诗歌颂克伦威尔。1657 年他被任命为共和国拉丁文秘书弥尔顿的助手,不久又任议员。王政复辟后,马韦尔因政治态度温和而未遭迫害,继续担任议员达十余年,并随使团出访俄国、瑞典、丹麦等国。马韦尔的诗人名声主要建立在他为数不多的抒情诗上面,这些诗多半是 1650—1652 年间在费尔法克斯将军家任教时所作。

贡戈拉(Luis de Góngora y Argote,1561—1627)是西班牙著名文学思潮"贡戈拉主义"的代表诗人。他的独特的诗才,现在已经得到广泛的承认。贡戈拉生于科尔多瓦一个贵族家庭,其父是法官。15 岁进入萨拉曼卡大学学习神学。1589 年回到科尔多瓦,在大教堂获得一个闲差神职,但不受教规的约束。1617 年去马德里,获得国王宫廷小教堂神父的职位。1626 年退居故乡科尔多瓦,翌年 5 月 23 日去世。贡戈拉的诗才,首先被塞万提斯发现。他的谣曲作品发表后获得很高声誉。

贡戈拉作有数百首抒情短诗和 200 多首十四行诗。他一方面以不和谐和不均衡为原则,对现实生活表现出冷漠的态度,另一方面也表现出文艺复兴时期的现实的审美观点。

马里诺(Giambattista Marino,1569—1625)出生在那不勒斯。因不愿遵从父命学习法律,被逐出家门。后来进入宫廷,长期在各城邦君主手下任职。由于私生活问题和伪造文件,曾两次被捕。1615 年到巴黎,受到路易十三和贵族的器重。1623 年回到那不勒斯。他的主要作品有抒情诗集《七弦琴》

（1608）、反映宫廷生活情趣的《新婚诗》（1616）、童话诗和描写田园生活的牧歌集《风笛》（1620）等。长诗《阿多尼斯》（1623）是他的成名之作。全诗共20歌。他的诗歌善于精雕细琢，追求华丽，体现这种风格的"马里诺诗风"在意大利盛行一时。

在艺术方面，欧洲玄学派诗歌具有鲜明的共同特征。

按照"玄学"（形而上学）的观念，在井然有序的宇宙中，对应存在于一切事物之中。但对这派诗歌不必按严格的字面意义来理解，它并非严格的哲学意义上的"玄学"，只是有些联系而已。

（一）这派诗歌最大的特色是"巧智"（wit），即能在异中见同、而且寓庄于谐的才智。诗歌中说理辩论多于抒情，明显无关的观念、思想、意象、典故等常常糅合一体，构成"双重思维"。这种深层次的思维活动又与强烈情感（爱的激情、宗教激情）融为一体，从而使感情哲理化，思想知觉化。

（二）这一派诗人为达到感情哲理化、思想知觉化的效果，在艺术上典型地采用了奇喻（conceit）和悖论（paradox）等艺术手段。

此外，玄学派诗歌诗句刚健有力，诗的语言也较通畅易懂，具有口语化的特色，描写的场景富有一定的戏剧性。这一点被后来的勃朗宁和艾略特等诗人所继承和发展。

第二节　玄学派诗歌赏析

The Flea

John Donne

Mark but this flea, and mark in this,

How little that which thou deniest me is;

It suck'd me first, and now sucks thee,

And in this flea our two bloods mingled be.

Thou know'st that this cannot be said

A sin, nor shame, nor loss of maidenhead;

　　Yet this enjoys before it woo,

　　And pamper'd swells with one blood made of two;

　　And this, alas! is more than we would do.

O stay, three lives in one flea spare,

Where we almost, yea, more than married are.
This flea is you and I, and this
Our marriage bed, and marriage temple is.
Though parents grudge, and you, we're met,
And cloister'd in these living walls of jet.
　　Though use make you apt to kill me,
　　Let not to that self-murder added be,
　　And sacrilege, three sins in killing three.

Cruel and sudden, hast thou since
Purpled thy nail in blood of innocence?
Wherein could this flea guilty be,
Except in that drop which it suck'd from thee?
Yet thou triumph'st, and say'st that thou
Find'st not thyself nor me the weaker now.
　　'Tis true; then learn how false fears be;
　　Just so much honour, when thou yield'st to me,
　　Will waste, as this flea's death took life from thee.

跳　蚤
多　恩

注意观察这只跳蚤，就会看到
你对我的拒绝显得多么渺小；
它首先吮吸我的血液，然后轮到你，
于是我们的血液在它的体内融为一体。
你知道，这根本谈不上是一种罪孽，
也不是羞耻或是失去少女的贞洁。
　　然而它没有求婚就尽情享受，
　　身体膨胀，对合二为一的血液过于迁就，
　　这一点啊，比我们的行为更胜一筹。

哦，停手，别伤害一只跳蚤中的三条性命，
我们在它体内几乎享受着比婚后更多的温情。
这只跳蚤就是你和我的共同形象，
这是我们的婚床和婚礼的殿堂；

尽管父母反对，你也不愿，我们依然相融，
　且隐居在黑玉色的活生生的墙壁之中。
　　尽管出于习惯你具有将我谋杀的用心，
　　　可也不要再增添自杀和亵渎神灵
　　　以及谋杀三条性命的三种罪行。

既然用无辜的血液将你的指甲染红，
这是一种多么残忍的出人意料的行动？
这只跳蚤究竟犯了什么样的罪孽，
无非是从你的身上吮吸了一滴血液？
而且你也以胜利者的口吻说过
你发现你我现在都没有变得更弱。
　的确如此，那么，惧怕就显得毫无必要，
　屈从于我，你的名誉也不会损失丝毫。
　　否则就虚度年华，如跳蚤之死也将你生命消耗。

（吴笛　译）

　　《跳蚤》一诗为多恩 20 多岁时所作。这是一首富有喜剧色彩的诗篇，充分表现出诗人善于使用玄学类比的才能。让跳蚤与恋人之间发生关联的观念的确显得新奇。在世界诗歌史上，在歌颂爱情时，人们总是用优美的意象和华丽的诗句。如《雅歌》，是用层出不穷的比喻，来赞美对方，以赢取对方的欢心；或用皎洁的月亮、鲜红的玫瑰等意象来赞美爱情，如苏轼，以"但愿人长久，千里共婵娟"来表达思念之情和对团圆的向往，如彭斯，以"火红的玫瑰"来赞美他的苏格兰少女，以至死不悔的爱恋来博得对方的好感。即使是他同时代的玄学派诗人赫里克，也是把少女比作鲜花，并以"采摘要趁年少"的诗句来具体表现"及时行乐"的道理。

　　而这首《跳蚤》，则显得十分另类，以 17 世纪英国人们日常生活中经常出现的然而让人见之即厌的"跳蚤"入诗，将它与人类视之神圣的爱情与婚姻联系了起来，并以跳蚤的意象来作为性爱的象征，以达到规劝对方共浴爱河的目的。

　　全诗共分三个诗节，环环相扣，层层递进。在第一诗节，抒情主人公力劝它的恋人注意跳蚤。在此，跳蚤的意象引申为性爱的替身。由于这只跳蚤已经吮吸他们双方的血液，并在体内交融，她对他的拒绝就显得微不足道、无济于事了。在他看来，跳蚤已经帮助他们完成了血液的交融，而且，这不是罪孽，不算羞耻，更谈不上失贞。吮吸了他们血液的跳蚤，如同怀上享有父母双方血液的婴儿,身体"膨胀"起来。

在第二诗节中的开头,诗歌中的抒情主人公阻止对方掐死跳蚤,接着说明跳蚤就是他们的化身,跳蚤已经成为他们的婚床和婚礼的殿堂。因此,掐死跳蚤,从某种意义上说,就是毁坏他们之间的关系。而且,诗歌还表现出,肉体之爱比精神之爱更为重要。这一诗节还具有一定的宗教的色彩和深刻的寓意。如将世俗的婚床与宗教的殿堂相对照,以跳蚤体内的"我"、"你"以及婴儿三位一体的生命来与宗教的圣父、圣子、圣灵三位一体相对照。从而说明,习惯性地掐死跳蚤,实际上是对"我"的谋杀,也是一种"自我谋杀",更是一种亵渎神灵的行为。在此,跳蚤的意象又升华为神的化身,以三位一体的至尊,让我们在渺小的跳蚤的诗作中也感受到神圣的宗教氛围。

在第三诗节中,诗人巧妙地但不合逻辑地转换了话题。尽管受到阻止,但无济于事,从第三诗节的头两行可以看出,恋人不顾规劝,依然掐死了跳蚤。所以,抒情主人公首先反对她掐死跳蚤,认为跳蚤是他们肉体得以结合的一个场所,接着,当他的恋人显然已经掐死跳蚤,并且指出他们不会因此而变得糟糕的时候,他又笔锋一转,反而规劝对方克服恐惧心理和虚假的忸怩,大胆地"屈从",及时行乐,否则就会虚度年华。

从请求对方关注跳蚤开始,直到最后规劝对方及时行乐为止,该诗灵巧自如地切换,以一只小小的跳蚤入手,通过大胆而丰富的想象,表达了深邃的思想和时代精神,充分显示出了英国玄学派诗人独特的表现"奇喻"和才智的能力。

A Valediction: Forbidding Mourning

John Donne

As virtuous men pass mildly away,
And whisper to their souls to go,
Whilst some of their sad friends do say,
"The breath goes now," and some say, "No."

So let us melt, and make no noise,
No tear-floods, nor sigh-tempests move;
'Twere profanation of our joys
To tell the laity our love.

Moving of the earth brings harms and fears,
Men reckon what it did and meant;

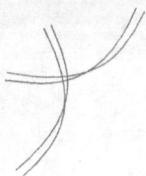

But trepidation of the spheres,
Though greater far, is innocent.

Dull sublunary lovers' love
(Whose soul is sense) cannot admit
Absence, because it doth remove
Those things which elemented it.

But we, by a love so much refined
That ourselves know not what it is,
Inter-assured of the mind,
Care less, eyes, lips, and hands to miss.

Our two souls therefore, which are one,
Though I must go, endure not yet
A breach, but an expansion.
Like gold to airy thinness beat.

If they be two, they are two so
As stiff twin compasses are two:
Thy soul, the fixed foot, makes no show
To move, but doth, if the other do;

And though it in the center sit,
Yet when the other far doth roam,
It leans, and hearkens after it,
And grows erect, as that comes home.

Such wilt thou be to me, who must,
Like the other foot, obliquely run;
Thy firmness makes my circle just,
And makes me end where I begun.

别离辞:节哀

多　恩

正如德高人逝世很安然，
对灵魂轻轻的说一声走，

悲伤的朋友们聚在旁边，
有的说断气了，有的说没有。

让我们化了，一声也不作，
泪浪也不翻，叹风也不兴；
那是亵渎我们的欢乐——
要是对俗人讲我们的爱情。

地动会带来灾害和惊恐，
人们估计它干什么，要怎样
可是那些天体的震动，
虽然大得多，什么也不伤。

世俗的男女彼此的相好，
（他们的灵魂是官能）就最忌
别离，因为那就会取消
组成爱恋的那一套东西。

我们被爱情提炼得纯净，
自己都不知道存什么念头
互相在心灵上得到了保证，
再不愁碰不到眼睛、嘴和手。

两个灵魂打成了一片，
虽说我得走，却并不变成
破裂，而只是向外伸延，
像金子打到薄薄的一层。

就还算两个吧，两个却这样
和一副两脚规情况相同；
你的灵魂是定脚，并不像
移动，另一脚一移，它也动。

虽然它一直是坐在中心，
可是另一个去天涯海角，
它就侧了身，倾听八垠；
那一个一回家，它马上挺腰。

你对我就会这样子，我一生

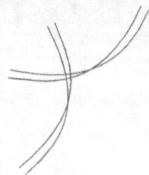

像另外那一脚，得侧身打转；
你坚定，我的圆圈才会准，
我才会终结在开始的地点。

（卞之琳 译）

玄学的技巧在《别离辞：节哀》一诗中表现得尤为突出。这首诗是离别时分赠给他所爱女子的，据沃尔顿写的传记，作此诗是赠给妻子安妮·多恩的（当时她正怀着第十个孩子，结果仍产一死胎）。该诗是多恩诗集《歌与十四行》中的杰出诗作之一。该诗所着重强调的（或该诗的主题），是赞颂男女恋人之间的净化了的感情，认为他们之间的分离并不重要，甚至并不可能。

该诗第一节采用了一个"玄学"的类比，给人造成一个强烈的知觉意象。这一节语气平和缓慢，整个场面完全是为了烘托第五行的"溶化"一词。诗人告诉恋人，分离时不需要表现出夸张的悲哀，只需要静静的溶化，他用死亡的情境来说明，甚至连死亡也是极为微妙、难以觉察的，聚在旁边观看的人也说不出最后一口气何时离去。乍一看，把真正的恋人的离别比作死别，确实显得悲痛，与诗人的本意不符，但这位玄学大师正是在这方面体现出自己的"怪才"，他使得"离别"这一意象几乎令人难以察觉。为了烘托这种"溶化"，诗人在这一节使用了"s"音的重复以及"头韵"，使人感觉到窃窃私语，以及虚弱的呼吸，造成一种"溶化"的音响效果。

第二诗节中，可以看出玄学派诗人对创造新词的热爱。在词语的使用方面，多恩表现出用自然意象表达新意的词语的热爱，甚至热衷于用自然意象来创造新词。"泪浪"（tear-flood）、"叹风"（sigh-tempest）等，使诗句显得生动形象，尤其是七八两行中的"俗人"（laity）一词，与"亵渎"（profanation）一起，暗比他们的爱情似宗教一般神圣，不同于凡夫俗子。

该诗的第三节中以地面上的较小的然而有害的运动和空气中更大的然而无害的运动进行对比。按照希腊天文学家托勒密的天动学的观点，地球是宇宙的中心，天体运行的轨道有九圈。"抖动"（Trepidation）这类天体的震动是指第九重天或第八重天的运行发生变化（被人们认为无害）。诗人在此强调，他们的分别不同于凡夫俗子，他把离别比作是庞大的天体的偏移，神秘、重大，但神圣，不为凡人所道。

第四节的"月下的"（sublunary）一词意思是"earthly"（世俗的）。因为九圈中，离地球最近的一圈为月球轨道，是第一重天。这一节写月下的凡夫俗子的爱是由感官组成的，而多恩歌颂的则是精神上的圣洁的爱，这是凡人所不能理解的。

第五节进一步强调他们的爱情有别于人间凡人的爱,不是由感官组成,他们圣洁的爱提炼到了精美的程度,没有感官(眼、唇、手)的成分。

自第六节起,可以看出这一派诗人为达到感情哲理化、思想知觉化的效果,在艺术上典型地采用了奇喻(conceit)和悖论(paradox)这两个艺术手段。

第六节引出一个新的比喻:黄金的延伸。诗人把他们的爱情比作黄金,不同于其他金属,不会在分离的过程中破裂,只会延伸,同时,这种黄金般的爱情也是洁净缥缈的(airy),而不是世俗的(sublunary)。

最后三节又引出一个新的更为著名的玄学派的奇喻:以圆规的两脚来比喻分离过程中的男女双方。最后三个诗节实际上分成三个层次的寓意,第一层意思是说圆规的两脚是互相牵连的,来说明真实的分离是不可能的;其次认为两脚分久必合,来说明分离只是暂时的;最后一层寓意是该诗中最为重要的"圆圈说"。在诗人看来,圆是完美的象征,在圆规画出圆圈的过程中,其起点就是终点。诗人认为,只要圆规的定脚坚定,另外一只脚才能画出完美的圆圈。这里,定脚象征着妇女的坚贞,而这种坚贞又赋予诗人以力量来完成圆圈。这一玄学的比喻使得诗人对待妻子的充满着关切、担忧、劝诫等等复杂的心理体验和情绪结构都极为形象性地表现了出来。

To His Coy Mistress
Andrew Marvell

Had we but world enough, and time,
This coyness, lady, were no crime.
We would sit down and think which way
To walk, and pass our long love's day;
Thou by the Indian Ganges' side
Shouldst rubies find; I by the tide
Of Humber① would complain. I would
Love you ten years before the Flood;
And you should, if you please, refuse
Till the conversion of the Jews.
My vegetable love should grow
Vaster than empires, and more slow.

---

① The Humber River flowing past Hull, a city in the North of England, where Marvell lived.

An hundred years should go to praise
Thine eyes, and on thy forehead gaze;
Two hundred to adore each breast,
But thirty thousand to the rest;
An age at least to every part,
And the last age should show your heart.
For, lady, you deserve this state,
Nor would I love at lower rate.

But at my back I always hear
Time's winged chariot hurrying near;
And yonder all before us lie
Deserts of vast eternity.
Thy beauty shall no more be found,
Nor, in thy marble vault, shall sound
My echoing song; then worms shall try
That long preserv'd virginity,
And your quaint honour turn to dust,
And into ashes all my lust.
The grave's a fine and private place,
But none I think do there embrace.

Now therefore, while the youthful hue
Sits on thy skin like morning dew,
And while thy willing soul transpires
At every pore with instant fires,
Now let us sport us while we may;
And now, like am'rous birds of prey,
Rather at once our time devour,
Than languish in his slow-chapp'd power.
Let us roll all our strength, and all
Our sweetness, up into one ball;
And tear our pleasures with rough strife
Thorough the iron gates of life.
Thus, though we cannot make our sun

Stand still, yet we will make him run.

给羞怯的情人
马韦尔

我们如有足够的天地和时间，
你这娇羞，小姐，就算不得什么罪愆。
我们可以坐下来，考虑向哪方
去散步，消磨这漫长的恋爱时光。
你可以在印度的恒河岸边
寻找红宝石，我可以在亨柏之畔
望潮哀叹。我可以在洪水
未到之前十年，爱上了你，
你也可以拒绝，如果你高兴，
直到犹太人皈依基督正宗。
我的植物般的爱情可以发展，
发展得比那些帝国还寥廓，还缓慢。
我要用一百个年头来赞美
你的眼睛，凝视你的娥眉；
用两百年来膜拜你的酥胸，
其余部分要用三万个春冬。
每一部分至少要一个时代，
最后的时代才把你的心展开。
只有这样的气派，小姐，才配你，
我的爱的代价也不应比这还低。

但是在我背后我总听到
时间的战车插翅飞奔，逼近了；
而在那前方，在我们面前，却展现
一片永恒的沙漠，寥廓、无限。
在那里，再也找不到你的美，
在你的汉白玉的寝宫里再也不会
回荡着我的歌声；蛆虫们将要
染指于你长期保存的贞操，
你那古怪的荣誉将化作尘埃，

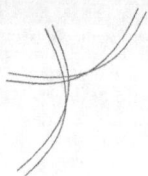

而我的情欲也将变成一堆灰。
坟墓固然是很隐蔽的去处,也很好,
但是我看谁也没在那儿拥抱。

因此啊,趁那青春的光彩还留驻
在你的玉肤,像那清晨的露珠,
趁你的灵魂从你全身的毛孔
还肯于喷吐热情,像烈火的汹涌,
让我们趁此可能的时机戏耍吧,
像一对食肉的猛禽一样嬉狎,
与其受时间慢吞吞地咀嚼而枯凋,
不如把我们的时间立刻吞掉。
让我们把我们全身的气力,把所有
我们的甜蜜的爱情糅成一球,
通过粗暴的厮打把我们的欢乐
从生活的两扇铁门中间扯过。
这样,我们虽不能使我们的太阳
停止不动,却能让它奔忙。

(杨周翰 译)

　　安德鲁·马韦尔是英国玄学派诗歌的主要代表人物,他的诗名主要建立
在《给羞怯的情人》、《花园》等为数不多的抒情诗上面。

　　马韦尔《给羞怯的情人》一诗以强调演绎推理的结构方式,一层一层地揭
示出把握时机、享受生活的重要性。该诗在第一诗节中声称:如果"天地和时
间"能够允许,那么我们就可以花上成千上万个"春冬"来进行赞美、膜拜,让
恋爱慢慢地展开;到了第二诗节,笔锋突然一转,说年华易逝,岁月不饶人,
"时间的战车插翅飞奔",无论是荣誉还是情欲,都将"化为尘埃",于是,诗人
在第三诗节中得出应当"及时行乐"的结论:"让我们把我们全身的气力,把所
有/我们的甜蜜的爱情糅成一球,/通过粗暴的厮打把我们的欢乐/从生活的
两扇铁门中间扯过。"

　　虽然是献给娇羞的女友的诗篇,但是,该诗却是对生命的意义的沉思,正
如西方学者戴维·里德(David Reid)在《玄学派诗人》一书中所说:"这一首以
及时行乐为主题的诗所要表现的不是一种爱情的关系,也不是马韦尔的激
情,而是他对处于时间支配下的生命的感受。"

　　玄学派诗人也特别喜欢使用自然意象。马韦尔在这首《给羞怯的情人》

一诗中,把爱情形容为"植物般的爱情"(vegetable love),赫里克在《致水仙》等诗中,则使用"夏雨"(summer rain)、"晨露"(morning dew)等一些自然意象来象征人生的短暂。而"植物般的爱情"这一短语,既表现了作者眼中的那种短暂与缓慢的爱情,同时又与第三诗节中反复出现的"食肉的猛禽"等"动物般的爱情"形成了强烈的对照,从"荤""素"的特定视角来突出"及时行乐"的道理。

The Definition of Love

Andrew Marvell

My Love is of a birth as rare
As 'tis, for object, strange and high;
It was begotten① by Despair,
Upon Impossibility.

Magnanimous② Despair alone
Could show me so divine a thing,
Where feeble hope could ne'er③ have flown,
But vainly flapped its tinsel wing.

And yet I quickly might arrive
Where my extended soul is fixed;
But Fate does iron wedges drive,
And always crowds itself betwixt④.

For Fate with jealous eye does see
Two perfect loves, nor lets them close;
Their union would her ruin be,
And her tyrannic power depose.

And therefore her decrees of steel
Us as the distant poles have placed,
(Though Love's whole world on us doth wheel),

① past participle of beget.
② magnanimous [mæɡˈnænɪnəs] adj. 宽宏大量的。
③ ne'er = never.
④ betwixt = between.

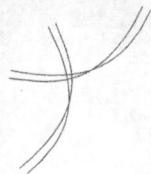

Not by themselves to be embraced,

Unless the giddy① heaven fall,
And earth some new convulsion tear.
And, us to join, the world should all
Be cramp'd into a planisphere. ②

As lines, so love's oblique, may well
Themselves in every angle greet：
But ours, so truly parallel,
Though infinite, can never meet.

Therefore the love which us doth bind,
But Fate so enviously debars,
Is the conjunction of the mind,
And opposition of the stars.

爱 的 定 义
马韦尔

我的爱是罕见地珍贵，
它追求着崇高与奇异；
绝望与否定的交配
孕育出这一个孩子。

宽宏大度的绝望
向我展示非凡的东西，
虚弱的希望无法飞翔，
只会扑腾华丽的羽翼。

尽管，我很快就会进抵
我扩张的灵魂定居的所在；
然而命运插进了铁楔，
总是站在中间百般阻碍。

命运睁开好嫉妒的眼睛，

---

① giddy：dizzy.
② planisphere ['plænisfiə] n. 平面天球图；星座图。

决不愿看见完美的爱之接触；
我俩的结合是她末日来临，
她娇横的权威将被废黜。

因此，她发布铁的命令，
将我们流放到遥远的两极，
（虽然爱的世界仍围绕我们运行）
这两极呀，无法拥抱亲昵；

除非旋转的天庭崩坍，
地球在痉挛之中破裂；
世界被挤压成一个平面，
我俩才可能得以团聚。

虚伪的爱恰似那条斜线，
总能从各个角度致意问好，
而我们的爱却是平行线，
永远延伸，却绝不相交。

因此，将我俩拴在一起的爱，
遇上了命运在从中作梗，
只能是精神的相互交缠，
恍如两颗遥遥相对的星星。

（汪剑钊 译）

什么是爱？应该说，与其他情感相比，爱情本身就应该是一种最为宽泛自由、不受束缚、弥足珍贵的情感，要给爱情下一个定义，本身就是一个悖论。然而，天下有情人总是根据自己的情感体验，制定着属于自己的各种各样的"爱的定义"。而马韦尔的《爱的定义》更是不同寻常，所要表达的是完美的爱情必然分离这样一个抽象的命题。在马韦尔看来，没有实现婚姻的爱情才是真正的爱情。而实现了婚姻的，未必就有爱情可言。他的这一定义，与他自身的情感经历有着必然的关联。人们认为，这一"定义"的产生，与他对玛丽·费尔法克斯的情感密切相关。

1650 至 1652 年，马韦尔在费尔法克斯将军家中，给将军的女儿玛丽当家庭教师。尽管马韦尔对玛丽产生了真挚的爱恋，但是正如其他类似的"圣·普乐"式的爱情一样，生于 1638 年的玛丽，后来于 1657 年嫁给了白金汉公爵乔治·维利耶（1627－1687）。诗人的这一真挚的爱情，之所以没有得到回

第四章 感情哲理化，思想知觉化

报,与社会的等级观念是分不开的。如同《新爱洛绮丝》中的圣·普乐和朱丽小姐的爱情一样,尽管符合自然法则,但是却是被社会法则所不容的。所以,可以说,马韦尔以完美的爱情必然分离这样的独特的爱的定义谴责了社会和命运的不公。是命运"睁开好嫉妒的眼睛",并且"发布铁的命令",将他们驱赶到"遥远的两极"。

该诗充满了具体可感的形象。为了表明等级观念对真挚爱情所产生的巨大压力,诗中用了一些鲜明的自然意象,以"天庭崩坍"、"地球在痉挛之中破裂"、"世界被挤压成一个平面"等夸饰手法,表明他们的爱情所遭受的巨大的社会压力。

诗中另一个主要特色是使用了多恩式的奇喻的手法。尤其是"平行线"和"斜线"的比喻,用得新颖贴切。诗中认为,虚伪的以婚姻为结局的爱情是一种斜线,两条线尽管交叉,但是难以持久,而且也不正直,但是,他和玛丽的爱,尽管难以在婚姻中发生交叉,但是却是永远向前延伸的。这永远延伸的"平行线"的意象,具有正直、平等、永恒等太多的内涵,达到了出奇制胜的艺术效果,体现了玄学派诗人的独具的智性。而最后一行的两颗星辰的比喻更是让这一爱情得以净化和升华。

To the Virgins, To Make Much of Time
Robert Herrick

Gather ye rose-buds while ye may,
　　Old Time is still a-flying:
And this same flower that smiles today,
　　Tomorrow will be dying.

The glorious lamp of heaven, the sun,
　　The higher he's a getting;
The sooner will his race be run,
　　And nearer he's to setting.

That age is best, which is the first,
　　When youth and blood are warmer;
But being spent, the worse, and worst
　　Times, still succeed the former.

Then be not coy, but use your time;

And while ye may, go marry:

For having lost but once your prime,

　　　You may forever tarry.

给少女们的忠告
赫里克

含苞的玫瑰，采摘要趁年少，

　　时间老人一直在飞驰，

今天，这朵花儿还满含着微笑，

　　明天它就会枯萎而死。

太阳，天庭的一盏灿烂的华灯，

　　它越是朝着高处登攀，

距离路程的终点也就越近，

　　不久呀，便是沉落西山。

人生最美便是那青春年华，

　　意气风发，热血沸腾，

一旦虚度，往后便是每况愈下，

　　逝去的韶光呀，永难重温。

那么，别害羞，抓住每一个时机，

　　趁着年轻就嫁人，

因为，如果你把美妙的时光丢失，

　　你一定会抱憾终身。

（汪剑钊 译）

　　罗伯特·赫里克的抒情诗《给少女们的忠告》，是一首典型的表现"及时行乐"主题的力作。但是其思想和艺术技巧都显得尤为独特。

　　"及时行乐"主题的诗作自古就有。但是自文艺复兴之后，由于自然科学的成就以及人文主义思想的发展，强调现世生活意义的"及时行乐"的主题从而有了人文主义的内涵。因此，尽管仍是"及时行乐"的主题，但思想却显得更为深沉，具有了强烈的反对封建、反对教会神权、反对禁欲主义的进步意义。与此同时，表现手法也有所改变，尤其是到了 17 世纪，一些诗人的表现手法已经显得十分新颖奇特。

　　赫里克的这首《给少女们的忠告》便表现出了博学才智。在这首诗中，前

面的两个诗节分别用了鲜花和太阳等两个自然意象,作为喻体,烘托其后的"青春易逝,抓住时光"的道理。

在第一个诗节中,"含苞的玫瑰"作为美和爱的象征,极为妥帖、形象。"采摘要趁年少"与我国唐代诗歌《金缕衣》一诗中的诗句"花开堪折直须折,/莫待无花空折枝"颇为相似,都是以鲜花的意象作为喻体,来表现"及时行乐"的道理。

第二诗节的主要意象是太阳,这盏天庭的华灯,尽管灿烂辉煌,但是,当它越升越高的时候,也意味着离终点越来越近。

所以,在第三诗节中,诗人认为青春是人生最美的时光,"意气风发,热血沸腾",犹如含苞的玫瑰和初升的太阳。然而,如果虚度年华,待到玫瑰凋谢枯萎、朝阳沉落西山之时,唯有遗憾。

该诗的意义在于强调爱惜时光,莫要错过青春年华。花开时节毕竟短暂,青春年华转瞬即逝,所以,诗人坦诚宣称:不必犹豫,大胆享受现实生活的乐趣,否则只会遭遇"空折枝"而"抱憾终身"的处境。

整首诗中,不仅强烈地感受着时光的飞逝,而且还联想着死亡的逼近,从而突出了"及时行乐"的哲理性和现实性。

Virtue

George Herbert

Sweet day, so cool, so calm, so bright,
The bridall of the earth and skie:
The dew shall weep thy fall to-night;
      For thou must die.

Sweet rose, whose hue angrie and brave
Bids the rash gazer wipe his eye,
Thy root is ever in its grave,
      And thou must die.

Sweet spring, full of sweet dayes and roses,
A box where sweets compacted lie,
My musick shows ye have your closes,
      And all must die.

Onely a sweet and vertuous soul,

Like season'd timber, never gives;
But though the whole world turn to coal,
    Then chiefly lives.

美　德
赫伯特

美好的白天,如此清爽、宁静、明朗,
  那是天空和大地的婚礼;
但露水像泪珠将哭泣你落进黑夜的魔掌,
  因为你有逃不脱的死期。

芬芳的玫瑰,色泽绯红,光华灿烂,
  逼得痴情的赏花人拭泪伤心;
你的根儿总是扎在那坟墓中间,
  你总逃不脱死亡的邀请。

美好的春天,充满美好的白天和玫瑰,
  就像盒子里装满了千百种馨香;
我的诗歌表明你终会有个结尾,
  世间万物都逃不脱死亡。

只有一颗美好而圣洁的心灵,
  像风干的木料永不会变形;
即使到世界末日,一切化为灰烬,
  美德,依然万古长青!

(何功杰 译)

初读该诗,觉得玄学派诗人赫伯特所写的这首《美德》,显得如此自然、简洁、清晰,仿佛为一名喜欢使用自然意象、表达自然情感的浪漫主义诗人的创作。但仔细阅读,发现该诗有着深邃的内涵和潜在的宗教哲理思想。

诗歌的开头三节,着重描写自然界的"美好"。第一诗节中出现的自然意象是"美好的白昼",自然界一片宁静、明朗,仿佛是天空和大地在举行婚礼,突出展现了一种纯洁无瑕的单纯。第二诗节中出现的自然意象是"芬芳的玫瑰",色泽绯红,沁人心脾,给人们的感官带来极大的愉悦,突出展现了一种大胆、带刺的直率。第三诗节中出现的是"美好的春天",在这个迷人的季节里,自然界的美景缤纷呈现,使得这一季节犹如"装满了千百种馨香"的"盒子"。

然而,这种"美好"只是出现在每个诗节的开头两行,在接下去的三四两行中,美好的音符就会出现变奏。在第一诗节中,"美好的白昼"最终却落进"黑夜的魔掌";在第二诗节中,"芬芳的玫瑰"的根儿却是扎在坟墓中间,它的养分来自于它以后必将葬于其中的土壤(岂不如同我们人类"来自尘土,归于尘土"?);第三诗节中,春天的甜美即便包含了其他事物的甜美,也终究会有结尾,会有更替。尤其是每一诗节最后一行中所重复使用的"死亡"一词,几乎把前面所陈述的"美好"吞噬尽净。

可是,到了最后一个诗节,出现了神奇的转变,一个是从死亡到生命的转变,另一个是从自然界的"美好"到精神上的"美德"的转变。

就从死亡到生命的转变而言,前三节的最后一行都包含着"死亡"(die),而且在程度和范围上,也是逐渐递增的。从"因为你有逃不脱的死期",到"你总逃不脱死亡的邀请",继而变化为包容一切的"世间万物都逃不脱死亡"。唯有最后一个诗节的最后一行,转变为"生存"(live),与前三节形成强烈的对照,全然不顾地变换为"依然万古长青"。

而从自然界的"美好"到精神上的"美德"的转变,显得更为重要,更加体现了这首诗作的主旨所在。所以,诗中的强烈的对照和两个"转变",恰如其分、生动鲜明地表明了物质世界的短暂性以及精神领域的永恒性。

Lips and Eyes

Thomas Carew

In Celia's face a question did arise,
Which were more beautiful, her lips or eyes?
"We," said the eyes, "send forth those pointed darts
Which pierce the hardest adamantine hearts."
"From us," repli'd the lips, "proceed those blisses
Which lovers reap by kind words and sweet kisses."
Then wept the eyes, and from their springs did pour
Of liquid oriental pearl a shower;
Whereat the lips, moved with delight and pleasure,
Through a sweet smile unlock'd their pearly treasure
And bad Love judge, whether did add more grace
Weeping or smiling pearls to Celia's face.

唇 与 眼
卡　鲁

西莉亚的脸上着实出现了问题：
什么最为美丽，嘴唇还是眼睛？
眼睛说："是我们射出的利箭刺透心灵，
哪怕它们像金刚石一般坚硬。"
嘴唇答道："情人们从我们这儿获取
用甜言蜜语和亲吻而制造的狂喜。"
眼睛随即哭泣，从深邃的眼眶，
淌出最为优质的珍珠的液体。
这时嘴唇欣喜若狂，激动无比，
报以甜蜜的微笑，把珍珠锁在面颊，
并且吩咐恋人判定：或哭或笑的珍珠
是否给西莉亚的脸蛋增添了典雅？

（吴笛 译）

　　托马斯·卡鲁（Thomas Carew，1595—1640）出生在伦敦一个律师的家庭，毕业于牛津大学，是本·琼森的朋友和崇拜者。他曾作为某贵族的私人秘书随主人出使意大利、荷兰和法国等他。后在宫廷担任查理一世的御厨常驻品尝官，其任务是预尝国王的饮食，职位虽低，但易讨国王的欢心。他服务宫廷，一直到死。卡鲁诗题材范围较窄，不外乎歌咏爱情以及一般的应景颂扬和哀悼。但诗人凭借其深厚的艺术造诣，还是留下了一些优美的抒情诗歌。

　　托马斯·卡鲁被誉为 17 世纪宫廷爱情诗的创始人，曾受到查理一世的高度赞赏。赞美女性是卡鲁诗歌中一个常见的主题，尤其是对西莉亚的赞美。西莉亚显然是卡鲁多年的恋人，但是究竟是谁，至今尚未确定。卡鲁抒写西莉亚的诗篇非常类似赫里克抒写朱丽叶的诗篇，在写作中并不追求在当时还相当流行的夸饰手法，而是力图在不甚连贯的事物中寻求其统一与和谐的特性以及内在的关联。《唇与眼》一诗的开头就呈现出一个问题——一个典型的玄学巧智的问题：西莉亚的脸上究竟什么最为美丽？正是围绕这一问题，展开了唇与眼的对话。而正是通过西莉亚脸上的两个器官的对话，来一层一层地揭示构成西莉亚独特美颜的两个要素的非凡之处。

　　眼睛是心灵的窗户，也最能打动别人的心灵。所以诗人首先选择赞美的便是西莉亚的眼睛,也是从眼光所打动的对象入手,来进行赞美。诗人认为,她的眼睛所射出的光芒如同利箭一般能够射穿人们的心灵,无论人们的心灵是如何坚硬,都能被她迷人的眼光所感化。

接着,诗人赞美西莉亚的嘴唇。在诗人看来,西莉亚的嘴唇则在亲吻行为和甜蜜的言语两个方面别具一格,不是一般意义上给人们带来欣喜,而是有着"制造狂喜"的惊人的魔力。

在分别赞美之后,诗人又在后半部分对西莉亚的面容进行"宏观"赞美,是嘴唇、眼睛等器官的共同作用,使得西莉亚的形象增添了典雅和神圣。当眼睛觉得自己不如嘴唇而开始哭泣时,从深邃的眼眶中流淌出最为优质的"珍珠的液体";嘴唇则情不自禁,激动地报以微笑。此时,面颊上镶着液体的珍珠、嘴角挂着甜美的笑容、眼睛中射着晶莹的光芒的楚楚动人、典雅端庄的美人形象便生动逼真地呈现在读者的面前,给人们带来无尽的愉悦。

该诗风格清新雅致,机灵活泼,在艺术上的一个重要特色是比喻的运用。如把目光比作利箭,把眼泪比作珍珠等,不仅奇特,而且妥帖,充分展现了作者托马斯·卡鲁独到的艺术才华。

Mediocrity in Love Rejected

Thomas Carew

Give me more love or more disdain;
　The torrid or the frozen zone
Bring equal ease unto my pain,
　The temperate affords me none:
Either extreme of love or hate,
Is sweeter than a calm estate.

Give me a storm; if it be love,
　Like Dana? in that golden shower,
I swim in pleasure; if it prove
　Disdain, that torrent will devour
My vulture-hopes; and he's possess'd
Of heaven, that's but from hell released.

Then crown my joys or cure my pain:
Give me more love or more disdain.

被拒绝的爱之平庸

卡　鲁

给我更多的爱情,或更多的蔑视;
　　冰冻三尺或是烈日当空,
给我的痛苦带来相同的慰藉;
　　而温暖地带则无物提供;
极度的爱情或极度的憎恨
要远远甜于平安与宁静。

给我一场暴雨;如果这是爱情,
　　我就像那金雨中的达那厄
沐浴在快乐之中;如果证明
　　这是轻蔑,那么骤雨就会吞没
我的凶猛贪婪的全部希望;
他拥有从地狱中释放的天堂;

为我欢乐加冕,或把我痛苦医治;
给我更多的爱情,或更多的蔑视。

(吴笛 译)

托马斯·卡鲁的《被拒绝的爱之平庸》是一首变异的十四行诗。采用的是 6—6—2 的结构,前面两节六行诗英文原文的押韵形式为 ababcc,最后两行为双韵。

诗的开头就是一个悖论。抒情主人公向对方所祈求的不是一般意义上的爱情,而是接受中的一种热烈的爱情,或是拒绝中过分的蔑视。在诗人看来,无论是热烈的爱情还是极度的轻蔑,都可以给一颗痛苦的受伤的心灵带来慰藉,而那种不温不火的情感,则"无物提供",因而,没有意义可言。所以,他宁愿选择狂风暴雨般的爱情或者憎恨,也不愿意选择没有情感的风平浪静。

在第二诗节中,诗人对以上选择的理由作了充分说明,并且呼唤狂风暴雨的降临。诗人巧妙地结合希腊神话故事中达那厄与化作金雨的宙斯享乐受孕的故事,来证明狂风暴雨般的爱情的价值所在。哪怕是轻蔑,那么它起码可以驱除"凶猛贪婪的"希望。

最后的双行如同莎士比亚十四行诗的结尾,具有结论的意义。"为我欢乐加冕,或把我痛苦医治;/ 给我更多的爱情,或更多的蔑视。"这一具有对偶特性的充满悖论的诗句,把抒情主人公渴望爱情的心态展现得淋漓尽致。

托马斯·卡鲁的诗形式非常简短,他的最长的一首《销魂》,也不过是166行。他的诗,尽管形式简短,但容量丰富,才华横溢,不仅具有浓郁而纯净的抒情性,而且具有深邃的哲理性。诗中表现了一种对情爱的豁达的态度,仿佛在求爱过程中获得接受和遭到拒绝都是没有本质区别的,爱情被拒绝了也是很平常的事,并没有什么可以大惊小怪的。爱情的意义在于对其的追求,至于是否能够追到,那已经不是追求者自己所能把握的事情了。但是,无论在追求上是否获得成功,对于追求者来说,其实并没有实际意义,实际意义就在于追求的过程。对于对方的反应,无论是冰霜或者烈日,诗人都是抱着一视同仁的态度。

经过诗人反复诉说,这份被拒绝的爱情似乎已经被证实得极为"平庸"了,然而,正是在这一"平庸"中,透露出令人震惊的真情与执著。

Encouragements to a Lover

Sir John Suckling

Why so pale and wan, fond lover?
　　Prithee, why so pale?
Will, when looking well can't move her,
　　Looking ill prevail?
　　Prithee, why so pale?

Why so dull and mute, young sinner?
　　Prithee, why so mute?
Will, when speaking well can't win her,
　　Saying nothing do 't?
　　Prithee, why so mute?

Quit, quit, for shame, this will not move:
　　This cannot take her.
If of herself she will not love,
　　Nothing can make her:
　　The devil take[s] her!

对一个情人的鼓励

萨克林

为什么这样苍白憔悴,痴情的恋人?
　　请问,为什么这样苍白?
容光焕发尚且不能打动她的心,
　　满面愁容难道能好起来?
　　请问,为什么这样苍白?

为什么这样沉默发呆,年轻人?
　　请问,为什么这样沉默?
口若悬河尚且不能赢得她的心,
　　默然无语难道会办妥?
　　请问,为什么这样沉默?

算了,算了,真羞人,这没用,
　　这样不能让她动情;
如果她自己不打算被爱打动,
　　什么也不能让她答应,
　　让她见鬼或许能行!

(刘锦丹 译)

约翰·萨克林(John Suckling,1609—1642)出生在英格兰的诺福克郡一个豪富家庭。在剑桥学习之后,赴欧洲大陆畅游,到过法国、德国、意大利、西班牙等国。他是一位风流才子,回伦敦后常从事豪赌,还不时传出风流韵事。同时他又才华横溢,所写的诗与剧本在宫廷颇受欢迎。他还是一位重要的保皇党人,曾斥巨资装配100名骑兵为国王而战,并因参与营救保皇党的宫廷大臣斯特拉福伯爵失败而流亡法国,最后客死异乡。他的两部诗集均在死后出版,一部名叫《碎金集》,于1646年出版,另一部名为《最后遗作》,刊于1659年。

萨克林的抒情诗《对一个情人的鼓励》,可谓传世名篇。该诗本是他的一部名叫《阿格劳拉》的戏剧中的一个抒情插曲,如今,那出戏剧倒是已经被人遗忘,但这首抒情插曲却被人们广为传诵。该诗中的"恋人",其实是一个失恋的人,是一个为爱情而困惑的人,是一个陷入爱情之中不能自拔的"情人"。对这样的恋人进行规劝,进行鼓励,不仅要有充分的耐心,而且更为重要的是要善解人意并且具有同情之心。抒情主人公以循循善诱的语气和演绎推理

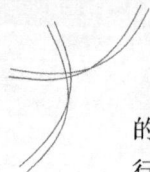

的结构形式,一步一步地对恋者目前的行为状态逐个进行分析,并且逐条进行否定。

首先否定的是恋者的"苍白憔悴"、"满面愁容"。诗中认为当恋者"容光焕发"、精神抖擞的时候都不能打动他所恋女子的心,现在靠"满面愁容"、可怜兮兮的一副病态就更是无济于事了。

接着否定的是"默然无语"。可以想象,失恋者不仅面容憔悴,而且无论人们怎么劝说,他总是一言不发,独自悲伤。能让失恋者开口说话,便能让其悲伤得以宣泄。诗中规劝说,既然"口若悬河"都不能奏效,现在靠"默然无语"怎能赢得她的爱情?

经过双重的否定,诗歌最后以豁然大度、近乎玩世不恭的语气告诫失恋者,不必勉强,应该听其自然,随她去吧,"让她见鬼或许能行!"诗人用词如此酣畅淋漓,仿佛发出一声呐喊,试图猛然唤醒依然沉浸在痛苦中的失恋者。

该诗虽然简短,但构思精巧,全诗整体结构如同逻辑的三段论,显得极为严谨,第一段规劝说:"满面愁容"于事无补;第二段则是说明:"沉默发呆"也不能解决问题;于是,第三段得出结论:既然这样那样都不能让她动情,那么最能奏效的方法就是走出阴影,将她遗忘,告别过去,开始新的一天。"算了,算了",她不答应那又怎样,天涯何处无芳草?

如此循循善诱的教导,这般晓之以理、动之以情的劝说,对于一颗受伤的心灵无异于一剂带来抚慰的良药。与此同时,声声规劝中无疑蕴涵着把握今天、及时行乐的现世主义思想,体现了 17 世纪玄学派诗人的一种思想倾向。

While to Contend in Brightness with Thy Hair
Luis de Gongora

While to contend① in brightness with thy hair
Sunlight on burnished gold may strive in vain,
While thy proud forehead's whiteness may disdain
The lilies of the field, which bloom less fair,

While each red lip at once more eyes will snare
Than the perfumed carnation② bud new born,
And while thy graceful neck with queenly scorn

---

① contend [kən'tend] v. 斗争;竞争。
② carnation [kɑː'neiʃən] n. 康乃馨。

Outshines bright crystal on the morning air:

Enjoy thy hour, neck, ringlets, lips and brow,
Before the glories of this age of gold:
Earth's precious ore①, sweet flowers, and crystal bright

Turn pale and dim; and Time with Fingers cold
Rifle② the bud and bloom; and they, and thou
Become but ash, smoke, shadow, dust and night.

Translated by Edward Churton

趁你的金发灿烂光辉

贡戈拉

趁你的金发灿烂光辉，
连太阳光也不敢竞争，
趁你的额素雅白净，
最美的百合花也要自愧；

趁你的唇有众目追随，
赛过早熟的康乃馨，
趁你线条优雅的颈
蔑视水晶的光莹优美；

享受你的秀发和樱唇吧，
莫等你黄金时代的财富——
你的黄金、百合、康乃馨

不但化为白银和折断的花，
而且将和你在烟尘、泥土、
黑夜、虚无中同归于尽。

（飞白 译）

贡戈拉的著名抒情诗《趁你的金发灿烂光辉》，是典型的反映人文主义思想、表现"及时行乐"主题的诗篇。

在形式和结构上，该诗继承了彼特拉克的十四行诗歌的传统，采用的是4

第四章　感情哲理化，思想知觉化

---

① ore [ɔː(r)] n. 矿石；含有金属的岩石。
② rifle ['raifl] vt. 抢夺；掠夺。

—4—3—3结构。该诗前八行描述的是"现时"的"灿烂光辉"的情景,后六行表现的则是"将来"可能出现的衰败状态。前八行中,诗中的你有着比太阳还要灿烂的金发;有着比最美的百合花还要素雅白净的前额;有着赛过康乃馨的众目追随的樱唇;有着比水晶还要光莹的线条优雅的颈项。而后六行中,诗中的"你"在"将来"可能出现的衰败状态是:你的一切优雅将会消逝而去,一切美艳也会不翼而飞,唯有烟尘、泥土、黑夜、虚无将要成为与你同归于尽、归于湮灭的伴侣。

该诗前后两个部分进行强烈对照,通过时间概念来形成冲撞。这么一来,享受爱情生活就在一定意义上具有了与时间抗衡的思想,这一时间概念的悖论更加突出了人生的目的和意义。

在技巧上,该诗典型地体现了贡戈拉的夸饰主义的特征,比如,形容灿烂的秀发时,认为太阳也不敢与之竞争;形容白净的前额时,认为百合也自惭形秽……

在意象选择上,诗人也特别重视自然意象的前后对照,前八行的主要意象是阳光、百合、康乃馨、水晶,而后六行的意象则是烟尘、泥土、黑夜、虚无。两组不同内涵的自然意象的使用和对照,突出了作品的主题。

该诗与赫里克《给少女们的忠告》颇为相似。在《给少女们的忠告》中,太阳等自然意象同样是作为喻体,来烘托"青春易逝,抓住时光"的道理。这也从一个方面说明了英国玄学派诗歌和西班牙贡戈拉主义之间的血性联系。其实,《趁你的金发灿烂光辉》这整首诗歌只是一句完整的话语,前后的状语其实都是为了烘托和突出中间的关键性的诗行:"享受你的秀发和樱唇吧"。这一诗行,有如拱形建筑的拱心石,是全诗的生命所在,依靠它,把全诗连缀并建筑成一个密不可分的牢固的整体。

第五章　启蒙时代的感伤音符

——18 世纪诗歌欣赏

第一节　18 世纪诗歌概论

　　18 世纪文学的主潮是启蒙主义文学。启蒙运动（The Enlightenment）是 18 世纪西方资产阶级继文艺复兴之后所进行的第二次反对教会神权和封建专制的思想文化运动。

　　启蒙运动起源于法国，是文艺复兴运动在新的历史条件下的继续和发展。如果说 15、16 世纪的人文主义文学所关注的中心是如何从宗教的束缚下解放人的个性，那么，在启蒙运动中，启蒙思想家更多关注如何破除封建观念，直接启发人们去推翻封建统治，建立理想的社会。

　　启蒙主义者也崇尚理性，他们把思维的理性当作一切现存事物的唯一的评判者和批判旧制度的思想武器。他们也是要以理性的光辉来描绘未来的理想社会。在他们看来，启蒙运动，一方面意味着教育群众，另一方面，也意味着启迪统治阶层。许多启蒙主义者相信，可以依靠开明君主来实现自上而下的改革，来实现理想的社会。

　　启蒙主义文学是启蒙运动一个重要的组成部分，而且，启蒙运动的思想家多半是启蒙主义文学家，他们把文学当成反封建的武器和进行启蒙宣传的工具。虽然启蒙主义文学的主要成就是在小说和戏剧方面，但是，一些启蒙思想家的思想观点对诗歌创作仍然有着重要的影响。譬如，卢梭的"返回自然"学说，对诗歌创作也有着重要的影响。

　　卢梭认为，从自然法则下成长起来的自然人具有美好的天赋，然而，私有观念造成了人间的不平等，人类的文明又导致了人类的罪恶。从这种观点出发，他谴责贫富不均的社会现象是违反自然法则的，进而提出"返回自然"的思想，也就是要回到自然的原始状态中去，在社会思想上主张"返回自然"，在文学艺术上强调"自然感情"，强调自我，歌颂自然等思想和特点，对欧洲 18、19 世纪的文学，特别是浪漫主义的文学都有着极大的影响。

　　除了启蒙主义文学以外，18 世纪的诗歌成就还体现在德国的"狂飙突进"运动、感伤主义诗歌，以及前浪漫主义诗歌等方面。如果说启蒙主义文学将理性作为出发点和唯一的评判者,那么,在这一理性时代,"狂飙突进"、"感伤主义",以及"前浪漫主义"则流露出感伤的音符了。

"狂飙突进"运动是18世纪七八十年代在德国发生的一次声势浩大的全国性的文学运动。这个运动是由克林格尔在1776年发表的剧本《狂飙突进》而得名的。它是德国启蒙运动的继续,但反叛精神更为强烈。参加"狂飙突进"运动的作家都富有狂热的幻想和奔放的激情,他们的作品往往充满一定的浪漫气息和感伤情调。

感伤主义诗歌是18世纪文学中从理性朝情感转型的文学思潮。18世纪的感伤主义作家夸大感情的作用,宣扬感情的自然流露,认为文学的主要任务是细腻刻画人物的内心活动和描写人的不幸遭遇,以此唤起人们的同情和共鸣。代表作家有英国的斯特恩、法国的卢梭、俄国的卡拉姆津等。

而前浪漫主义则是一个比较含混的观念,既可以视为浪漫主义的先驱,也可视为早期的浪漫主义文学。

18世纪的主要诗人有英国的彭斯、布莱克,德国的歌德,俄国的罗蒙诺索夫、特列佳科夫斯基、德米特里耶夫、卡拉姆津等。

彭斯(Robert Burns,1759—1796)出生于苏格兰西南地区杜恩河畔的一个贫苦农民家庭,从少年起就从事农业劳动。他之所以能成为诗人,而且是18世纪优秀的抒情诗人,是因为他父亲尽可能让他上了几年学,他母亲又是民歌手,给他讲种种歌谣,使彭斯得以对文学发生兴趣,并把民歌和文学结合起来。白天,他一边耕作,一边恋爱,一边作歌,他通常在晚上收工后回到自己的房间,记下白天在田地里构思的诗歌。1786年,他的第一部诗集《苏格兰方言诗集》(*Poems, Chiefly in the Scottish Dialect*)出版,受到文化界刮目相看,轰动了当地文坛。在爱丁堡的上流社会,他以庄稼汉诗人的身份一时被捧为一位名流怪杰。后来在朋友的帮助下,谋到了一个税务官的差事,主要以此维持生活,闲余时间继续从事诗歌创作。但生活条件始终没有明显改善,在贫病交困中,37岁时就离开了人世,但给世间留下了出色的诗的遗产。

彭斯的诗含有启蒙主义和浪漫主义两种因素,但启蒙主义更浓一些。他虽然一生贫困,但并没有被压得抬不起头来,他的理想是自由、平等、博爱,在诗中表现了蔑视一切剥削者的豪迈气概,反映了苏格兰当时的民族意识的觉醒,是这种精神的喉舌和代表。在他的一些诗中,可以看出他的抗争精神和挺起腰杆的劳动者形象。

就诗的体裁而言,他一生的作品可分为两大类,一类是抒情短诗,如《一朵红红的玫瑰》,一类是讽刺性长诗。他的抒情短诗大多是描写人民的生活和爱情;他的讽刺诗一是用嘲讽的笔调描写世态,一是针对特定人物进行讽刺。

与农民诗人彭斯创作的同时，布莱克（William Blake，1757—1827）出现在诗坛，他是个印刷刻板匠，生活贫困，其诗集全是自己刻板的，配以精美的插图，但由于成本昂贵，购者寥寥无几，人们简直难以设想他的生活是怎样维持下来的。他生前和死后很长一段时间并不为世人所熟悉，只是后来史文朋等人为他作传，使他成了18世纪英国的伟大的诗人，并被公认为是英国浪漫主义的先驱。

与彭斯一样，布莱克诗中有鲜明的启蒙主义思想，他的许多抒情诗都带有政治倾向性，宣传自由、平等、博爱的理想。与此同时，布莱克又在诗中引进了非理性因素和神秘主义思想倾向。他在浪漫主义时代之前，就率先向理性主义和机械论的世界观公开挑战，并且在诗中建立了一个神秘主义的想象世界，一个象征性的神话体系。他的启蒙主义理想是理性的，但又主要通过非理性的神秘主义表现出来，二者互相渗透，又构成矛盾，形成张力。

布莱克十分强调想象在诗中的作用，而反对古典主义式的模仿自然。他甚至认为：只有想象世界才是真实的永恒的世界，而现实世界只是那个永恒世界的一个模糊的影子。我们都要回到那个世界的怀抱里去，这样，就使得他的诗带有浓厚的神秘主义。他曾被人称为英国最大的神秘主义作家。在他的诗中，寓言式的象征性手法是其中的一大特点，诗中的另一特点是对立面手法，他喜欢采用这一手法，使诗中充满了辩证法精神。他在《天堂与地狱的婚姻》中说："没有对立面就没有进步。吸引与排斥、爱与恨，都是人类生存所必需的。"他的代表作《天真之歌》和《经验之歌》就构成了一组对立面，其中的诗往往是两两成对的，前者表现神圣而温柔的爱和善，后者表现现实而激愤的忧和恶。

18世纪，俄国诗歌成就相对而言，也显得比较突出。既有启蒙主义作家罗蒙诺索夫、特列佳科夫斯基，也有德米特里耶夫、卡拉姆津等典型的感伤主义诗人。

罗蒙诺索夫（Михаил Васильевич Ломоносов，1711—1765）生于阿尔汉格斯克省尼索夫卡村的农民家里。自幼参加劳动。先后在莫斯科、彼得堡和德国求学。1742年在彼得堡俄国科学院任职。1755年他创办了莫斯科大学。他在科学、语言研究等诸多领域都作出巨大贡献。他把音节诗体改为音节和重音并重的诗体，专门探讨了俄语诗律问题，并用到了创作实践中。他作有长诗、悲剧等作品。重要作品为《伊丽莎白女皇登基日颂》和《晨思上帝之伟大》等。

特列佳科夫斯基（Василий Кириллович Тредиаковский，1703—1769）出生在偏僻的阿斯特拉汉地区一个教士家庭，早年曾学习拉丁文，1723年离开家乡到莫斯科进斯拉夫—希腊—拉丁学院学习。1726年远赴荷兰进大学学习数学、哲学、神学等课程。1730年返回俄国。他学识渊博,著译等身,涉及语文学、历史学、文学等众多领域。他为俄语规范化而努力,是18世纪中叶俄国古典主义文化巨子之一。

德米特里耶夫(Иван Иванович Дмитриев,1760—1837)是俄国感伤主义文学的主要代表和奠基人之一。生于喀山省波戈罗茨科伊村的一个地主家庭,早年在私立学校读书,1772年,到谢苗诺夫禁卫团当列兵,随后传奇般地在军界和政界沉浮,最后获得司法大臣的职位。1814年退职后,迁住于莫斯科。在文学领域,他的主要成就有抒情诗、讽刺诗、诗体故事和寓言。他于90年代初与卡拉姆津结识,成为卡拉姆津的挚友和文学上的拥护者。

卡拉姆津(Николай Михайлович Карамзин,1766—1826)是俄国感伤主义文学的最重要的作家和理论家。生于辛比尔斯克省兹纳明斯科伊村的一个地主家庭。在家乡受到启蒙教育,1777年被送到莫斯科,在哲学教授萨顿所办的私立寄宿学校学习。毕业后曾在军队服役,但在1784年,因父亲去世而退伍,回到辛比尔斯克。不久,重返莫斯科,想专门从事文学活动。1789年至1790年,他游历了德、法、英、瑞士等国。回国后,创办月刊《莫斯科杂志》。19世纪初,又创办了文学和政治半月刊《欧罗巴导报》。自1803年起,直到逝世,他全身心投入于12卷的《俄国史》的撰写工作。

18世纪西方诗歌成就的杰出代表无疑是德国的歌德。

歌德(Johann Wolfgang von Goethe,1749—1832)是一位世界文化巨匠,不仅以小说《少年维特的烦恼》和诗剧《浮士德》著称于世,而且在抒情诗创作方面也取得了巨大成就。

歌德的抒情诗极为优美,富有特色。在德语文学中,他在民族语言文学形成和发展方面作出了重要的贡献。他的抒情诗创作也力图使用贴近于生活的语言,表达对生活的观察和感受。他善于对自然与人生进行深入细致的观察,并用极其简洁的诗句来表达自己的观察。如《五月之歌》、《浪游者的夜歌》等许多诗歌诗句都极为简短,有时一行诗中只有一两个音节,但表达的思想却极为深沉丰富。

歌德在浪漫主义思潮尚未波及之时,就表现出了崇尚自我的色彩,善于表现诗人自己的复杂的内心世界。歌德的抒情诗是他一生心灵历程的真实记录,把他的各个时期的作品联系起来,犹如一部心灵的自传。歌德的抒情诗创作来源于现实生活,他的诗歌的发展与他个人的思想的转变密切相连。他抒情诗创作的第一时期,是"狂飙突进"时期(1770—1775),如《普罗米修斯》等诗便表现了当时的"狂飙突进"精神。歌德的中期创作(1775—1814)包括"魏玛时期"和"德国古典文学时期",如《浪游者的夜歌》等诗典型地反映了他这一时期的心理状态。而他的晚年的思想则主要体现在《西东合集》以及《爱欲三部曲》等晚期创作成就中。

歌德还是一位具有世界意识的诗人。他在东西方文化交流方面也是一个卓越的开拓者。他在晚年曾经倾心研究过中国、日本以及波斯等东方国度的文学,他不仅翻译介绍或改写了包括中国在内的一些东方诗歌,而且在自己的创作中力图汲取东方文化尤其是中国文化的精髓,将东西方文化融会一体,创作了组诗《中德四季晨昏杂咏》,为中西文化交流作出了直接的贡献。

而且,也正是歌德最早提出了关于"世界文学"的构想,他在 1827 年曾经写道:"我愈来愈深信,诗是人类的共同财产。……我们德国人如果不跳开周围环境的小圈子朝外面看一看,我们就会陷入上面说的那种学究气的昏头昏脑。所以我喜欢环视四周的外国民族情况,我也劝每个人都这么办。民族文学在现代算不了很大的一回事,世界文学的时代已快来临了。"歌德所提出的关于"世界文学"的构想是比较文学得以发展并且成为一个学科的重要前提。

《西东合集》是歌德晚年在诗歌领域所取得的丰硕成果,也是世界文化交流的产物。他也在自己的创作中充分汲取中国诗歌的营养,将中国诗歌的简洁、含蓄的艺术风格与西方诗歌的奔放结合一体,形成了恬适、深邃的意境。

第二节　18 世纪诗歌赏析

A Red, Red Rose
Robert Burns

O my luve's like a red, red rose,
　That's newly sprung in June;
O my luve's like the melodie
　That's sweetly played in tune.

As fair art thou, my bonnie lass,
　So deep in luve am I;
And I will luve thee still, my dear,
　Till a' the seas gang dry.

Till a' the seas gang dry, my dear,

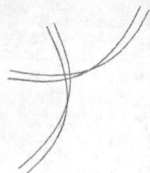

And the rocks melt wi' the sun:
O I will love thee still, my dear,
While the sands o' life shall run.

And fare thee weel, my only luve,
And fare thee weel awhile!
And I will come again, my luve,
Though it were ten thousand mile.

一朵红红的玫瑰

彭　斯

啊，我爱人像一朵红红的玫瑰，
　　它在六月里初开；
啊，我爱人像一支乐曲，
　　它美妙地演奏起来。

你是那么漂亮，美丽的姑娘，
　　我爱你是那么深切；
我会一直爱你，亲爱的，
　　一直到四海枯竭。

一直到四海枯竭，亲爱的，
　　到太阳把岩石烧化；
我会一直爱你，亲爱的，
　　只要生命之流不绝。

再见吧，我唯一的爱人，
　　让我和你小别片刻；
我会回来的，亲爱的，
　　即使我们万里相隔。

（袁可嘉　译）

　　《一朵红红的玫瑰》是在原有民歌的基础上修改而成的。单行一般为四音步八音节，而双行为三音步六音节。经过彭斯的点化，风俗性的民歌成了意味深长的优秀诗篇。这首诗歌中，苏格兰方言的使用，使得诗篇风格清新、自然，绝少雕琢，是彭斯的爱情诗中传诵最广的一首。
　　该诗的主要特色是明喻的使用。诗的开头一节，便将爱人比作在六月初绽的玫瑰,比作美妙演奏的乐曲。这样的比喻,显得清新,玫瑰的娇艳、乐曲的悠扬,恰如其分地呈现了爱人那清纯美丽、净化人的心灵的富有青春活力的生动形象。

在第二诗节和第三诗节中,"四海枯竭"、"岩石烧化"等传统描述方式的使用,既有着浓郁的民歌的风味,又增添了诗歌的质朴。此外,"the sands o' life"(生命之流)的运用,更是表达了爱情的执著。"sands"是古代用沙漏计时的沙子,暗示着爱情会像沙漏计中的沙子一样,绵延不绝,从远古直至永恒。

最后一节则是表述别离之情以及别离时分的承诺。至此,我们终于明白,前面三个诗节的铺陈,为的是说明别离时分的眷恋。正因为爱得真切,爱得深沉,所以,"即使我们万里相隔",爱情也会牵引着我们永不分离。

在 18 世纪的"理性时代",该诗以炽热的感情取胜,无疑对其后的浪漫主义诗风产生了潜移默化的影响。

The Tyger
William Blake

Tyger! Tyger! burning bright
In the forests of the night,
What immortal hand or eye
Could frame thy fearful symmetry?

In what distant deeps or skies
Burnt the fire of thine eyes?
On what wings dare he aspire?
What the hand, dare sieze the fire?

And what shoulder, & what art,
Could twist the sinews of thy heart?
And when thy heart began to beat,
What dread hand? & what dread feet?

What the hammer? what the chain?
In what furnace was thy brain?
What the anvil? what dread grasp
Dare its deadly terrors clasp?

When the stars threw down their spears,

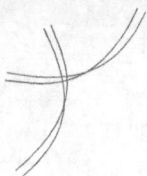

And water'd heaven with their tears,
Did he smile his work to see?
Did he who made the Lamb make thee?

Tyger! Tyger! burning bright
In the forests of the night,
What immortal hand or eye
Dare frame thy fearful symmetry?

老 虎
布莱克

老虎！老虎！黑夜的森林中
燃烧着的煌煌的火光，
是怎样的神手或天眼
造出了你这样的威武堂堂？

你炯炯的两眼中的火
燃烧在多远的天空或深渊？
他乘着怎样的翅膀搏击？
用怎样的手夺来火焰？

又是怎样的膂力，怎样的技巧，
把你的心脏的筋肉捏成？
当你的心脏开始搏动时，
使用怎样猛的手腕和脚胫？

是怎样的槌？怎样的链子？
在怎样的熔炉中炼成你的脑筋？
是怎样的铁砧？怎样的铁臂
敢于捉着这可怖的凶神？

群星投下了他们的投枪。
用它们的眼泪润湿了穹苍，
他是否微笑着欣赏他的作品？
他创造了你，也创造了羔羊？

老虎！老虎！黑夜的森林中

燃烧着的煌煌的火光，
是怎样的神手或天眼
造出了你这样的威武堂堂？

（郭沫若 译）

　　布莱克的《老虎》是他的传诵最广的一首诗。该诗选自诗集《经验之歌》，含有神秘而辉煌的力和美。

　　诗中的意象受到《圣经》启示，对老虎的描写类似《圣经》中对海中巨兽的描写，而与《天真之歌》中的羔羊形象构成了对立。但诗歌的象征意义表现在哪里，人们却众说纷纭，有人说它代表人的灵魂中一股要冲出无知、压抑、迷信的包围的力量；有人说它代表了人类的想象力；有人认为是象征法国革命中所见的巨大的革命暴力。没有一个评论家与任何其他评论家观点一致，所以凯因斯认为："最好让诗句本身为它自己解说，匠人的锤击传送到每一个人的心里也只能传送部分意思。这首诗是经过深思熟虑，构成了一系列问题，没有一个问题得到答复。它包含了宇宙之谜，善与恶如何妥协的问题。过分仔细的剖析只会破坏它作为诗的效果。"①

　　其实我们若将布莱克《经验之歌》中的《老虎》与《经验之歌》中的《羔羊》作一对照，就可以看出诗人在这儿赞美的是对立而又统一世界的"创造力"，这种创造力是"一种生命的力，行动的力，诗人无比激动的赞叹，使得读者也面对这种辉煌的力而赞叹不已"②。该诗采用的格律是扬抑格四音步，这种格律与其内在节奏配合起来，表现出相应的铿锵的威力。

The Sick Rose
William Blake

O rose, thou art sick!
The invisible worm
That flies in the night,
In the howling storm,

Has found out thy bed
Of crimson joy,
And his dark secret love

---

① 布莱克：《天真与经验之歌》，杨苡译，湖南人民出版社 1985 年版，第 151 页。
② 飞白：《诗海——世界诗歌史纲》，漓江出版社 1989 年版，第 306 页。

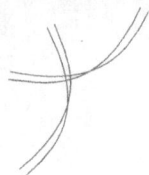

Does thy life destroy.

病 玫 瑰

布莱克

玫瑰呀，你病了！
在风暴呼号中，
乘着黑夜飞来了
看不见的蛀虫，

找到了你的床，
钻进红的欢乐中，
他秘密的黑的爱
毁了你的生命。

（飞白 译）

114

　　布莱克的这首著名的《病玫瑰》，与《天真之歌》中的花朵相对。该诗语言十分简洁，从表面上看，诗人是写花园中的花和害虫——一朵玫瑰和一只蛀虫，但是，诗的语言顿然透露了诗人真正的意旨：玫瑰和蛀虫具有象征性，玫瑰、蛀虫以及它们之间的关系，上演了一场与花园无关的内在戏剧。

　　这首诗通常被人们解释为描写尘世之爱的种种烦恼。有人甚至认为他妻子有了外遇，因此他写这首诗对妻子进行规劝。

　　但是实际上，玫瑰与蛀虫、欢乐与毁灭，喻指存在于自然秩序中的引诱和罪恶也存在于人类情感和道德规范之中。这也许是带有普遍性的事实，也是与布莱克对立面原则相吻合的，因此，要清楚准确地理解这出内在戏剧是不可能的。

　　诗中的玫瑰也许象征着肉体之爱或欢乐精神等等，出现在诗的第一行，但除这一行之外，邪恶就出现在每一个诗行中了。蛀虫象征着什么呢，是淫欲、罪恶、还是死亡？既然是一只"看不见的蛀虫"，它就不是什么有形的、确定无疑的东西，这样，就更增添了它的神秘莫测的气氛。诗中总的气氛是：毁灭胜于创造，某种邪恶正在侵蚀红的欢乐。

The Wanderer's Night-Song

Goethe

Hush'd on the hill

Is the breeze;

Scarce by the zephyr

The trees

Softly are press'd;

The woodbird's asleep on the bough.

Wait, then, and thou

Soon wilt find rest.

Translated by Edgar Alfred Bowring

浪游者的夜歌

歌　德

群峰一片

沉寂，

树梢微风

敛迹。

林中栖鸟

缄默，

稍待你也

安息。

（钱春绮 译）

　　《浪游者的夜歌》一诗典型地代表了诗人歌德语言简洁朴实但意境深邃的艺术风格。该诗虽然是一首简短朴素的小诗，但极为著名。冯至先生认为，该诗尽管只有短短八行，它的声誉并不亚于 12111 行的《浮士德》。1982年，歌德逝世 150 周年时，西德文化界征求公众关于歌德诗歌的意见，人们普遍认为《浪游者的夜歌》是歌德诗歌中最著名的一首。20 世纪 20 年代统计，《浪游者的夜歌》被作曲家谱曲就已经达 200 多次，成了歌德的传世绝唱。

　　歌德写此诗时 31 岁，当时是魏玛公国的国务参议。他曾到图林根林区基克尔汉的山顶木屋里过夜，吟成这首夜歌，用铅笔写在木屋的板壁上。

　　我们理解或欣赏这首诗，要了解诗人创作时所处的角度：在山顶，"浪游者"举目四望，所能看到的自然是远处的群峰和近前的树梢，而寂静的并不只是群峰，更有林中的树梢，对"浪游者"来说，不仅觉察不到外部世界的一丝声息，连内心世界也充满了对寂静的向往了。

　　该诗在结构上采用的是由远而近，由外而内的结构。视角从远处的群峰

到近处的树梢,直至树上的栖鸟,最后,诗人把自己也安排在诗里,从而自然而然地从外部自然景象转向了人的内心世界。这么一来,该诗尽管简洁,但表达的内容却极为深刻了。

Mignon

Goethe

Know'st thou the land where the fair citron① blows,
Where the bright orange midst the foliage glows,
Where soft winds greet us from the azure skies,
Where silent myrtles②, stately laurels rise,
Know'st thou it well?
　　　　　'Tis there, 'tis there,
That I with thee, beloved one, would repair.

Know'st thou the house? On columns rests its pile,
Its halls are gleaming, and its chambers smile,
And marble statues stand and gaze on me:
"Poor child! what sorrow hath befallen thee?"
Know'st thou it well?
　　　　　'Tis there, 'tis there,
That I with thee, protector, would repair!

Know'st thou the mountain, and its cloudy bridge?
The mule can scarcely find the misty ridge;
In caverns dwells the dragon's olden brood,
The frowning crag obstructs the raging flood.
Know'st thou it well?
　　　　　'Tis there, 'tis there,
Our path lies — Father — thither, oh repair!

Translated by Edgar Alfred Bowring

---

① citron ['sitrən] n. [植]香木缘;圆佛手柑。
② myrtle ['məːtl] n. (植)桃金娘科植物。

迷 娘 曲

歌 德

你知道吗,那柠檬花开的地方,
茂密的绿叶中,橙子金黄,
蓝天上送来宜人的和风,
桃金娘静立,月桂梢头高展,
你可知道那地方?
                前往,前往,
我愿跟随你,爱人啊,随你前往!

你可知道那所房子,圆柱成行,
厅堂辉煌,居室宽敞明亮,
大理石立像凝望着我:
人们把你怎么了,可怜的姑娘?
你可知道那所房子?
                前往,前往,
我愿跟随你,恩人啊,随你前往!

你知道吗,那云径和山冈?
驴儿在雾中觅路前进,
岩洞里有古老龙种的行藏,
危崖欲坠,瀑布奔忙,
你可知道那座山冈?
                前往,前往,
我愿跟随你,父亲啊,随你前往!

(杨武能 译)

　　《迷娘曲》这首诗是歌德的长篇小说《威廉·麦斯特的学习时代》中的插曲。迷娘是意大利人,早年被卖到法国的一个杂技团里,身世悲惨,受尽虐待和折磨。威廉·麦斯特和她相遇后,从杂技团里把她赎了出来。从此,迷娘便跟随威廉。小说中有好几首迷娘歌唱的抒情插曲,这是其中最著名的一首。

　　《迷娘曲》一诗中,诗人采用了民歌中的简洁的反复吟咏的形式,三节诗中,分别用"情人"、"恩人"、"父亲"等三个称呼,一唱三叹,表现了抒情主人公迷娘对威廉的复杂的心情。

第一节唱的是迷娘对故国意大利的真挚动人的怀念与由衷的赞美。

第二节诗人又描绘了迷娘宛如仙境的故园,赞美有着古罗马和文艺复兴传统的"圆柱成行"、"厅堂辉煌"的建筑艺术,也表现了故乡对迷娘的抚慰。

在第三节中,诗人描写了故乡山川的险峻和神秘。

可见,迷娘复杂的心情是与对故国的怀念汇成一体的,表现了迷娘对故乡的一片眷恋。歌德也借迷娘对故国的怀念来表白他对南国意大利的憧憬和向往,表明了自己对魏玛公国朝廷中的公务和沉闷的生活的厌倦,以及内心中对自然风光的向往。

该诗由于在表现手法上吸取了民歌的营养,每节都是以设问开始,以对"彼方"的向往结束,从而显得音调优美,旋律缠绵。

Ginkgo

Goethe

This leaf from a tree in the East,
Has been given to my garden.
It reveals a certain secret,
Which pleases me and thoughtful people.

Does it represent One living creature
Which has divided itself?
Or are these Two, which have decided,
That they should be as One?

To reply to such a Question,
I found the right answer:
Do you notice in my songs and verses
That I am One and Two?

银　杏

歌　德

这样叶子的树从东方
移植在我的花园里,
叶子的奥义让人品尝,

它给知情者以启示。

它可是一个有生的物体
在自身内分为两个？
它可是两个合在一起，
人们把它看成一个？

回答这样的问题，
我得到真正的涵义；
你不觉得在我的歌里，
我是我也是我和你？

（钱春绮 译）

　　罗曼·罗兰曾说：歌德把自己的全部生活存在比作金字塔的事业，"而放在歌德的金字塔顶端的花束"，就是歌德的抒情诗。歌德是一位世界文化巨匠，是一位具有世界意识的诗人。他不仅翻译介绍了包括中国诗歌在内的一些诗歌，而且在自己的创作中力图汲取东方文化的精髓。

　　歌德的《银杏》一诗，就是东西方文化融会一体的产物。该诗在歌德诗学思想和情感两个方面具有一定的研究和欣赏价值。

　　首先，银杏是东西方文化交流的产物。作为一位具有世界意识的诗人，歌德是东西方文化的一个伟大的使者，他不仅受到东方文化的影响，创作了《中德四季晨昏杂咏》等重要诗篇，而且还亲自翻译了数首中国古典诗歌。歌德还最早提出了关于"世界文学"的构想。他的这一构想，为世界文学的发展以及东西方文化交流作出了重大的理论贡献。

　　而在《银杏》一诗中，银杏这一树种虽然出自东方，但是从东方"移植"到西方之后，不仅得以存活，与本土物种融会一体，而且，其"奥义"耐人寻味，给西方一个深刻的"启示"。可见，这一"银杏"就是西东合璧的象征。

　　其次，"银杏"是歌德情感世界的体现。根据有关学者的考证，在歌德与他年轻貌美的情人玛丽安娜相会的海德堡的王宫中，就有银杏生长。所以，银杏的意象在一定意义上是他们爱情的见证。而且，"它可是一个有生的物体/在自身内分为两个？/它可是两个合在一起，/人们把它看成一个？"这其中生命和爱情的哲理及其奥秘是令人深思的。《银杏》收在歌德著名的《西东合集》中。《西东合集》中的苏莱卡就是现实生活中的原型玛丽安娜，联想到他们两人心心相印，情投意合，并且据有些学者考证，《西东合集》中也有出自玛丽安娜笔下的诗作，那么，"银杏"何尝不是他们爱情的象征？当然也是他

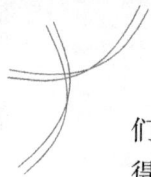

们出自爱情而抒发的诗作的象征以及他们因此而获得的合二为一："你不觉得在我的歌里，/我是我也是我和你？"

To Rulers and Judges
Derzhavin

He's risen-Highest God-to do the judgment, fair,
Of the earthly ones in their whole band;
How long-he sad-how long will you else spare
The unjust and wicked people in your land.

Your sacred duty is to make support for laws,
To make no favor to the strongest ones,
To leave the widows and orphans in your borders
Without help and safety not once.

To save the innocent from all that harm and wrong is,
To give good shelter to unhappy folks,
To shield the weak from evil of the strongest,
To drew the poor from their heavy bonds.

They don't hear the words! They see and they don't know
Their eyes are covered with a veil of bribes and wealth,
The black injustice shakes the havens' dome,
And wicked deeds convulse the whole earth.

I thought, kings, you are strong as strong the gods of heavens,
And nobody else can judge you on the earth,
But you, like I, live in the yoke of passions,
And, just like I'm, are serfs of the Lord Death.

And you shall fall like leafs fall, that are withered,
From wet and bare trees by the autumnal sky!
And you will die, the great and wealthy caesar,
Just like your poorest slave will die!

Arise, at last, O God! God of the just and purest!
Hark to the prayers they recall with for your grace:

Come, judge, chastise the wicked worldly rulers,
And be the only king on Haven and the earth.

Translated by Yevgeny Bonver

致君王与法官
杰尔查文

至尊的上帝昂然站起来，
对一大批尘世的帝王进行审判；
到什么时候，说，到什么时候，
你们才不偏袒恶人和坏蛋？

你们的职责是保护法律，
不要去看权贵们的脸色，
对无依无靠的孤儿寡妇，
不要把他们随便抛舍。

你们的职责是要拯救无辜的人，
对不幸的人们给予庇护；
使贫苦的人们摆脱桎梏，
保护弱者不受强者欺侮。

他们不愿意倾听！——熟视无睹！
他们的眼睛里只有金钱：
横行不法的行为震动大地，
不仁不义的勾当摇撼苍天。

沙皇们！——我想你们都是有权的神，
再没有审判者凌驾于你们之上；
可是你们和我一样有七情六欲，
因此也和我一样免不了死亡。

像枯黄的树叶从枝头飘落，
你们也会倒在地上，
你们也会一命呜呼，
像你们最卑微的奴隶一样！

上帝啊，复活吧！正直的人们的上帝！

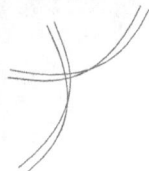

听听他们对你的呼吁：
来啊，来审判和惩罚那些狡猾的家伙，
成为大地上唯一的君主！

（张草纫 译）

18世纪的俄国，是一个封建的君主专制制度的国家。君王是一个国家的最高统治者，掌握着无限的权利。要想讽刺和批判这些君王，是要有强烈的公民责任感和不怕牺牲的大无畏精神的。俄国18世纪最伟大的诗人之一杰尔查文便具有这样的难能可贵的精神。而且，他还是叶卡捷琳娜二世时代的一名重要官员，当过省长和司法大臣等要职。当然，尽管他曾担任过要职，可是，要想使君王心服口服，也是他非力所能及的。

于是，杰尔查文在这首《致君王与法官》的诗篇中，搬出了至高无上的上帝。由至尊的上帝出面，对帝王进行审判，把他们的罪行一一列举出来：他们偏袒恶人和坏蛋；他们欺侮赢弱的无依无靠的孤儿寡妇等下层百姓；他们"横行不法"、"不仁不义"，他们"眼睛里只有金钱"。至尊的上帝义正词严，规劝沙皇们改邪归正。

可是，沙皇们甚至对上帝的话语也"熟视无睹"。于是，诗人接着搬出了死神。诗人用"在死亡面前人人平等"的思想来说服君王，认为君王无论怎样飞扬跋扈，凌驾在人民之上，到头来都"免不了死亡"。如同"最卑微的奴隶"一样，最后的结局同样会是"一命呜呼"。

到了诗的最后一节，诗人并没有停留和沉浸在"在死亡面前人人平等"的自我安慰之中，而是转向了现实，祈求正义的审判。但是，在诗人的笔下，这一审判不是来自人民，而是来自"复活"的上帝。他祈求上帝成为正直的人们的上帝，从而惩罚那些作恶多端的君王，"成为大地上的唯一的君王"。这种依靠上帝这一"救世主"来改造社会现实的思想显然带有空想的色彩，也没有真正看到人民大众创造历史的伟大作用，具有明显的思想上的局限性。但是，诗中针对沙皇所发出的严厉的批判的声音仍是振聋发聩的。

The Little Dove

Dmetrieff

The little dove, with heart of sadness,
In silent pain sighs night and day,
What now can wake that heart to gladness?
His mate beloved is far away.

He coos no more with soft caresses,
No more is millet sought by him,
The dove his lonesome state distresses,
And tears his swimming eyeballs dim.

From twig to twig now skips the lover,
Filling the grove with accents kind,
On all sides roams the harmless rover,
Hoping his little friend to find.

Ah! vain that hope his grief is tasting,
Fate seems to scorn his faithful love,
And imperceptibly is wasting,
Wasting away, the little dove!

At length upon the grass he threw him,
Hid in his wing his beak and wept,
There ceased his sorrows to pursue him,
The little dove for ever slept.

His mate, now sad abroad and grieving,
Flies from a distance home again,
Sits by her friend, with bosom heaving,
And bids him wake with sorrowing pain.

She sighs, she weeps, her spirits languish,
Around and round the spot she goes,
Ah! charming Chloe's lost in anguish,
Her friend wakes not from his repose!

Translated by William D. Lewis

一只灰鸽在呻吟

德米特里耶夫

一只灰鸽在呻吟,
在呻吟,昼夜不休;
它那可爱的小伴侣
离它而去已有很久。

123

第五章 启蒙时代的感伤音符

它不再发出咕咕的叫声，
身边的麦粒也没啄一口，
它默默地流着眼泪，
带着无穷无尽的哀愁。

它从一根柔细的树枝
飞向另一根枝头，
它从四面八方等待
回归而来的亲爱的女友。

等待女友……可是空等一场，
看来，这是命运对它的作弄！
多情而忠诚的鸽子啊
只落得一副憔悴的面容。

它终于躺倒在草地，
并用羽毛盖住了小嘴，
不再呻吟，也不再哀叹，
这鸽子……永远安睡！

突然，有一只母鸽
从远处失望地飞到，
歇在自己亲人的上方，
对着它发出一声声呼叫；

母鸽绕着亲人移动，
心如刀割，呻吟，悲泣——
可是……美丽迷人的赫洛亚
唤不醒可爱的伴侣！

（吴笛 译）

美国自然文学作家约翰·巴勒斯说："鸟儿与诗人最为有缘，因为只有诗人的情怀才与鸟儿完全息息相通。"从俄国感伤主义诗人德米特里耶夫的著名抒情诗《一只灰鸽在呻吟》中，我们可以清楚地感悟到这种"息息相通"。在世界诗歌史上，有许多抒情诗人出色地抒写过鸟的意象，如雪莱的云雀，济慈的夜莺，哈代的鸫鸟。而这首诗中的灰鸽的意象，在表现"息息相通"方面同样是世界诗歌史上的出色的成就。

德米特里耶夫的主要文学成就有抒情诗、讽刺诗、诗体故事和寓言。他于 18 世纪 90 年代初与卡拉姆律结识，成为卡拉姆津的挚友和文学上的拥护者。他所创作的这首抒情诗以及诗体小说《时髦的妻子》等，给他赢得了极大的声誉，被认为是俄国感伤主义文学的主要代表和奠基人之一。他喜欢用抑扬格写作，并以口头语入诗，而且，他的作品具有很强的音乐性，《一只灰鸽在呻吟》一诗，犹如鸟儿的吟唱，生动流畅，所以被多次谱曲。德米特里耶夫的创作对巴丘什科夫、茹可夫斯基等 19 世纪初期的诗人，尤其是维亚泽姆斯基，产生过一定的影响。

　　在这首抒情诗《一只灰鸽在呻吟》中，诗人以一对鸽子的情感体验，表现了鸟类世界的"罗密欧与朱丽叶"般的悲惨命运。首先登场的是一只灰色的公鸽，它因为自己可爱的伴侣离它而去而悲痛万分，昼夜不休地发出痛苦的呻吟。诗人以非常细腻的感伤的笔调，抒写了这只鸽子的临死之前的情绪变化。抒写这只鸽子"带着无穷无尽的哀愁"，"默默地流着眼泪"，没有了以前的欢快的咕咕的叫声，也不啄食，只是抱着一线希望，带着日益憔悴的面容，苦苦地等待"女友"的归来。可是，没有等到这一时刻，这只灰鸽就结束了呻吟，永远地安睡了。

　　悲剧尚未结束。就在灰鸽死去以后，它所苦苦等待的母鸽却迟迟飞来。接着，诗人以同样感伤的笔调，抒写了母鸽的悲哀的心情。母鸽"心如刀割"，痛苦地呻吟、悲泣，可是，无论它如何围在身边，无论它如何苦苦呼唤，怎么也呼唤不醒自己的可爱的伴侣。

　　抒情诗《一只灰鸽在呻吟》不像卡拉姆津的《拉伊莎》等作品那样主要对人类社会中的下层人民寄予深切的同情，而是把视角转向了自然界，在自然万物中寻找悲剧的源泉。但是，对自然万物的描写同样具有深刻的寓意。在具体描写中，德米特里耶夫也善于采用拟人的手法，不仅使用"伴侣"、"女友"等词语，而且借用人类世界《达夫尼斯与赫洛亚》故事中的牧羊女的名字"赫洛亚"，来称呼母鸽，突出与人类的共性。在措辞方面，对"灰雀"、"伴侣"等一些主要词语，诗中采用指小和爱称的形式，突出其情感的色彩。诗人尤其对鸟类世界的悲剧根源作了深入的探究，得出了与人类世界相同的结论："这是命运对它的作弄！"

Autumn

Karamzin

Winds of the autumn are blowing
Through the dark oak grove.

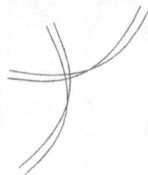

Earthward the yellowing leaves fall,
    Noisily scattered.

Empty are gardens and grain fields,
    Hills are in mourning
Songs in the forests are ended,
    Birds have departed.

Geese in a flock lately risen
    Hurry to southward,
Smooth in their flight they go soaring
    High in the heavens.

Strands of grey mists in wreathes wander
    Through the still valley,
Merge with the smoke from the village,
    Upwards to flutter.

Gloomy, a wayfarer gazes
    Down from the hilltop,
Seeing the pallor of autumn
    Sighs as though weary.

Wayfarer sad, o be solaced!
    Nature will falter
Only for this little season.
    All waits the future.

All is renewed with the springtime:
    Proudly and smiling,
Nature arises all vital,
    Bridal in clothing.

Mortals, alas, fade forever!
    Men old at springtime
Feel in themselves the chill winter—
    Ancient in lifetime.

秋

卡拉姆津

在阴暗的栎树林中，
　　秋风萧飒凄厉；
带着瑟瑟的响声，
　　黄叶纷纷坠地。

田野和花园荒凉了；
　　山岭像在悲号；
林中的歌声寂静了——
　　鸟儿已经飞掉。

迟归的雁阵横空，
　　急急飞向南方，
翻越崇山峻岭，
　　整齐平稳地翱翔。

在静静的幽谷之中
　　弥漫着茫茫白雾，
随同村庄的炊烟，
　　一起向天空飘忽。

站在山上的旅人
　　脸色愁苦忧悒，
凝望着凄凉的秋光，
　　发出疲惫的叹息。

放心吧，忧愁的旅人！
　　大自然一片肃杀，
只是短暂的时间；
　　一切会重新萌发，

到春天万象更新；
　　大自然会重起炉灶，
穿上结婚的新装，
　　露出自豪的微笑。

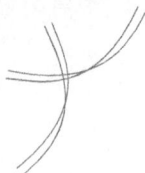

人却会永远枯萎！
老人即使到春天，
也会像在寒冬一样，
感到生命的短暂。

（张草纫　译）

秋，是古今中外许多诗人所经常歌咏的一个题材。而且，多数诗人笔下的秋景总是与忧伤和阴郁联结在一起。我国古代著名诗人宋玉的代表作《九辩》的开端写道："悲哉！秋之为气也，萧瑟兮草木摇落而变衰。"19世纪俄国诗人费特在题为《秋》的诗歌中写道："冷寂萧瑟的秋日，/多么哀伤，多么阴晦！/它们来扣我们的心扉，/带来多么郁郁的倦意。"可见，在中外诗人的笔下，萧瑟的秋景与人类的愁绪达到了共鸣。

作为俄国感伤主义文学的最重要的作家和理论家，卡拉姆津在这首《秋》中，则表现了欢乐和愁绪相交织的复杂的情感，体现了如同英国诗人托马斯·哈代那般的对大自然的双重的分裂的感受力。他首先描写的也是萧瑟的秋景。诗人以四个诗节的篇幅分别描写了秋天的树林、秋天的田园、秋天的大雁、秋天的幽谷。在他的笔下，秋天的树林里，"秋风萧飒凄厉"、"黄叶纷纷坠地"；秋天的田园里，一片荒凉；秋天的鸟雀也纷纷逃离他乡："迟归的雁阵横空"，"整齐平稳地翱翔"；秋天的山谷，也是一片沉寂，白雾茫茫。

经过对秋天萧瑟的自然场景的渲染之后，自第五节起，诗中终于出现了人的形象。这是秋天里的"忧愁的旅人"，他站在山巅，看着眼前的一片凄凉的秋景，也自然受到深深的感染，"脸色愁苦忧悒"，并且"发出疲惫的叹息"。然而，诗人并没有沉浸在这个热情几乎丧失殆尽的秋天的时光中，而是在萧瑟和失望之中感悟到了一种新的热情、新的希望。所以在随后的两个诗节中，诗人断言：萧瑟的时光只是短暂的，美好的时节一定会重新降临。待到春天，一定会令人感到"万象更新"。

接着，诗人以拟人的笔法，用新婚的比喻，写下了春回大地时的美好景象：大自然"穿上结婚的新装，/露出自豪的微笑"。还有什么比新婚时的景象更令人感到振奋呢？

不过，卡拉姆津终究是一个具有代表意义的俄罗斯感伤主义诗人。在诗歌创作方面，卡拉姆津往俄罗斯诗歌中注入了风景主题、心理分析以及浪漫主义所特有的忧伤和苦闷的情调。所以，作为该诗结尾的最后一个诗节，诗人又突出了人与自然的差异。在他看来，大自然具有自我更新的能力，而人的生命恰恰缺乏这一能力。人的生命一旦衰老，哪怕是在春天，也难以复原了。

　　该诗从大自然的萧瑟的秋景的开头,自然而然地转向了对短暂的人的生命的感叹,表现出了感伤主义所惯常表露的情调。

　　卡拉姆津无疑是一名"自然诗人",他在创作中强调忠实于自然和想象的自由,认为诗歌的对象和灵感的主要源泉只能是自然,认为只有自然才是艺术的永恒的原本,是美和灵感取之不尽的源泉。他的这些观点,也成了俄国浪漫主义文学理论的一个源泉。

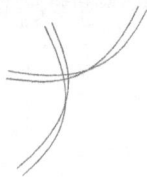

第六章　自我的发现与想象的羽翼

——浪漫主义诗歌欣赏

第一节　浪漫主义诗歌概论

从 1789 年法国大革命开始到 1830 年前后,欧美资产阶级革命浪潮汹涌澎湃,封建统治和民族压迫激起了民主运动和民族解放运动的高涨。正是在这样的历史条件下,浪漫主义文学得以兴起和发展,因此,这一时期的主要文学思潮为浪漫主义。

一、背景与来源

就政治形势而言,18 世纪末和 19 世纪初,欧洲处于风云突变的状态。浪漫主义文学便是法国大革命、西欧民主运动和民族解放运动高涨时期的产物。而且主要成就体现在诗歌领域。1789 年爆发的法国资产阶级大革命,推翻了封建专制政权,确立了资产阶级的政治统治。但围绕着法国大革命,进行了反复的较量。

为了巩固已经建立的资本主义制度,促使资本主义自由发展,拿破仑政权在统治时期采取了一系列措施,对内坚决镇压复辟活动,代表法国大资产阶级的利益,强化中央集权;对外进行扩张和掠夺,反对欧洲封建君主国的反法联盟,从而巩固了法国资产阶级革命的成果。在拿破仑垮台以后,波旁王朝复辟,"神圣同盟"也扶植欧洲各国的封建王国。但"神圣同盟"的行径加深了欧洲的民族矛盾和社会矛盾,从而促使了各国资产阶级民主革命运动和民族解放运动的蓬勃发展。

在封建王朝与新兴的资产阶级之间展开殊死搏斗的同时,工人运动也此起彼伏。在英国等一些先进的资本主义国家里,工人自发性的罢工运动开展得轰轰烈烈。如英国在 19 世纪初连续不断地发生工人捣毁机器的事件;再如 1811 至 1812 年爆发了声势迅猛的"卢德运动"。

具有反传统和理想主义色彩的浪漫主义思潮便在这样如火如荼的斗争形势中应运而生。

在哲学思想方面,欧美浪漫主义文学在形成和发展过程中主要受到三个方面的影响。

首先是受到卢梭的"返回自然"学说的影响。"返回自然"学说是法国启蒙主义作家卢梭的思想主张。他认为人类文明导致了人类罪恶,所以主张"返回自然",以自然来与社会现实进行对照。卢梭在社会思想上主张"返回自然",在文学艺术上强调"自然感情"。这一学说和创作中"返回自然"的思想,以及他强调感情、歌颂自然等特点,对欧洲近代文学、特别是对浪漫主义文学有极大影响。

其次是受到德国古典哲学的影响。康德、黑格尔等哲学家强调自我、天才、灵感的重要性,这些对浪漫主义文学的一些本质特征产生了影响,他们也以哲学的思辨唤醒了诗人的想象。

最后是受到空想社会主义思潮的影响。19世纪初期,空想社会主义思想是在启蒙主义者的幻想破灭之后所提出的理性的蓝图。空想社会主义思想的代表人物是法国的圣西门、傅立叶和英国的欧文。他们都是从唯心主义的理性出发,深刻揭露了资本主义的罪恶,对未来的理想社会提出许多美妙的设想以及预测,在历史的发展进程中起了一定的进步作用。他们企图建立"人人平等,个个幸福"的理想社会。这一思想在关注社会变革、描写理想社会等方面对后期浪漫主义作家有着很大的影响。浪漫主义作家通常将主观理想与黑暗现实相对照,表达对社会现实的反抗以及对自由的渴望和对建立未来美好世界的幻想。

二、浪漫主义文学的基本特征

作为一个具有共同的社会历史背景和哲学思想基础的文艺思潮,就其艺术特征而言,浪漫主义既有强烈的反传统倾向,也对欧洲一些文学传统进行了继承。浪漫主义作家反对古典主义,反对自文艺复兴以来占主导地位的理性原则,同时继承和发扬了感伤主义、狂飙突进运动的特质,同时重新发现和继承了中古文学的传统。概括起来,浪漫主义文学具有以下基本特征:

(一)着重表现作家的主观理想,抒发强烈的个人情感

主观性是浪漫主义的本质特征,如果说文艺复兴是"人的发现",那么,浪漫主义则是"自我的发现"。浪漫主义作家由于对现实强烈不满,所以着重描写自己的主观世界,写自己对生活的感受,自己的想象和情感。他们之所以反对古典主义的理性原则,是因为他们感到理性原则对作家的想象的展开和情感的抒发是一种束缚。他们力图摆脱这种束缚,重情感,重想象,把情感和想象提到首要的位置。

（二）浪漫主义把大自然和资本主义文明对立起来，着力于歌颂大自然

浪漫主义作家厌弃城市文明，他们受到卢梭"返回自然"学说的影响，热衷于表现大自然，描绘大自然，歌颂大自然，把大自然看成是一种神秘的力量，或者是某种精神境界的象征，把自己的理想寄予其中，突出人和自然在思想感情上的共鸣，并且以自然的美景来与社会现实相对照。

（三）浪漫主义作家喜欢用夸张和对比等艺术手法，追求强烈的艺术效果

浪漫主义作家往往喜欢运用大胆的想象力，塑造非凡的人物形象，喜欢写异国情调、离奇的情节和奇幻神秘的景象。同时，喜欢采用光明与黑暗、美与丑等强烈对照的方式，塑造形象，描写场景。

（四）重视民间文学和民族传统

浪漫主义文学深受中世纪文学的影响，对民间文学表现出极大的热情，歌颂民间传说中的英雄人物，并喜欢采用民间文学的一些题材进行创作。甚至有一些浪漫主义作家提出"回到中世纪"的口号，并在这样的口号下，对中世纪封建宗法制度进行美化，把中世纪描写为"黄金时代"，以此来与资本主义社会现实进行对照。对民间文学的兴趣，也使得浪漫主义作家喜欢使用贴近生活、贴近人民的通俗简洁的语言进行创作。

三、浪漫主义文学主要成就

浪漫主义文学的主要成就体现在诗歌方面，小说和戏剧创作方面尽管也有相当的成就，但不如诗歌突出，而且也是以抒情性见长。

浪漫主义文学最早出现在德国。德国早期浪漫主义代表作家有诺瓦里斯、蒂克、史雷格尔兄弟等。1798 至 1800 年间，他们主办了一份名为《雅典娜神殿》的刊物，利用这一园地宣传新的文学主张，从而与古典主义相对抗。作为德国浪漫主义文学理论的奠基人，史雷格尔第一次用"浪漫主义"标明当时与古典主义文学相对立的一种文学，他所下的定义是："凡是用幻想的形式描绘情感的内容的作品的就是浪漫主义的。"他们主张打破一切文学艺术的界限，强调作家创作的绝对自由。他们片面强调诗人的主观性，提出浪漫主义的第一条法则，就是诗人为所欲为，不能忍受任何约束的法则。

浪漫主义文学的发展明显地经历了前后两个阶段。无论是作为浪漫主义文学诞生地的德国，或是代表欧洲浪漫主义文学最高成就的英国，前后两个阶段的作家在题材选择、思想观念、语言风格等方面，都有着明显的区别。早期的浪漫主义作家，如德国抒情诗人诺瓦里斯、法国抒情诗人夏多布里昂、英国抒情诗人华兹华斯、俄国抒情诗人茹可夫斯基等，他们大多逃避现实，其创作大多是主观幻想的产物。他们喜欢描写离奇的神秘景象，或者是赞美黑

夜和死亡。作品中具有比较浓郁的宗教色彩和感伤情调。而后期浪漫主义作家,如法国诗人雨果、德国诗人海涅、英国诗人拜伦和雪莱、俄国诗人普希金和莱蒙托夫等,大多参与现实斗争,反对暴政,同情人民的苦难,支持民主运动和民族解放斗争,具有鲜明的资产阶级民主主义倾向。

法国诗人雨果(1802—1885)一生更是追随时代步伐前进,是法国文学史上一位重要的作家。特别值得一提的是,1861年,当雨果得知英法侵略者纵火焚烧了圆明园后发出了满腔义愤。他义正辞严地写道:"法兰西帝国从这次胜利中获得了一半赃物,现在它又天真得仿佛自己就是真正的物主似的,将圆明园辉煌的掠夺物拿出来展览。我渴望有朝一日法国能摆脱重负,清洗罪责,把这些财富还给被劫掠的中国。"

海涅(1797—1856)在大学深受浪漫主义的影响,从对耶那派的崇拜逐渐走上浪漫主义和现实主义的创作道路。他既是浪漫主义作家,同时又对浪漫主义进行了批判,他的重要作品《德国——一个冬天的童话》直接描写社会现实,以冬天象征当时死气沉沉的德国,通过童话般的梦境和想象,来对普鲁士统治下的德国社会现实进行了无情的讽刺和激烈的抨击。他在19世纪30年代所写的《论浪漫派》这篇文章,批评德国浪漫派诗人不是"生活的诗人",他强调现实的重要性,认为现实是诗人的灵感、力量的来源:"诗人在他不离开现实的大地时,是坚强有力的,只要他空想他在蓝色的空中翱翔,那就变得软弱无力了。"尽管他如此评说,但是他的抒情诗仍然有着典型的浪漫主义色彩。

浪漫主义文学中,诗歌成就不仅最为突出,而且,浪漫主义诗歌在世界抒情诗领域无疑是最高艺术成就的代表,而对浪漫主义诗歌作出贡献的,主要有英、俄等国。这些浪漫主义作家都以优美的笔触、深邃的智慧和独特的风格为世界文学的发展作出了卓越的贡献。

四、英国浪漫主义诗歌

(一)英国浪漫主义文学发展概况

英国浪漫主义代表着欧洲浪漫主义文学的最高成就。英国浪漫主义文学的主要成就是诗歌。在18世纪末至19世纪30年代的数十年时间内,出现了一批在世界文学史上享有盛名的抒情诗人。

一般认为,英国浪漫主义文学除了彭斯和布莱克等前驱之外,经历了以"湖畔派"为代表的早期浪漫主义和以"撒旦派"为代表的后期浪漫主义两个发展阶段。

英国早期浪漫主义文学是以"湖畔派"为代表的。"湖畔派"诗人包括华兹华斯、柯尔律治、骚塞。他们曾生活在英国西北部的湖区,其作品远离社会现实,讴歌自然风光和乡村生活,赞美湖光山色,或者描写奇异神秘的故事和异国情调。1798 年,华兹华斯、柯尔律治出版了《抒情歌谣集》,其后,华兹华斯又在《抒情歌谣集》的序言中提出了浪漫主义诗歌的理论和方法。

柯尔律治(1772—1834)是一位奇才,他以极少的诗歌作品奠定了在英国文学史的极高的地位。他出生于英格兰德文郡一个教区牧师的家庭,是十四个孩子中最小的一个,一直受到全家的宠爱。他在 1775 年与华兹华斯相识,迁居湖区,脱离现实斗争,投入大自然的怀抱,于 1798 年共同出版了著名的《抒情歌谣集》。他的诗作尽管数量不多,但极其富有独创性。抒情诗方面有特色的主要是所谓的谈话诗。这是指诗人用无韵诗体及浅近语句所作的抒情诗,特点是以谈话的方式,但不求有听众在场。他作于 1797 至 1802 年间的三首长诗《古舟子咏》、《克里斯特贝尔》和《忽必烈汗》,是他最著名的作品。《古舟子咏》通过老水手的遭遇,宣扬了宗教的仁爱精神。诗中描写在一次航行中,由于恶劣的天气,老水手的航船面临灭顶之灾,正是受信天翁的引导,航船才脱离险情。然而,信天翁后来却被射死了,这一象征着"基督之灵"、"自由之魂"的信天翁射死之后,航船便驶进死海。粮尽水绝,两百名水手先后死去。后来,老水手得到了神的启示,开始赎罪忏悔。只是在赎罪忏悔之后,才恢复了平静。可见,该诗采用了中世纪宗教文学的梦幻、象征、寓意以及怪诞比喻等手法,以老水手来象征人类由原罪到忏悔到得救的苦难历程。

在诗歌理论方面,柯尔律治的重要著作是《文学生涯》。他的诗学主张的核心是强调天才和想象。他认为诗产生于诗的天才,他说:"诗的天才以良知为躯体,幻想为服饰,行动为生命,想象为灵魂,这灵魂无所不在,它存在于万物之中,把一切形成一个优美而智慧的整体。"他又论述了想象与幻想的区别:"想象是一切人类知觉的活力与原动力",而"幻想实际上只不过是摆脱了时间和空间的秩序的拘束的一种回忆"。因此,他认为有了想象力,诗才有灵气,诗人才成其为诗人。

英国后期浪漫主义文学是以"撒旦派"为代表的。包括拜伦、雪莱、济慈等诗人,由于他们敢于展开论争,被称为"撒旦派"诗人。他们反对专制暴政,同情人们的苦难,支持各国人民的民族解放运动,具有鲜明的资产阶级民主主义的倾向。

济慈(1795—1821)出生于伦敦,父母在其青少年时期相继去世,虽然得到两个兄弟和一个姐姐的照顾,但是过早失去父母的悲伤始终影响着他。济慈很早就尝试写作诗歌,1817 年,他的第一本诗集《诗歌》出版。1818 年夏天,又出版了《恩底弥翁》。1821 年 2 月 23 日,济慈因肺结核死于去意大利疗养的途中。作为一位浪漫主义诗人,在自己的创作中追求永恒的美,具有典型的唯美主义倾向。他的被称为"三颂"的著名的抒情诗《希腊古瓮颂》、《夜莺颂》、《秋颂》等作品,表现了他所独有的对大自然的感受、丰富的想象力以及卓越的艺术表现力。济慈诗歌作品对维多利亚时代诗人丁尼生、布朗宁、唯美派诗人王尔德都产生了较大的影响。

(二)华兹华斯及其诗歌创作

华兹华斯(1770—1850)出生在英格兰西北部的湖区,早年成为孤儿,由亲友抚养成人,在剑桥大学读书时,受到卢梭"返回自然"学说的影响。1791年一得到学位,他就乘船到法国学习法语,为将来的事业作准备。在法国,他遇上的一位年轻女郎安尼特起先仅仅是做他的法语教师,而后成了他的情人,而后又成了他孩子的母亲。他打算先返回英国(1793),找到一个职位,然后迎娶安尼特。没想到几周之内英法之间爆发了战争。诗人把不能与情人和孩子团聚的摧心断肠的痛苦提炼成诗的艺术,在追忆中抒发绵绵不绝的伤感。直到1802年他与英国少女玛丽结婚之前,都是由自己的妹妹多萝茜陪伴他,照顾他,使他恢复健全的心理,他们曾在多塞特郡距离英吉利海峡七英里的乡村居住,在这里,幸运地结识了柯尔律治。他们的友谊形成了他们的新思想和艺术立场。《抒情歌谣集》(1798)就是这两个诗人共同创作的结果。这本诗集宣告了英国浪漫主义时代的开始。这本诗集包括两类诗歌:一类是用朴素的语言写有关普通人生活的题材,如传诵后世的英国浪漫主义压卷之作《丁登寺旁》,另一类是有关"超自然"的带点神秘意味的题材,如柯尔律治的《古舟子咏》。

1800年再版时,华兹华斯写的《抒情歌谣集·序言》,成了英国文学史上浪漫主义的宣言。在该序言中,华兹华斯说明这本诗集是选择日常生活中的事,用人们日常的语言写出来,但又要加上一种想象的光彩,使日常事物以不寻常的状态呈现在心灵面前。他提出了浪漫主义诗歌的基本原则,重想象,重情感。他以想象来对抗古典主义的模仿,提出诗的最终目的是以想象来反映宇宙万物的天性的永恒部分。他强调情感,认为所有的好诗,都是强烈情感的自然漫溢。

华兹华斯的诗主要有两个主题,即人与自然。他追寻人与自然完全契合的境界。他描写自然的抒情诗中最著名的一首《咏水仙》(《我孤独地漫游,像一朵云》),便表现了人与自然的契合。

再如《孤独的收割女》一诗写的是田园小景,却也体现着华兹华斯的自然观。这里的孤独的收割女和他笔下的其他人物一样,富有象征意义,这些人物以湖泊或河流,溪谷或田野为活动背景,通过每一次心灵的体验,获得对

"万物的生命"的一次又一次的新的领悟。在这首诗中,收割女的歌声带着诗人的情感漫溢于山野之间,构成了一种充满自然画面的悲凉的美,正是在这种"震动灵魂"的悲凉中,心灵得以净化。

（三）拜伦及其诗歌创作

拜伦(1788－1824)是英国浪漫主义文学的主要代表,出生在一个没落的贵族家庭。出生后,他的父亲就离弃了他和他的母亲。而且,他生来跛足,行路一瘸一拐,尽管四处求医问药,但始终无法治愈,拜伦终生承受着残疾的痛苦和折磨。

拜伦与母亲一起生活时,常常受到心情郁悒的母亲的责骂。从而,他很小的时候就养成了忧郁、孤独、倔强、反抗的性格。这也是他笔下塑造一系列孤独而厌世的个人反抗者——拜伦式英雄的一个原因。

10岁时,拜伦家族的世袭爵位和产业落到他的身上,他成为勋爵。

1805至1808年,拜伦在剑桥大学学习文学和历史,但他很少听课,而是广泛阅读了欧洲和英国的文学、哲学和历史著作,同时也从事射击、赌博、饮酒、打猎等各种活动。从剑桥大学毕业后,作为世袭贵族,他进入贵族院。在出席议院的活动中,他鲜明地表达了自由主义的进步立场。同年,他到南欧和西亚旅行。途中的见闻和感想促使他写成了《恰尔德·哈洛尔德游记》和其他一些重要作品。

拜伦很早就开始从事文学创作。在剑桥大学就读期间,他的第一部诗集《懒散的时日》就得以出版。但出版后受到攻击,于是他发表了长篇叙事诗《英国诗人和苏格兰评论家》进行回击。在这部作品中,他阐述了自己的文学见解。这篇叙事诗的发表,确立了他在英国诗坛上的地位。

拜伦是英国浪漫主义第二浪潮的核心人物,在第二浪潮中,他的诗歌具有如下一些基本特色:

首先,他在诗中表达了追求自由的磅礴激情,以及强烈的反抗精神。尤其是在他的组诗《东方叙事诗》中,以大海、原野、古堡为背景,充满异国情调,富有自由精神和浪漫色彩的传奇。作品中的主人公是典型的具有强烈的反抗精神和叛逆色彩的"拜伦式英雄"。

其次,他的诗有一种孤独、忧郁的气质。如在抒情诗《我的心灵阴郁》中,诗人对自己阴郁的心境层层剖析,把一腔郁积的悲哀之火描写得炙手可热,从而表现了与当时欧洲民族解放和民主运动遭受失败之后的社会语境相吻合的宏大的悲哀。他的由六篇叙事诗所组成的《东方叙事诗》,包括《异教徒》、《阿比道斯的新娘》、《海盗》、《莱拉》、《柯林斯的围攻》、《巴里西纳》等,其主人公都是一些高傲、孤独、倔强的人物,带有明显的个人主义特征。作者通过这类英雄的反抗,反映了自己的忧郁、孤独和悲哀的情绪。拜伦的个人主义和阴郁悲观的情绪在哲理诗剧《曼弗雷德》这部作品中达到了高峰。诗剧中,阿尔卑斯山深处的一位神秘的人物,因为犯了道德上的大罪,导致最爱的人的死亡,自己处于求死不能的状态,表达了法国大革命之后一些知识分子不愿和现实妥协,却又孤独、绝望的情绪。

最后,在对待一些社会问题上,拜伦的诗中流露出愤世嫉俗的冷嘲热讽。这一类诗篇,也是拜伦干预社会,积极参与人民斗争的真实的记录。如1811年至1812年,在英国爆发了工人破坏机器的路德运动,拜伦便积极参与,并写下了一些充满激情的政治抒情诗。

拜伦以这三大特色风靡整个欧洲,形成了"拜伦主义"的旋风。所谓拜伦主义,一方面是民族解放的风暴,一方面又是个人主义的颂歌。这股旋风对海涅、米茨凯维奇、缪塞、普希金、莱蒙托夫等浪漫主义诗人都发生了强烈的影响。

拜伦的著名作品多数是长诗或诗体小说,如《恰尔德·哈洛尔德游记》、《唐·璜》等。在他的诗中,讽刺的成分比重很大。他不同于其他浪漫主义诗人,对弥尔顿以及古典主义诗人蒲柏、德莱顿等特别尊崇。他尊崇弥尔顿,是因为其革命性;他尊崇后两位,是为了继承讽刺艺术。

《恰尔德·哈洛尔德游记》贯穿着反抗暴政、反对侵略,追求自由以及歌颂民族解放斗争的基本主题思想。游记所写的国家都是遭受外族侵略和封建暴政双重压迫,正在进行革命斗争的国家。第一章是葡萄牙和西班牙游记,反映了在拿破仑铁蹄的蹂躏之下当地人民的苦难、反抗和对自由的渴望。作品歌颂西班牙的民族解放斗争,并且谴责法国的侵略行径。第二章写的是当时处在土耳其统治下的阿尔巴尼亚和希腊的游历,作品以民族的光荣历史来唤醒人民的民族意识和斗争精神。第三章写的是瑞士的游历,当时正处在神圣同盟统治欧洲的黑暗年代。而第四章则是处在奥地利统治下的意大利的游记。作品以意大利文艺复兴时期的辉煌文化为参照,为意大利的现实而痛心。

《恰尔德·哈洛尔德游记》虽然表现的是反抗暴政、反对侵略的政治性主题,但是同样具有浓郁的抒情性。在长诗的人物肖像刻画、情节结构安排以及艺术技巧的使用等方面,都具有浓郁的浪漫主义色彩。长诗的作者热衷于描绘大自然的壮丽景象,并以大自然的美丽景象来和社会现实进行强烈的对照,从而体现了浪漫主义文学的基本风格。

(四)雪莱及其诗歌创作

杰出的、才华横溢的英国浪漫主义诗人雪莱(1792—1822),以其短暂的

一生的创作，为世界诗坛留下了丰厚的文化遗产，成为世界文学史上最伟大的不朽的抒情诗人之一。

雪莱一生创作了约 260 多首抒情诗，10 多部长诗以及《解放了的普罗米修斯》等诗剧。

就主题而言，英国浪漫主义诗人有很多共同之处，但各自有所侧重，如华兹华斯的诗歌追寻的是人与自然完全契合的境界；柯尔律治的诗歌则侧重于梦境，这种靠想象力而创造的梦境具有超自然的神秘感。而雪莱的诗歌，则主要包括三个方面：人生、自然、社会，他的重要诗歌作品，都是在这三个主题方面进行探究，为英国诗歌作出了极大的贡献。

首先，在社会主题方面，雪莱所创作的诗歌，具有强烈的政论性、简洁性、哲理的讽刺性，以及向往自由的激越的情感。在这方面，他是 18 世纪诗歌传统的继承者，他热衷于阅读法国启蒙思想家伏尔泰、卢梭的著作，尤其喜爱当时英国哲学家葛德文的著作。葛德文那部不仅谴责封建制度、也批判资本主义剥削形式的《政治正义》，对雪莱影响最大。在当时蓬勃高涨的国内外工人运动和民族解放运动的鼓舞下，雪莱创作了许多富有社会意义的作品。他在文学论著《为诗辩护》中，曾认为诗人的使命就是唤起人民去改造社会，认为诗人"是法律的制定者，文明社会的创立者，人生百艺的发明者"，更是美与真的导师。[①] 他认为诗人不仅应该描绘现代生活，而且也应该是促进社会革新的预言者，因此，他把诗人称作先知。

雪莱的这一类诗歌，如《爱尔兰人之歌》、《奥西曼迭斯》、《献给英国人民的歌》、《起来，像睡醒的雄狮》等，语言自然明晰，形象具体生动，诗句简洁，容易理解。其中有不少作品，直接抨击了社会上的种种罪恶和不公，真切地表达了对劳苦大众的同情，因而作者被看成是"爱尔兰人民解放斗争的政治鼓动家"。[②] 如在《奥西曼迭斯》一诗中，雪莱不仅抨击了埃及王拉默西斯二世，并暗示了仍有暴虐、专制留存人间，表现了强烈的反抗暴政的思想。在《献给英国人民的歌》一诗中，诗人明确地指出了社会的不公、人民的贫困，并号召人民起来，砸碎剥削者的枷锁。该诗以简洁、形象、充满战斗精神的诗句，被人民群众所喜爱，广为传播，该诗也因此被认为是"19 世纪革命诗歌中的最杰出的一首"[③]。

而在《自由颂》、《那不勒斯颂》等诗中，作者则歌颂西班牙和意大利爱国

---

① 见《19 世纪英国诗人论诗》，人民文学出版社 1984 年版，第 122 页。
② 瓦特生：《浪漫主义时期的英国诗歌》，朗曼出版公司 1985 年版，第 68 页。
③ 涅乌波科耶娃：《雪莱的革命浪漫主义》，苏联国家文学艺术出版社 1959 年版，第 162 页。

者的革命斗争,表现出对为争取民族独立和自由而英勇作战的战士的支持、同情以及必胜的信念。

无论是抒情诗还是长诗或诗剧,雪莱都在其中表现了乐观主义精神和社会变革的必然性。他的著名诗剧《解放了的普罗米修斯》更是充满了反对专制暴政的精神和歌颂反抗斗争、向往自由幸福社会的政治思想。正因如此,雪莱成了英国诗歌领域中第一个表现出空想社会主义理想的诗人,马克思说:"雪莱是一个彻头彻尾的革命者,而且会永远是社会主义先锋队里的一分子",恩格斯也称雪莱为"天才的预言家"。①

其次,雪莱是一位酷爱自然的诗人,在他的抒情诗中,自然意象无疑具有重要的作用。从《天颂》中的太阳到《逃亡者》中的海洋,从《勃朗峰》中的深谷到《宇宙的漂泊者》中的月亮,雪莱总是以繁复多变的自然意象抒写着优美的诗篇,编织着自己的独特的梦想。在自然主题方面,雪莱诗歌的主要特点是赋予大自然以生命,使得大自然的意象富有灵性和活力,具有感觉上的可触性和物质性,并有着强烈的泛神论思想。

浪漫主义诗人由于受到卢梭"返回自然"的影响,大多善于描写自然。雪莱的关于自然主题的诗歌虽然也是追求主观上与自然力的强烈的合二为一,但是,在他的诗中,不是只有他前辈诗人华兹华斯式的希冀,而是开始有了对人生深沉的思索和凝重的愁绪,甚至有着现代诗中的深刻的寓意性,诗中的自然不只是作为自然本身而呈现出来,而是体现了更具普遍意义的道德和情感真实。如一般评论家认为含义比较朦胧的《含羞草》一诗,则形象性地表明了人类世界从纯真与美到现代荒原的过渡。

当然,更为主要的,仍是他注重把对自然景物的描写与所处的社会状态以及人的心境紧密结合起来,通过各种方式进行表象与现实、现在与未来的对照,来表现自然的美景、人间的苦难、现实的郁闷、未来的理想。如在杰作《写于欧加宁群山的诗行》一诗中,他既看到了宇宙山川的美丽,又由此想到了人间的烦恼与变迁。不过,在自然抒情诗方面,最具代表性的,是被称为雪莱抒情诗"三部曲"或"三颂"的《云》、《致云雀》和《西风颂》。

在《云》中,雪莱把云拟人化,以云的代言人身份,以第一人称,塑造了永在变化但永不死亡的、给大地带来甘霖的云的形象,诗句优美,节奏徐缓,格调轻快,充满自信和乐观主义的精神以及宏大豪迈的想象。

《致云雀》一诗,更是显得热情奔放,该诗以音乐性见长,音律模拟云雀的歌声,节奏时急时缓,表现了云雀腾地而起以及鸣声自天而降的音乐性形象。

---

① 《马克思恩格斯全集》第2卷,人民出版社1957年版,第528页。

诗人尽管已不是以代言人的身份出现,但云雀却成了诗人的化身,成了诗人的代言人。它像是一个预言家,追求光明,蔑视世俗,展开想象的翅膀飞向理想的境界,它既是理想的诗人的自我形象,也是泛神论的自然的形象。他脍炙人口的著名诗篇《西风颂》同样显得气势磅礴、激昂奔放。

再则,雪莱与其他浪漫主义诗人一样,继承了文艺复兴的传统,歌颂"人"的主题,并发现了"自我",扩充了心灵的领域。他曾在 1819 年写道:"我坚信的事实是,我写作不是为了公之于众,而是为了自己。"①可以说,这是他对自己创作的一个中肯的评价,因为这些诗篇是诗人心灵的轨迹,是诗人内心世界的真实的展现和内心情感的真实的流露。

他的以人生为主题的诗歌,诗句优美、韵律和谐、情感真挚、风格清新,而且较之自然诗,也更为简洁。在这类诗中,他不仅赞颂纯洁的爱情,揭示人生的哲理和生活的奥秘,而且有时也悲叹人生、爱情的短促和变幻无常。

雪莱认为:"诗是最快乐最良善的心灵中最快乐最良善的瞬间的记录。"②他所创作的有关人生主题的诗歌,多半具有强烈的自传色彩,是他心灵发展的记录,不仅记录了他曲折生活中的复杂的体验,而且也展现了他的基本的人生观。

作为 19 世纪英国浪漫主义文学的代表和世界文学史上杰出的抒情诗人,雪莱的创作具有自己鲜明的特色。

他的抒情诗,常被人称道的是诗作中的政论性、哲理性和文雅的抒情性,此外还有诗歌语言的音乐性以及表现手法上的比喻和象征,所有这一切,构成了雪莱诗歌的繁复而又独特的艺术风格。

他诗中的这些特性,又常常是交融在一起的,政论性和哲理性之中蕴含着抒情因素,因为他"是一位强烈意义上的抒情诗人,正如蒲柏是一位强烈意义上的讽刺诗人……他能将戏剧、散文、传奇故事、讽刺小品、叙事作品等一切文学体裁转换为抒情诗"③。正因如此,他的政论题材的诗歌并不显得空泛,而是同样具有强烈的抒情因素和艺术感染力。反之,他的一些以个人为题材的抒情诗,不仅有发自灵魂深处的呼喊,也同样洋溢着热爱自由、反抗暴政的强烈的政论因素,如在《致威廉·雪莱》等诗中,别离祖国、别离子女的痛苦,是与对暴政的控诉、对反动势力的揭露紧紧结合在一起的。正如王佐良先生所说:"抒情性是雪莱诗才的最大特色……雪莱的抒情不是吟风弄月,而

---

① 见琼斯编:《雪莱书信集》第二卷,1964 年版,第 46 页。
② 引自雪莱:《为诗辩护》,见《19 世纪英国诗人论诗》,人民文学出版社 1984 年版,第 154 页。
③ 布鲁姆:《雪莱沦集》,美国切尔西出版社 1985 年版,第 2—3 页。

是掺和着人世的苦难感和对未来的理想，不是轻飘飘的，而是有着思想的重量的。"①

雪莱十分强调诗歌的音乐性，他曾形象化地说明诗是"永恒音乐的回响"，"诗人是一只夜莺，栖息在黑暗中，用美妙的歌喉唱歌来慰藉自由的寂寞"。② 他的诗歌，根据不同的情绪和主题需要，具有多变的节奏模式，韵脚变幻无穷，并配置头韵、内韵、叠句、元音相谐等多种手段，产生出一种萦回往复的音调。尤其是一些较短的自然或爱情抒情诗，显得优美秀雅，富有迷人的音乐旋律，而且，他的诗歌并不单纯地追求音乐效果，正如蒲柏在《论批评》中所说："声音须是意义的回声"。无论是《云》中的令人惊叹的出色的内韵，还是《西风颂》中的头韵和连锁韵律，都是为了表现行云之态或秋风之声，在声音和意义两个方面追求高妙的境界。

而且，在他的诗中，各种主调"互相交替，互相衬托，汇合成诗歌的复杂交响乐的总的思想与音乐的统一。"③音乐性的特殊功能，在《致云雀》一诗中，运用得尤为成功，急促而又悠扬的节奏感，给人造成一种动荡回旋的音乐美感。飞白先生在其专著《诗海——世界诗歌史纲》中，对此进行了精辟透彻的分析："《致云雀》的音律是对云雀之歌的模拟，其音乐与文字可谓珠联璧合。把每节诗的格律列成'代数式'是：$a^3 b^3 a^3 b^3 b^6$。其中字母代表韵式，指数代表每行的音步数，每节含有 4 个短行，均为扬抑格 3 音步，第五行则是抑扬格 6 音步的长行。再加上大量头韵和谐音的运用，例如第五行中的 pr－str－pr－d－t－t－d－t 的辅音连缀，确实造成了有如'一阵阵韵律之雨'和'水晶的清溪'般的效果。"④由此我们可以看出这位极具音乐气质的诗人在诗歌音乐结构上的一些重要特征。

在表现手法上，雪莱善于在诗中使用富有庄严、热情的比喻和象征，使之具有深刻的寓意性，并能引发读者丰富的联想。他诗中的比喻语言不仅能增强诗的情感强度，而且能更准确地传达作者的思想。他诗中的比喻也不是表面层次上的简单的模拟，而是展现事物内在的蕴含和深层次上的联系。

作为一个浪漫主义抒情诗人，对社会、自然、人生等主题的关注，对人与自然和谐关系的探索，以及在诗的结构艺术、音乐色彩、比喻等方面表现出来的独特的技艺和不懈的探索，是雪莱诗歌得以广为流传、富有强大魅力的一

① 王佐良：《英国浪漫主义诗歌史》，人民文学出版社 1991 年版，第 180 页。
② 雪莱：《为诗辩护》，引自《19 世纪英国诗人论诗》，人民文学出版社 1984 年版，第 125－127 页。
③ 苏联科学院编：《英国文学史》(1789—1832)，人民文学出版社 1984 年版，第 462 页。
④ 飞白：《诗海——世界诗歌史纲》(传统卷)，漓江出版社 1989 年版，第 385 页。

个重要原因。

五、俄国浪漫主义诗歌

（一）俄国浪漫主义文学概论

俄国浪漫主义文学成就主要体现在诗歌领域。俄国近代文学兴起虽然比西欧晚，但是自18世纪中叶的罗蒙诺索夫起，在短短数十年内，俄罗斯就经历了古典主义、感伤主义、启蒙主义和浪漫主义的历程。跨入19世纪之际，在杰尔查文和卡拉姆津仍旧创作的同时，俄罗斯诗坛又出现了茹可夫斯基、巴丘什科夫等新的名字。他们赞同卡拉姆律的诗学主张，并且向德、英、意等国寻求灵感和契合。随着歌德、华兹华斯、柯尔律治等人作品的译介以及"拜伦主义"旋风的影响，俄国的浪漫主义基本上与席卷欧洲的这一运动同步发展，很快趋于成熟，并且随着这一成熟，俄罗斯文学进入了它发展进程中的"黄金时代"，出现了普希金、巴拉丁斯基、莱蒙托夫、丘特切夫等举世闻名的诗人和震撼人心的作品。

19世纪的前40年，浪漫主义占有主导地位。开始于世纪转折点上的浪漫主义运动，受到感伤主义两种倾向的强烈影响，代表逃避现实斗争倾向的卡拉姆津影响了茹可夫斯基等人的创作，代表积极参与社会斗争倾向的拉季舍夫，则影响了1816年至1825年间的12月党人诗人的创作。由于茹可夫斯基、巴丘什科夫等诗人受到卡拉姆津的强烈影响，早期的浪漫主义甚至被人称为"卡拉姆津主义"①，而且使得感伤主义（或前浪漫主义）和浪漫主义之间的界限并非十分明显。

以茹可夫斯基为代表的早期浪漫主义诗人，对刚发生过的普加乔夫起义和法国大革命记忆犹新，因而心有余悸，妄想逃避现实，沉溺于自我和内心世界的感受，关注于人的内部世界的矛盾性和复杂性，并且憧憬大自然中的奇异而神秘的理想境界。作为俄国浪漫主义文学的奠基人，茹可夫斯基从翻译托马斯·格雷的《墓园挽歌》起，就关注于人物内心世界深沉的戏剧冲突，哀叹无常的人生和多舛的命运，并且抒写对自然的向往和回归。他后来所创作的许多诗篇也都以哀怨凄婉的情调和离奇神秘的境界为其特色。同时，他在理论上也阐明了自己的观点，认为："诗歌天才的独创性就在于他如何观察大自然，如何把他所得到的印象变成审美思想……"②早期浪漫主义的另一位重要诗人巴丘什科夫在1812年之前的创作中，也毫不涉足社会斗争，只是着

---

① 参见《俄罗斯文学手册》，耶鲁大学出版社1985年版，第373页。
② 茹可夫斯基：《论古诗和新诗》，《欧罗巴通报》1811年第3期，第208页。

重于抒写普通人物的个性以及欢乐和忧伤、自立和自尊的内心感受。

1812 年,反抗拿破仑的卫国战争促进了民族意识和潜在的革命意识的觉醒,从此,俄国浪漫主义诗歌开始出现了新的音调。以昂扬的公民激情反映了 19 世纪俄国民族解放运动的开端,诗人成了"民族的自我意识的带路人",并以鲜明的俄罗斯民族特色和民族语言开始了俄罗斯诗歌发展的新阶段。

作为俄国浪漫主义文学杰出代表的普希金,完成了 17 世纪末开始的俄罗斯文学语言的形成过程,在各个方面都为俄国文学提供了典范作品,使俄罗斯文学走向了世界文学的前列。

而以雷列耶夫、格林卡为代表的 12 月党人诗人,以高度的政治激情和反抗精神为俄罗斯文学开辟了新的广阔的道路,在唤起公民的爱国热情和社会理想以及为自由而斗争等方面,为俄国浪漫主义诗歌增添了新的内容,并且开创了公民诗的传统。12 月党人的诗歌不仅是俄国民族解放运动初期贵族革命家的思想感情的具体表现,而且首次将俄国文学同民族解放运动密切结合起来,在诗歌创作中融入了民族解放的主题和爱国主义的思想,影响了后来文学的发展。

这一时期,除了普希金和 12 月党人诗人之外,杰尔维格、巴拉丁斯基、柯尔佐夫、莱蒙托夫等一系列优秀的诗人也都为俄国浪漫主义文学的繁荣作出了贡献。

在主题和艺术手法等方面,俄国浪漫主义诗歌与西欧的浪漫主义诗歌没有任何根本的区别,而是具有西欧浪漫主义诗歌的基本特点,同样强调主观性,崇尚自我,重情感,重想象,并且受到"返回自然"学说和泛神论思想的影响,热衷于表现大自然,把大自然看成是一种神秘的力量或者某种精神境界的象征,追求人与大自然在思想感情上的共鸣。在艺术形式上,也喜欢标新立异,追求强烈的艺术效果,并且喜欢使用夸张和强烈对照的手法。在诗歌主题方面,西欧浪漫主义诗人所关注的死亡主题、墓园主题、超自然的境界、逃避现实、社会反抗与个性孤独以及爱恋与激情等等,都相应地出现在俄国诗人的作品中。

然而,俄国浪漫主义也具有自己的一定的特色。首先,俄国浪漫主义诗人特别强调民族性。所谓民族性,是指一种民族的精神和民族的独特的气质,诗歌应该通过自身来传达和反映民族的生活和风貌。普希金在这方面也是一个典范,所以他当时就被誉为"民族诗人"。

其次,俄国浪漫主义文学中有较多的现实主义因素,而且有不少作家经历了从浪漫主义到现实主义的过渡,尤其是在 12 月党人诗人以及柯尔佐大的创作中,现实主义色彩更为强烈。甚至在理论上,俄国作家对浪漫主义的理解也具有现实主义成分。普希金就曾认为:"真正的浪漫主义"的特点"是对人物、时间的忠实的描写,是历史性格和事件的发展……"①这其中的现实主义成分是不言而喻的。

再则,俄国浪漫主义诗歌中,有较为浓厚的智性和玄学的成分。这一点,尤其突出地表现在巴拉丁斯基、韦涅维季诺夫以及丘特切夫等人的创作中。巴拉丁斯基不仅是一位"酒宴与忧愁的诗人"(普希金语),创作了"追求悲剧真理之光"的"心理抒情诗"②,而且也在诗中进行哲理的探索,关注人类的命运、艺术在生活中的位置以及智性与理性的冲突。别林斯基认为他的诗中"主要因素是才智",还有论者认为他成熟的诗作是俄国"最初的和最重要的哲理诗"③。韦涅维季诺夫则醉心于德国唯心主义哲学,从而往俄国浪漫主义诗歌中注入了玄学和哲理的成分,也以哲理诗人而闻名。由于他理性地思考宇宙与人生的奥秘以及诗人自身的命运,并且表达孤独的诗人在文化荒原中的失望,被人认为是俄罗斯哲理抒情诗的首创者之一。而以"思想一经说出就是谎"的诗句闻名于世的丘特切夫,由于他诗歌的基本主题是表现处于宇宙与混沌、善与恶、昼之夜之间的人类的困境,所以被人们称为"玄学诗人",而且还被象征派诗人看成是自己的先驱。

俄国早期浪漫主义文学的主要代表有茹可夫斯基等。后期的主要代表有普希金和莱蒙托夫。

茹可夫斯基(1783—1852)以译诗登上诗坛,而且,他的很多作品是从外国诗中自由翻译或改写的。他对俄罗斯文学的主要贡献是新颖的、清新的诗歌风格,以及"富有迷惑力的美"(普希金语),而且,他第一次让充满深沉的戏剧冲突的内心世界进入诗的王国,表现人的心灵对幸福和美的向往。他的创作,对普希金等诗人产生了直接的影响。

茹可夫斯基不仅作有著名的《黄昏》(1806)等抒情诗作,来表现大自然中的理想境界、悲剧的神秘氛围以及对生存的沉思,而且还创作了不少叙事长诗,特别是他的长诗《柳德米拉》(1808)、《斯薇特兰娜》(1808—1812)和《十二个睡美人》(1810—1817),被认为是俄国早期浪漫主义的代表作品。

《柳德米拉》取材于德国 18 世纪后期的传说,诗中表露了神秘主义的命运观。《斯薇特兰娜》是普罗塔索娃嫁给沃耶科夫时,茹可夫斯基把它作为一

---

① 见《普希金全集》(十卷本),第 6 卷,莫斯科,1962 年版,第 282 页。
② 苏联科学院编:《俄罗斯诗歌史》,科学出版社 1968 年版,第 1 卷,第 345 页。
③ 参见《俄罗斯文学手册》,耶鲁大学出版社 1985 年版,第 39 页。

份结婚礼品送给她的。诗中的斯薇特兰娜暗指普罗塔索娃,叙述的是一个已经死亡的未婚夫寻找未婚妻的故事,全篇充满着浪漫主义风格的典型的哀怨凄婉的情调。《十二个睡美人》是一部以神秘主义赎罪为情节基础的大型故事诗,由《格罗莫鲍依》和《瓦吉姆》两部分组成。第一部分袭用了人魔订约的故事。穷光蛋格罗莫鲍依受魔鬼诱惑,出卖自己的灵魂换取富贵享受。10年约期届满,他害怕进地狱,再度出卖他强抢来的 12 个妻子所生的 12 个女儿的灵魂,使期限延长。后来,上帝垂怜无辜的孤女,派圣者作法使她们沉睡不醒以免于魔鬼的掌握;并预言将有一个年轻人与睡美人邂逅,使她们得以苏醒。第二部分《瓦吉姆》中,叙述瓦吉姆与睡美人的爱情故事。瓦吉姆在奇异征兆指引下,寻求心中的幻影。途中,他搭救了一位基辅公主,被召为驸马并成为王位继承人。但他心有所属,继续奔向所向往的不可知的远方。终于,他来到了 12 个睡美人的齿状城堡,使美人们复活。该诗也表现了诗人心目中的理想境界以及尘世的此岸与天国的彼岸融为一体的思想。

(二)普希金的诗歌创作

普希金(1799—1837)无疑是一位世界文坛的巨匠,"是俄罗斯民族优秀文化传统的恒定代表,是俄罗斯民族精神文化的象征"①。他的许多优美的抒情诗不仅在俄国而且也在中国受到了广泛的欢迎,深深地植根于中国读者的心灵,同时也对中国文学的发展产生了深远的影响。

普希金一生作有 800 多首抒情诗和 10 多部长篇叙事诗,被尊称为"俄罗斯诗歌的太阳"(梅列日科夫斯基语)。他在浪漫主义的抒情诗和叙事诗的创作中,十分注意书面语与口头语的完美结合,广泛吸取民间语言的精华,使文学接近民族的生活和周围的现实,不仅为俄罗斯文学语言的最终形成作出了贡献,而且在俄国文学并非处于优势的前提下,普希金充分发挥民族语言的长处,并汲取英国拜伦等诗人的艺术精华,解决了文学的民族性问题,使俄罗斯文学走向了世界文学的前列。

普希金的抒情诗创作是从皇村学校开始的,而且在诗歌创作的每一个发展阶段,他都力图进行创新,在各种领域进行开拓,从而为俄罗斯文学在各个方面提供了典范的作品。

在皇村学校读书期间,普希金主要创作了被称为"巴库尼娜情诗"的一些以爱情为题材的抒情诗。如《秋天的早晨》等。这一时期,主要是他学习、模仿和掌握传统的诗歌技艺的阶段。

而自 1817 年至 1820 年,在外交部供职时期,普希金的诗歌创作得到了

① 查晓燕:《普希金——俄罗斯精神文化的象征》,北京大学出版社 2001 年版,第 5 页。

极大的发展。自1817年开始创作的长诗《鲁斯兰与柳德米拉》，在此期间完成，这标志着俄罗斯诗坛天才的诞生。这时，他已抛开了早期的模仿，作品表现出了强烈的个性特征。在这一阶段，他还扩大了题材范围，也打破了古老的诗歌体裁的规范性，使诗歌语言日益与口头语接近。由于他崭露头角，当时的诗坛泰斗茹可夫斯基即刻把自己的画像赠给普希金，并附题词："被击败的老师赠给获胜的学生。"

普希金这一时期主要的诗歌成就是一系列揭露暴政、向往自由的政治抒情诗。包括《自由颂》(1817)、《童话》(1818)、《致恰阿达耶夫》(1818)、《乡村》(1818)等著名诗篇。这些诗篇在爱国主义的军官中秘密流传，它们表达了人民对专制暴政的无比愤怒和憎恨。如在《自由颂》中，诗人毫不妥协地写道："我要给世人歌唱自由，/我要打击皇位上的罪恶。"

普希金所写的这些诗篇也惊动了沙皇。沙皇认为，"普希金以煽动性的诗充斥俄罗斯……"因而下令把普希金流放到西伯利亚。多亏茹可夫斯基和卡拉姆津等著名诗人向亚历山大一世一再求情，沙皇才将普希金改判流放南俄。

普希金在南俄流放期间，写下了许多感情纯洁真挚、意境清新迷人的抒情诗。比较著名的有《短剑》、《囚徒》、《我多么羡慕你》以及《致大海》等。普希金在这一时期写的抒情诗反映了诗人当时对自由的强烈渴望以及激进的民主思想。尤其是他完成了代表他浪漫主义创作高峰的"南方组诗"，这些充满叛逆精神、歌颂诗意化反叛英雄的"南方组诗"（包括《高加索的俘虏》等），既是对英国浪漫主义诗人拜伦的继承和发展，同时又为而后的《叶甫盖尼·奥涅金》的创作奠定了基础。

在1825年以后，普希金步入了创作生涯中的最辉煌最成熟的阶段，在诗歌、小说、戏剧等方面都取得了卓越的成就，创作了《别尔金小说集》、诗体悲剧《鲍利斯·戈东诺夫》、叙事诗《青铜骑士》等许多作品，并且完成了他的代表作——诗体长篇小说《叶甫盖尼·奥涅金》。在后期的抒情诗的创作方面，普希金密切结合现实，关注社会和人民，写下了《在西伯利亚矿山的深处》、《阿里昂》、《先知》等动人心弦的与现实生活密切联系的诗篇，正如诗人在生命最后阶段所作的《纪念碑》一诗中所作的陈述："我所以永远能为人民敬爱，/是因为我曾用诗歌，唤起人们善良的感情，/在我这残酷的时代，我歌颂过自由，/并且还为那些倒下去的人们，/祈求过宽恕和同情。"这一段文字是诗人对自己一生所作的诗的总结，更是他诗歌创作生涯的真实的写照。

普希金在社会政治、人生体验和自然风景等多个方面都有一些风格独特、清新优美、哲理深邃的抒情诗作，为后世留下了丰厚的文化遗产。在普希金身上,俄罗斯的民族精神与时代精神得到了充分的展现,"俄国大自然、俄国灵魂、俄国语言、俄国性格反映得如此明晰,如此纯美,就像景物反映在凸镜的镜面上一样"①。

普希金的一些杰出的政治抒情诗反映了当时的社会历史特征和进步人士的思想情感,传达了时代的精神,表达了人民对沙皇专制暴政的无比的愤怒,也表达了人民群众对自由的渴望。

如在《童话》一诗中,普希金以戏剧诗的形式表现了对亚历山大一世的讽刺。该诗通过圣母玛利亚和圣婴耶稣这两个人性化的形象,表明了涉世不深者被沙皇蒙骗,而涉世较深者则看穿了沙皇的真实面目。圣诞之日,基督哇哇哭吵时,圣母玛利亚吓唬他说:妖怪来了——沙皇来了! 可见这代表了觉醒了的人民对沙皇的看法。诗中还通过沙皇的独白来揭露他的欺骗性以及他所作所为的虚伪性。最后一个诗节的小基督受骗以及圣母安抚的话语进一步突出沙皇的虚伪性,暗中劝解人们不要上当受骗,而应觉醒过来。

而《致恰阿达耶夫》一诗表现了强烈的爱国主义激情,传达了对祖国前途所怀的一种坚定的信念。该诗在开头八行典型地表现了那一代贵族青年知识分子的探索追求以及被爱国主义思想所激发的热情。此时此刻,爱情的甜蜜、青春的欢愉——这些属于小我的问题不再骗得他们的痴情,而是在考虑着一个更为重要、更为严肃的问题:祖国的命运。接着诗人用恋人等待幽会的急切之情来比喻他们这些进步的爱国青年对自由的向往。而最后一节,是全诗的精华所在:"同志啊,请相信:空中会升起/一颗迷人的幸福之星,/俄罗斯会从睡梦中惊醒,/并将在专制制度的废墟上/铭刻下我们的姓名!"

这些抑扬格四音步的诗句,显得格外豪迈,并且富有激情和乐观主义的信念。这节诗还被刻在 12 月党人秘密徽章的背面,对 12 月党人的斗争起了强烈的激励作用。

而著名的《在西伯利亚矿山的深处》则表现了诗人高风亮节的品质,诗人高度赞赏 12 月党人的杰出功绩。作者以铿锵有力、豪情激昂的诗句表达了对战友的如海深情,相信他们的事业必将获胜,相信自由必将来临。

普希金也是一位个性化很强的诗人。作为浪漫主义诗人,他善于抒写自我。诗歌是他心灵历程的记录。他的很多以人生感悟和爱情为题材的诗,构思精巧、思想深邃、风格清新,受到了普遍的欢迎。

在爱情抒情诗创作方面,正如别林斯基所说:"普希金是第一个偷到维纳

---

① 果戈理:《关于普希金的几句话》,冯春编:《普希金评论集》,上海译文出版社 1993 年版,第 6 页。

斯腰带的俄国诗人……他的每个感觉、每种情绪、每个思想、每个情景都充满着诗。"他的爱情抒情诗多半与他自身的情感经历有关,所以写得情真意切,细腻缠绵,而且意境深远,如《致凯恩》等。

普希金还同其他许多浪漫主义诗人一样,对大自然中的一切物体有着极其敏锐的感受力。在他的自然主题的诗作中,景色描绘极为美妙,常常显得逼真如画,而且,对自然意象的歌颂,不只是为了诗情画意的渲染或展现自己的才华,而是借外部自然意象来表现内心世界的感受,或是通过自然意象来反映人类社会的理想情怀。

著名的《致大海》一诗便是这方面的代表性作品,是以自然意象来歌颂自由主题的典范。普希金以对大海意象的歌颂来表现对自由的赞美。全诗气势磅礴,意境雄浑,洋溢着强烈的浪漫主义的激情。

在语言风格方面,普希金更是一位独到的诗人,他以自己杰出的创作,奠定了俄罗斯文学语言的基础。在这方面,他的作用和地位犹如英语文学中的莎士比亚,在书面语贴近日常生活方面,在使文学语言富于生活气息方面,迈出了重要的一步。因此,他的抒情诗具有了鲜明的特色。

我们读着他的抒情诗,可以感受到,他的诗既洋溢着浪漫主义的激情,又具有强烈的现实主义因素。由于采用了浪漫主义与现实主义相结合的手法,他的作品诗句流畅,铿锵有力,豪迈自信,尤其是他创作的一些政治抒情诗,渗透着浓郁的抒情和丰富的想象,体现了一种不畏暴政、向往自由的民主精神。俄国浪漫主义诗人也特别强调民族性,普希金在这方面是一个典范,所以他当时就被人誉为"民族诗人"。果戈理在《关于普希金的几句话》一文中就首先认为:"一提起普希金,立刻就使人想到他是一位俄罗斯民族诗人……这个权利无论如何是属于他的。在他身上,就像在一部辞典里一样,包含着我国语言的一切财富、力量和灵活性。"①

由于他深深懂得文学语言贴近生活的重要性,所以他的抒情诗语言质朴简洁,诗句凝练流畅、清新易懂,韵律严谨、多变、和谐、优美。普希金在抒情诗创作方面善于贴近生活,并充分发挥俄罗斯语言的音响和韵律特征。他注重书面语与口头语的完美结合,广泛吸取民间语言的精华,把民间语言、民间传说以及文学传统融为一体,为新的俄罗斯文学语言的发展奠定了基础。如他的"奥涅金诗节"节奏感特别鲜明,听起来使人感到灵活多样,清新轻快,优美舒畅。

他的抒情诗情真意切,并有着俄罗斯人固有的民族气息。他的诗句没有

---

① 冯春编:《普希金评论集》,上海译文出版社 1993 年版,第 6 页。

过度的渲染、夸张，他较少表现狂风暴雨般的激情，而是善于抒发内心深处的忧闷之情，因此，他的许多抒情诗作基调忧伤，但是，忧伤之中往往有一种磅礴的气势，以及明朗和乐观的成分，其深沉的忧郁或凄婉是服从于乐观主义基调的。这就是评论家们所称的"明朗的忧伤"。

"明朗的忧伤"不仅是普希金许多抒情诗的一大特色，而且也影响了杰出抒情诗人叶赛宁等许多作家，构成了俄罗斯许多优秀的抒情诗人的固有的气质。

普希金的抒情诗不仅语言生动流畅、简洁优美，而且还充满了哲理和人格的魅力。他继承了伏尔泰、孟德斯鸠等法国作家的启蒙主义思想，也汲取了英国诗人拜伦的激情和叛逆精神，并在前辈思想精髓的基础上，不断充实和发展。他淡泊名利，追求独立的人格，有一种超然豁达的精神境界。

(三)莱蒙托夫的诗歌创作

莱蒙托夫是继普希金之后的又一位杰出的俄国浪漫主义作家。他在抒情诗创作和小说创作方面，都为俄罗斯文学的发展作出了巨大的贡献。

莱蒙托夫(1814—1841)生于莫斯科的一个退役军官的家庭，幼年丧母，由外祖母抚养成人。1828年，入莫斯科大学附属贵族寄宿中学读书。1830年，就读于莫斯科大学。在大学期间，与他的同学别林斯基、赫尔岑等人交往甚密，并参与文学和哲学小组的活动。由于和大学当局发生冲突，莱蒙托夫于1832年离开莫斯科大学，进入彼得堡近卫军士官学校学习。1834年毕业后，被派到皇村近郊的骠骑兵团服役。1837年，因《诗人之死》一诗而被捕、流放。1841年，在高加索的一次决斗中被人杀害，成了俄国文坛的"一曲没有唱完的歌"(高尔基语)。

莱蒙托夫在贵族寄宿中学读书的时代，就开始写诗，但直到1837年普希金被害后，莱蒙托夫才以《诗人之死》一诗震动全国。从而，《诗人之死》宣告了一位新的诗坛巨匠的诞生。莱蒙托夫成了继普希金之后的著名诗人。他同普希金一样，虽然生活在上流社会，却鄙弃贵族沙龙的平庸生活，有着崇高的热爱自由的性格。在思想上，他与革命的12月党人站在一起，对残酷黑暗的农奴制社会充满了憎恨。

莱蒙托夫自14岁起就开始写诗，在尔后的十多年的时间里，创作了四百多首抒情诗和近三十部长诗。他还创作了充满诗意的长篇小说《当代英雄》，塑造了又一个"多余的人"毕巧林的不朽的形象，并且被誉为俄国现实主义心理小说的创始人。

在诗歌创作方面，莱蒙托夫的许多作品具有独特的忧郁和悲愤的气质，这与他的亲身经历无不有关。他母亲早亡，外祖母又迫使他与父亲生离死别,使诗人的心灵从小就蒙上了悲哀的阴影。在爱情方面,他也屡遭挫折,少年时代饱尝对远房表妹的朋友苏什科娃的单恋之苦,大学时代又经历了伊凡诺娃对他的变心,以及与洛普欣娜之间的最为深挚却又不幸的恋情。他的这一切悲哀和痛苦的经历与他对黑暗的农奴制社会的愤恨以及对自由的向往交织在一起,使他形成了一种孤傲的性格,也使他的诗歌产生出巨大的力度和强烈的艺术魅力。

如其他浪漫主义诗人一样,莱蒙托夫善于表现自我,揭示心灵的奥秘,展现心灵的历程,剖析内心的情感,往俄罗斯诗歌中注入了独特的孤傲、忧郁、悲愤的气质。尽管他的一些诗作基调忧伤,常常表现出对人类社会和人的命运的痛苦的沉思,不过他始终没有忘记诗人的崇高使命:用语言去燃烧人们的心灵。他的早期诗作(1828－1836)具有强烈的内省、自传和自白的色彩,仿佛是剖析内心状态和隐秘情感的诗体日记。莱蒙托夫在后期创作中(1837－1841),寻求新的美与崇高的形式。虽然忧伤的基调仍未改变,但诗歌少了一份自我色彩和自我感受,增强了对时代波澜的反映,因而更加具有普遍性。诗人常常对人类社会和人的命运发出痛苦的沉思,表现同时代人的共同的情绪和心境,他的著名抒情诗《帆》就典型地反映了俄罗斯一代青年既孤独郁悒又呼唤风暴、追求变革的思想境界。

莱蒙托夫不仅在抒情诗创作方面给后世留下了许多传诵不绝的佳作,而且创作了许多优美的叙事诗。其中既有他叙事诗方面的代表作——歌颂叛逆者悲壮历程的具有浓郁浪漫主义风格的《童僧》和《恶魔》,也有用民歌体裁写成的带有现实主义色彩的诗作《沙皇伊凡·瓦西里耶维奇、年轻的近卫士和勇敢的商人卡拉希尼科夫之歌》,表现出了卓越的创作才能。

在诗歌格律方面,莱蒙托夫也为俄罗斯诗歌的发展作出了贡献。他不是依照词形,而是根据发音来选用脚韵,既保持了古典传统的严谨性,也注入了情感和音乐的成分,同时,他熟练地使用阳性脚韵和三音节,使诗歌显得错落有致,铿锵有力,造成了跌宕起伏的音响效果。

第二节　浪漫主义诗歌赏析

I Wanderd Lonely As a Cloud

William Wordsworth

I wandered lonely as a cloud
　　That floats on high o'er vales and hills,

When all at once I saw a crowd,
　　A host, of golden daffodils;
Beside the lake, beneath the trees,
Fluttering and dancing in the breeze.

Continuous as the stars that shine
　　And twinkle on the milky way,
They stretched in never-ending line
　　Along the margin of a bay:
Ten thousand saw I at a glance,
Tossing their heads in sprightly dance.

The waves beside them danced; but they
　　Out-did the sparkling waves in glee:
A poet could not but be gay,
　　In such a jocund company:
I gazed — and gazed — but little thought
What wealth the show to me had brought:

For oft, when on my couch I lie
　　In vacant or in pensive mood,
They flash upon that inward eye
　　Which is the bliss of solitude;
And then my heart with pleasure fills,
And dances with the daffodils.

我孤独地漫游，像一朵云
华兹华斯

我孤独地漫游，像一朵云
　　在山丘和谷地上飘荡，
忽然间我看见一群
　　金色的水仙花迎春开放，
在树阴下，在湖水边，
迎着微风起舞翩翩。

连绵不绝，如繁星灿烂，

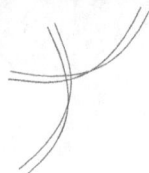

在银河里闪闪发光，
它们沿着湖湾的边缘
　延伸成无穷无尽的一行：
我一眼看见了一万朵，
在欢舞之中起伏颠簸。

粼粼波光也在跳着舞，
　水仙的欢欣却胜过水波；
与这样快活的伴侣为伍，
　诗人怎能不满心欢乐！
我久久凝望，却想象不到
这奇景赋予我多少财宝，——

每当我躺在床上不眠，
　或心神空茫，或默默沉思，
它们常在心灵中闪现，
　那是孤独之中的福祉；
于是我的心便胀满幸福，
和水仙一同翩翩起舞。

（飞白 译）

　　《我孤独地漫游，像一朵云》被认为是华兹华斯描写自然的诗中最美的一首。华兹华斯对大自然有着一种神秘的崇拜。在这首诗中，他就是通过体现自然界四大要素的意象，来追寻的也是人与自然完全契合的境界。在华兹华斯的这首著名诗篇中，抒情主人公在开始的时候满怀孤独之感，然而，在探视自然的时候，他正是在自然界捕捉到了和谐、欢乐和满足。在第一诗节，在山丘和谷地上漫游的抒情主人公在湖水边望见了一大丛水仙花迎着微风摇曳，舞姿翩翩。在第二节中，花儿使诗人联想到夜空中闪烁明灭的繁星，特别是"银河"一词的使用，更是升华出一种超然尘世之感，同时也为下一步的粼粼波光起了联结作用。至此，水、土、气、火四大自然元素已经全部出现了。其中有体现水的"湖水"，有体现土的"山丘和谷地"，有体现气的"微风"，以及体现火的"繁星灿烂"和"闪闪发光"。在最后两个诗节中，正是在四大元素齐全的情境下，诗人却另有发现，觉得翩翩舞蹈的水仙花胜过湖面上迎风起舞的水波。正是在超出四大元素之外的新的发现的这一瞬间，诗人的孤独感顿时消失了：他融入了这些"快活的伴侣"之列，并在水、土、气、火等自然元素中感觉到欢乐、和谐以及紧密的联系。此时此刻，诗人的心中萌生而出的是欢乐与和谐,他觉得这顿悟的瞬间,会赋予他无数财宝,常在他心灵中闪现,永远充实着他的生活。

  在意象使用以及结构安排方面,该诗的一个特点是每一节中都有一个舞蹈着的物象(dancing image),先是花朵,后是波浪,最后是心灵。开始看到是一大丛迎风摇曳、舞姿潇洒的水仙;接着,水仙花儿使诗人联想到夜空中闪烁明灭的繁星,而"银河"一词的使用,更加增添了一种超然尘世之感,同时也为下面的粼粼波光起了联结作用;最后,抒情主人公也汇入了这些"快乐的伙伴",烦恼与孤独顿时消失,冷漠和孤独的情绪在湖泊边的神奇的花朵的感召下奇迹般地转变为对人与自然和谐统一的信念。各种物象仿佛统一在"舞蹈"之中,使得全诗有着清新欢快的格调。

She Walks in Beauty
Lord Byron

1

She walks in Beauty, like the night
Of cloudless climes and starry skies;
And all that's best of dark and bright
Meet in her aspect and her eyes:
Thus mellow'd to that tender light
Which Heaven to gaudy day denies.

2

One shade the more, one ray the less,
Had half impair'd① the nameless grace
Which waves in every raven tress,
Or softly lightens o'er her face;
Where thoughts serenely sweet express
How pure, how dear their dwelling-place.

3

And on that cheek, and o'er that brow,

---

 ① impair [im'pɛə] v. 削弱。impair'd = impaired.

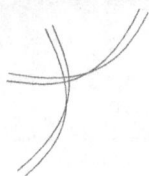

So soft, so calm, yet eloquent,
The smiles that win, the tints that glow,
But tell of days in goodness spent,
A mind at peace with all below,
A heart whose love is innocent!

她走在美的光彩中
拜 伦

一

她走在美的光彩中，像夜晚
皎洁无云而且繁星漫天；
明与暗的最美妙的色泽
在她的仪容和秋波里呈现：
耀目的白天只嫌光太强，
它比那光亮柔和而幽暗。

二

增加或减少一份明与暗
就会损害这难言的美。
美波动在她乌黑的发上，
或者散布淡淡的光辉
在那脸庞，恬静的思绪
指明它的来处纯洁而珍贵。

三

呵，那额际，那鲜艳的面颊，
如此温和，平静，而又脉脉含情，
那迷人的微笑，那容颜的光彩，
都在说明一个善良的生命：
她的头脑安于世间的一切，
她的心充溢着纯真的爱情！

（查良铮 译）

爱和美是人性中最值得弘扬的品质,它们抛开了生活中的残酷与虚伪,总是能够抚慰人们的心灵。正因如此,抒情诗人拜伦时常被美丽的女性形象而打动,并且能够通过对她们的描绘来震撼读者的心灵。

　　这首题为《她走在美的光彩中》的抒情诗是拜伦组诗《希伯来曲》(1815)之中的一首。该诗的一个主要特征是诗人通过光与影以及色彩对比的视觉成功地塑造了诗人心目中理想、完美的女性形象。

　　这首诗写于在一次舞会上见到年轻美丽的韦尔蒙特夫人(Mrs Wilmont)之后。用的是四音步抑扬格,深沉的秘密蕴涵在缓慢的节奏中。在意象的使用方面,诗人在第一诗节就善于选用一些恢弘的自然意象(如夜空、繁星),而且使用具体的意象来对应抽象的概念。譬如,用"夜晚"来对应"美",用"明与暗"来对应她的"仪容和秋波",从而传达出一种神秘的气质和具有魔力的美,而"繁星漫天"、"皎洁无云"的夜空等自然意象的使用,更是增添了这一非同寻常的神秘特质。

　　接着,在第二诗节,诗人将视野从夜空等恢弘的自然意象转移到丽人脸庞、黑发等微观的意象。通过第二诗节的描绘,丽人的外表和举止都达到了美的极致,成了美的一个聚光点,以至于无须增加或减少一份"明与暗"。

　　而最后一个诗节,更是从外部形象转移到内心世界,通过"脉脉含情"的心灵的眼睛,在内心世界方面对这一理想的形象加以强化,突出这一"充溢着纯真的爱情"的"善良的生命"。

Ode to the West Wind

Percy Bysshe Shelley

I

O wild West Wind, thou breath of Autumn's being,
Thou, from whose unseen presence the leaves dead
Are driven, like ghosts from an enchanter fleeing,

Yellow, and black, and pale, and hectic① red,
Pestilence-stricken multitudes: O thou,
Who chariotest to their dark wintry bed

---

① hectic: feverish. flushed.

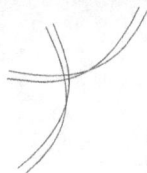

The winged seeds, where they lie cold and low,
Each like a corpse within its grave, until
Thine azure sister of the Spring shall blow

Her clariono'er the dreaming earth, and fill
(Driving sweet buds like flocks to feed in air)
With living hues and odours plain and hill:

Wild Spirit, which art moving everywhere;
Destroyer and preserver;① hear, oh hear!

II

Thou on whose stream, mid② the steep sky's commotion,
Loose clouds like earth's decaying leaves are shed,
Shook from the tangled boughs of Heaven and Ocean,

Angels of rain and lightning: there are spread
On the blue surface of thine aery surge,
Like the bright hair uplifted from the head

Of some fierce Maenad③, even from the dim verge
Of the horizon to the zenith's height,
The locks of the approaching storm. Thou dirge④

Of the dying year, to which this closing night
Will be the dome of a vast sepulchre,
Vaulted with all thy congregated might

Of vapours, from whose solid atmosphere
Black rain, and fire, and hail will burst: oh hear!

III

Thou who didst⑤ waken from his summer dreams

---

① destroyer and preserver: It's Shelley's important metaphysical view towards the west wind.
② mid = amid.
③ Maenad ['miːnæd] n. 希腊酒神 Bacchus 的女侍;狂女。
④ dirge ['dəːdʒ] n. a funeral hymn or lament.
⑤ didst [didst] v. (古英语中与 thou 一起使用)是 do 的第二人称单数过去式。

The blue Mediterranean, where he lay,

Lull'd by the coil of his crystal line streams,

Beside a pumice① isle in Baiae's bay②,

And saw in sleep old palaces and towers

Quivering within the wave's intenser day,

All overgrown with azure moss and flowers

So sweet, the sense faints picturing them! Thou

For whose path the Atlantic's level powers

Cleave themselves into chasms③, while far below

The sea—blooms and the oozy④ woods which wear

The sapless foliage of the ocean, know

Thy voice, and suddenly grow gray with fear,

And tremble and despoil themselves: oh hear!

IV

If I were a dead leaf thou mightest bear;

If I were a swift cloud to fly with thee;

A wave to pant beneath thy power, and share

The impulse of thy strength, only less free

Than thou, O uncontrollable! If even

I were as in my boyhood, and could be

The comrade of thy wanderings over Heaven,

As then, when to outstrip thy skiey speed

Scarce seem'd a vision; I would ne'er have striven

As thus with thee in prayer in my sore need.

Oh, lift me as a wave, a leaf, a cloud!

I fall upon the thorns of life! I bleed!

第六章　自我的发现与想象的羽翼

---

① pumice ['pʌmis] n. 浮石。
② Baiae Bay: Baiae was named after Baios, Odysseus' (Ulysses) companion.
③ chasm ['kæzəm] n. 深坑；裂口。
④ oozy ['uːzi] adj. 软泥的。

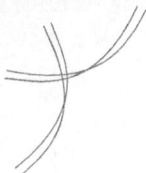

A heavy weight of hours has chain'd and bow'd
One too like thee: tameless, and swift, and proud.

V

Make me thy lyre, even as the forest is:
What if my leaves are falling like its own!
The tumult of thy mighty harmonies

Will take from both a deep, autumnal tone,
Sweet though in sadness. Be thou, Spirit fierce,
My spirit! Be thou me, impetuous① one!

Drive my dead thoughts over the universe
Like wither'd leaves to quicken a new birth!
And, by the incantation② of this verse,

Scatter, as from an unextinguish'd hearth
Ashes and sparks, my words among mankind!
Be through my lips to unawaken'd earth

The trumpet③ of a prophecy④! O Wind,
If Winter comes, can Spring be far behind?

西 风 颂
雪 菜

一

剽悍的西风啊，你是暮秋的呼吸，
因你无形的存在，枯叶四处逃窜，
如同魔鬼见到了巫师，纷纷躲避；

那些枯叶，有黑有白，有红有黄，

---

① impetuous [im'petjuəs] adj. characterized by sudden and forceful energy or emotion; impulsive and passionate（冲动的；猛烈的）.

② incantation [,inkæn'teiʃən] n. 咒语。

③ trumpet ['trʌmpit] n. 喇叭；号角。

④ prophecy ['prɔfisi] n. 预言；预言能力。

像遭受了瘟疫的群体，哦，你呀，
西风，你让种子展开翱翔的翅膀，

飞落到黑暗的冬床，冰冷地躺下，
像一具具尸体深葬于坟墓，直到
你那蔚蓝色的阳春姐妹凯旋归家，

向睡梦中的大地吹响了她的号角，
催促蓓蕾，有如驱使吃草的群羊，
让漫山遍野注满生命的芳香色调；

剽悍的精灵，你的身影遍及四方，
哦，听吧，你既在毁坏，又在保藏！

二

在你的湍流中，在高空的骚动中，
纷乱的云块就像飘零飞坠的叶子，
你从天空和海洋相互交错的树丛

抖落出传送雷雨以及闪电的天使；
在你的气体波涛的蔚蓝色的表面，
恰似酒神女祭司的头上竖起缕缕

亮闪闪的青丝，从朦胧的地平线
一直到苍天的顶端，全都披散着
即将来临的一场暴风骤雨的发卷，

你就是唱给垂死岁月的一曲挽歌，
四合的夜幕，是巨大墓陵的拱顶，
它建构于由你所集聚而成的气魄，

可是从你坚固的气势中将会喷进
黑雨、电火以及冰雹；哦，请听！

三

你啊，把蓝色的地中海从夏梦中
唤醒，它曾被清澈的水催送入眠，
就一直躺在那个地方，酣睡沉沉，

睡在拜伊海湾的一个石岛的旁边，
在睡梦中看到古老的宫殿和楼台
在烈日之下的海波中轻轻地震颤，

它们全都开满鲜花，又生满青苔，
散发而出的醉人的芳香难以描述！
见到你，大西洋的水波豁然裂开，

为你让出道路，而在海底的深处，
枝叶里面没有浆汁的淤泥的丛林
和无数的海花、珊瑚，一旦听出

你的声音，一个个顿时胆战心惊，
战栗着，像遭了劫掠，哦，请听！

四

假如我是一片任你吹卷的枯叶，
假若我是一朵随你飘飞的云彩，
或是在你威力之下喘息的水波，

分享你强健的搏动，悠闲自在，
不羁的风啊，哪怕不及你自由，
或者，假若我能像童年的时代，

陪伴着你在那天国里任意遨游，
即使比你飞得更快也并非幻想——
那么我绝不向你这般苦苦哀求：

啊，卷起我吧！如同翻卷波浪、
或像横扫落叶、或像驱赶浮云！
我跃进人生的荆棘，鲜血直淌！

岁月的重负缚住了我这颗灵魂，
它太像你了：敏捷、高傲、不驯。

五

拿我当琴吧，就像那一片树林，
哪怕我周身的叶儿也同样飘落！

你以非凡和谐中的狂放的激情

让我和树林都奏出雄浑的秋乐，
悲凉而又甜美。狂暴的精灵哟，
但愿你我迅猛的灵魂能够契合！

把我僵死的思想撒向整个宇宙，
像枯叶被驱赶去催促新的生命！
而且，依凭我这首诗中的符咒，

把我的话语传给天下所有的人，
就像从未熄的炉中拨放出火花！
让那预言的号角通过我的嘴唇

向昏沉的大地吹奏！哦，风啊，
如果冬天来了，春天还会远吗？[1]

　　《西风颂》是雪莱自然抒情诗方面的代表性诗作之一。该诗是由五首十四行诗所组成的，既是自然抒情诗的珍品，也是脍炙人口的著名诗篇，它显得气势磅礴、激昂奔放。诗人运用丰富的想象力歌咏"既在毁坏，又在保藏"的西风的形象，将大地的苏醒、自己失而复得的灵感，以及渴望自己的诗篇给人类带来新生的心愿，和谐地结合在一起，达到了情和景的交融，并且表现出"如果冬天来了，春天还会远吗"这种无比乐观的精神。

　　在雪莱的笔下，诗中所包容的，不仅仅是自然界中的周而复始的季节的更替和春天的来临，也蕴含着摧旧立新的信念、想象力的复兴以及"预言家"使命的尊严。该诗中，第一、二、三节分别出现了对自然界四大要素中的三种要素的描述：土（在大地上吹送生命的种子）、气（在空气中呼唤暴风雷电）、水（在大海上掀动汹涌的波涛），但是唯独没有另一要素：火，造成一种缺类现象。然而，到了第四节，浪漫主义诗人所崇尚的"自我"进入诗中。从此开始，抒情主人公的自我并入大自然的意象之中，参与它们的活动，并且产生彼此之间的精神上的渗透和交融。

　　于是，到了诗的最后，作为大自然另一要素的"火"终于出现，这便是抒情主人公的自我以及自我的情感，在诗中，奇特的音乐升腾起来，进入抒情主人公自身的"火"这一要素之中，两者合为一体，向人间播撒火星，以预言把沉睡的大地唤醒。由此可见，诗中自然景物与人类感情的联结是多么自然，而且

---

[1]　引自吴笛译：《雪莱抒情诗全集》，浙江文艺出版社1994年版。

结构严谨、层次清晰。诗人在自然诗中所追求的,正是这种主观性与自然力的强烈的契合,以及其中所蕴涵的深刻的寓意性。

To …

Percy Bysshe Shelley

One word is too often profaned
    For me to profane it,
One feeling too falsely disdained
    For thee to disdain it;
One hope is too like despair
    For prudence to smother,
And pity from thee more dear
    Than that from another.

I can give not what men call love,
    But wilt thou accept not
The worship the heart lifts above
    And the Heavens reject not, —
The desire of the moth for the star,
    Of the night for the morrow,
The devotion to something afar
    From the sphere of our sorrow.

致……

雪 莱

有一个字眼被人亵渎得太多,
    我岂能再来辱没,
有一种情感被人贬低得太狠,
    你岂能再添鄙薄;
有一种希望太像绝望,
    无须谨小慎微,对它防备,
可是从你身上得来的怜悯,
    也比别人的更加珍贵。

我不能奉献所谓的爱情，

只有崇拜升腾在心头，

就连上苍也不忍拒绝，

难道你不愿接受？

这是飞蛾对星辰的向往，

这是黑夜对黎明的企盼，

这是从我们悲哀的星球

把一片赤诚倾注远方。①

《致……》是雪莱著名的爱情抒情诗。雪莱这位伟大的抒情诗人，出生于贵族家庭，从小就养成了一种叛逆的精神，在牛津大学读书时，就因印行了叫做《无神论的必然性》的小册子而被开除。19 岁时，就不顾家庭的反对，与一个受到家庭压力的姑娘哈丽特双双出走，并与她结婚。三年以后，又与著名哲学家葛德文的 17 岁女儿玛丽相恋，开始了"不朽爱情"的生涯。曲折而生动的爱情和婚姻生活以及人生经历，使雪莱创作了大量的爱情抒情诗，成了他诗歌创作的一个重要组成部分。此外还有对儿女的爱，对妻姐范妮的悼念，对克莱尔的友情，对爱德华·威廉斯之妻珍妮的圣洁的爱慕，以及对被幽禁的美丽姑娘爱米丽娅的一时的倾心，都使他迸发了诗情，为后世留下了杰出的诗作。他的带有自传色彩的抒情诗，具有深刻的哲理性和高度理想化的特征，他善于将崇高的理想与纯洁的爱慕巧妙地结合起来，使爱情得以升华，显得独具一格。如他著名的《致……》一诗，就是这两者的和谐的统一。

该诗是献给珍妮·威廉斯的，诗中将纯洁的爱慕之情与崇高的理想巧妙地结合起来，使得这一情感得以升华，超越了一般意义上的爱情。尤其是最后四行，诗人以"飞蛾"、"星辰"、"黑夜"、"黎明"、"星球"等一系列自然意象、出色的比喻和丰富的想象，典型地表现了浪漫主义诗歌所具有的独特品质。

雪莱的许多著名的爱情诗篇，都表现出了一种博大的胸怀和清新自然的恋情。这种恋情，是心灵与心灵之间的最高境界的自然沟通与融会，正如雪莱在《情爱论》中所说："这（指爱情）是一种强有力的吸引……如果我们想象，那么就能想象出，我们大脑中的空灵的分子会在别人的大脑中重新诞生；如果我们感受，那么就能感受到，别人的脉管将合着我们的脉管搏动，别人眼中的光束将立刻在我们的眼中燃烧、汇合、并且溶化……"②因此，他的爱情诗中没有空洞无物的浮夸矫饰，而是追求真诚、崇高的心灵的沟通与和谐，并且

第六章　自我的发现与想象的羽翼

---

① 吴笛译：《雪莱抒情诗全集》，浙江文艺出版社 1994 年版，第 367 页。

② 见布鲁姆编：《批评的艺术》第 6 卷，1988 年版，第 184 页。

闪烁着理想、乐观和希望的光泽。

To …①

Aleksandr Pushkin

I still remember that amazing moment
You have appeared before my sight
As though a brief and fleeting omen,
Pure phantom② in enchanting light.

Locked in depression's hopeless captive,
In haste of clamorous③ processions,
I heard your voice's soft and attractive.
And dreamt of your beloved expressions.

Time passed. In gusts, rebellious and active,
A tempest scattered my affections
And I forgot your voice attractive,
Your sacred and divine expressions.

Detained④ in darkness, isolation,
My days would slowly drag in strife.
With lack of faith and inspiration,
With lack of tears, and love and life.

My soul attained its waking moment：
You re-appeared before my sight,
As though a brief and fleeting omen,
Pure phantom⑤ in enchanting light.

And now, my heart, in fascination
Beats rapidly and finds revived：

---

① This poem is addressed to Kern, a girl Pushkin once met in St Petersburg.

② phantom ['fæntəm] n. 幻影。

③ clamorous ['klæmərəs] adj. 喧嚷的。

④ detain [di'tein] v. 拘留；留住。

⑤ phantom ['fæntəm] n. something apparently seen, heard, or sensed, but having no physical reality; a ghost or an apparition（幻影）。

Devout① faith and inspiration,
And tender tears and love and life.

致　凯　恩
普希金

我记得那神奇的一瞬：
在我的眼前出现了你，
犹如瞬息即逝的幻影，
又像纯洁美丽的天使。

当我遭受难遣忧愁的煎熬，
当我在喧嚣世事中忙乱不堪，
你温柔的话语在我耳边萦绕，
你可爱的面容在我梦中显现。

岁月流逝。一阵阵暴风骤雨
驱散了我从前的美好的梦。
于是我忘记了你温柔的话语，
忘记了你的天仙般的面容。

囚禁于阴暗的穷乡僻壤，
我默默地挨过漫长的年岁。
没有灵感，没有崇拜的物件，
没有生活，也没有爱情和眼泪。

心灵复苏的时刻终于来临，
我的眼前再次出现了你，
犹如瞬息即逝的幻影，
又像纯洁美丽的天使。

于是心儿陶醉，跳得欢畅，
一切都为它而重新苏醒，
有了崇拜的物件，有了灵感，
有了生活，也有了眼泪和爱情。②

---

① devout [di'vaut] adj. 虔敬的；诚恳的。
② 吴笛译，引自飞白主编：《世界诗库》，第 5 卷，花城出版社 1994 年版，第 105—106 页。

《致凯恩》可以说是普希金爱情抒情诗中传诵最广的一首。该诗作于普希金在普斯科夫省的米哈伊洛夫斯克幽禁时期。从彼得堡来到当地姑妈家做客的美丽姑娘凯恩与他相逢,从而叩响了他紧闭的心扉。

全诗共分六节,层次分明地叙述了心灵的嬗变。过去,当抒情主人公遭受着"难遣忧愁的煎熬",并且在"喧嚣世事中忙乱不堪"的时候,因为心灵中有着亲切的记忆,所以,挨过了艰难的岁月。然而,生活中的意想不到的"暴风骤雨"驱散了一切,甚至驱散了美好的梦想。尤其当他被"囚禁于阴暗的穷乡僻壤"的时候,他几乎丧失了心灵的记忆,几乎屈从于命运的安排。正是在这一激情快要丧失殆尽的时刻,纯洁美丽的形象又神奇般地出现在眼前,使得整个心灵重新获得灵感,获得新生。

该诗赞美了水晶般晶莹透彻的、纯真圣洁的爱情,表现了"纯洁美丽的天使"这一净化的女性形象在诗人的内心世界以及创作灵感方面所起的神奇的复兴作用。

If by Life You Were Deceived

Aleksandr Pushkin

If by life you were deceived,
Don't be dismal①, don't be wild!
In the day of grief, be mild
Merry days will come, believe.

Heart is living in tomorrow;
Present is dejected② here;
In a moment, passes sorrow;
That which passes will be dear.

如果生活将你欺骗
普希金

如果生活将你欺骗,
不必忧伤,不必悲愤!
懊丧的日子你要容忍:

---

① dismal ['dizməl] adj. 情绪低落的;凄凉的。

② dejected [dɪ'jektɪd] adj. 沮丧的。

请相信,欢乐的时刻定会来临。

　　心灵总是憧憬未来,
　　现实让人感到枯燥:
　　一切转眼即逝,成为过去;
　　而过去的一切,都会显得美妙。①

　　普希金的一些抒情诗虽然在形式方面质朴简洁,然而容量很大,具有广博的思想内涵。如这首脍炙人口的《如果生活将你欺骗》一诗,就仿佛是一个饱经风霜的长者对涉世未深的少女的诚挚的告诫。这首题在三山村女地主奥西波娃 15 岁的小女儿耶夫普拉克西娅纪念册上的诗,尽管诗句简洁,但诗中蕴涵着强烈的乐观情绪和深邃的生活哲理。

　　在这首诗中,普希金如同一个诗人哲学家,以"时间"为角度,来审视生活。他不同于别的一些诗人,不再抒发时间的无情和残忍,而是强调时间的积极作用。在普希金看来,时间是医治一切的灵丹妙药,诗人认为心灵是生活在未来之中,凡是未来的,都是很有希望的,凡是现实的,都不是完美的,都是要成为过去的,而时间会医治心灵的创痛,因此,凡是过去了的,都会变得可亲而令人怀念。这其中蕴涵着多么深刻的生活的哲理和乐观的信念! 正是这种乐观的信念,使得普希金承受了种种磨难,也正是这种信念,感染了无数的读者,安抚了众多的心灵。

The Sail

Mikhail Lermontov

A lone white sail shows for an instant
Where gleams the sea, an azure streak.
What left it in its homeland distant?
In alien parts what does it seek?

The billows② play, the mast③ bends, creaking,
The wind, impatient, moans and sighs…
It is not joy that it is seeking,
Nor is't from happiness it flies.

①　乌兰汗译,引自肖马、吴笛主编:《普希金全集》第 2 卷,浙江文艺出版社 1997 年版,第 106 页。

②　billow ['biləu] n. 巨浪;v. 翻腾。

③　mast [mɑːst] n. 桅;桅杆。

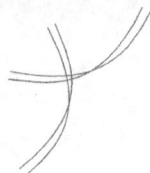

The blue waves dance, they dance and tremble,
The sun's bright rays caress the seas.
And yet for storm it begs, the rebel,
As if in storm lurked① calm and peace! …

Translated by Irina Zheleznova

帆
莱蒙托夫

在大海的蒙蒙青雾中
一叶孤帆闪着白光……
它在远方寻求什么?
它把什么遗弃在故乡?

风声急急,浪花涌起,
桅杆弯着腰声声喘息……
啊,——它既不是寻求幸福,
也不是在把幸福逃避!

帆下,水流比蓝天清亮,
帆上,一线金色的阳光……
而叛逆的帆呼唤着风暴,
仿佛唯有风暴中才有安详!②

俄国浪漫主义诗人莱蒙托夫著名的《帆》,歌颂了叛逆的精神。该诗每一节的前两行描写的是自然景色,而每一诗节的后两行,则是采用问答的形式,赞美了"呼唤着风暴"的帆的形象。这一在茫茫大海上漂泊的帆,不是逃避或追求幸福,而是在祈求风暴,在这一叛逆的孤帆看来,"仿佛唯有风暴中才有安详"!

这首诗歌中的一个主要特色是诗人采用了拟声手法,来表现自然形象。由于西方语言是拼音文字,善于表现声音因素,因此,西方诗歌相应地表现出音乐性强的特征。自古希腊时代抒情诗得以产生以来,西方诗歌就与音乐密不可分。

在诗歌的音乐性与诗歌内容的关系上,西方绝大多数诗人和诗评家都将

① lurk [lə:k] v. 潜藏;潜伏。
② 飞白译,引自飞白主编:《世界诗库》第5卷,花城出版社1994年版,第157页。

"音乐"与"意义"相提并论。就连十分强调文学作品"意义"之重要性的古典主义诗人——英国诗人亚历山大·蒲柏也在《批评论》一诗中强调:"声音须是意义的回声。"

有些欧美诗人直接借助于字母的声音效果以及拟声手法,来表现作品的"意义"成分。在《帆》这首诗中,莱蒙托夫通过一些拟声词来模拟海浪、桅杆的声响,到了结尾处,同样以借助于具有独特声响的俄语字母"Б"、"У"和"Р"的重复,来模拟和表现大海和风暴的形象。

The Arrow and the Song
Henry Longfellow

I shot an arrow into the air,
It fell to earth, I knew not where;
For, so swiftly it flew, the sight
Could not follow it in its flight.

I breathed a song into the air,
It fell to earth, I knew not where;
For who has sight so keen and strong,
That it can follow the flight of song?

Long, long afterward, in an oak
I found the arrow, still unbroke;
And the song, from beginning to end,
I found again in the heart of a friend.

箭 与 歌
朗费罗

我把一支箭向空中射出,
它落下地来,不知在何处;
那么急,那么快,眼睛怎能
跟上它一去如飞的踪影?

我把一支歌向空中吐出,
它落下地来,不知在何处;
有谁的眼力这么尖,这么强,

竟能追上歌声的飞飏?

很久以后,我找到那支箭,
插在橡树上,还不曾折断;
也找到那支歌,首尾俱全,
一直藏在朋友的心间。

(杨德豫 译)

朗费罗的这首《箭与歌》,如此典雅,如此流畅,是真正意义上的诗与歌的结合。说它是歌曲,在于它有着内在的旋律,双行韵式琅琅上口;说它是诗篇,在于它将具体的有形的箭与抽象的无形的歌这两种意象巧妙地结合一起,相互对照、映衬,妥帖地传达了人类心灵渴望沟通的道理以及寻得"知音"时分的欢畅。

在第一诗节中,描述的是实体的箭的意象,但是,这里的箭,已经有了一定的象征寓意。即使不是丘比特的爱情之箭,也完全可以视为友谊之箭。而且,这一友谊之箭能够打破距离的限制,射到我们的视力所不能达到的地方,开拓自己的疆域。

如果说,友谊之箭可以超越距离的限定,那么,第二诗节中的无形的歌的意象则能超越语言的界限了。向空中吐出的歌声,不仅可以超越时空,而且还能打破语言的障碍,被所有的人们所感悟。

第三诗节描述的则是结果了。射出的有形的箭已经与橡树融为一体,暗示人间如果友好相处,友谊就会如同参天大树,无比茁壮,并且定会结下丰硕的果实;而唱出的歌曲呢? 它已经找到心灵这一寓所,它无疑已经是共同的心曲,珍藏在人们的心间。可见,哪怕一个小小的友善的举动,也能引起人们的共鸣,产生意想不到的美好的结果。

A Noiseless Patient Spider
Walt Whitman

A noiseless patient spider,
I mark'd where on a little promontory it stood isolated,
Mark'd how to explore the vacant vast surrounding,
It launch'd forth filament, filament, filament, out of itself,
Ever unreeling them, ever tirelessly speeding them.

And you O my soul where you stand,

Surrounded，detached，in measureless oceans of space，

Ceaselessly musing，venturing，throwing，seeking the spheres to
    connect them，

Till the bridge you will need be form'd，till the ductile anchor
    hold，

Till the gossamer[①] thread you fling catch somewhere，O my soul.

一只沉默而耐心的蜘蛛
惠特曼

一只沉默而耐心的蜘蛛，
我注意它孤立地站在小小的海岬上，
注意它怎样勘测周围的茫茫空虚，
它射出了丝，丝，丝，从它自己之中，
不断地从纱锭放丝，不倦地加快速度。

而你——我的心灵啊，你站在何处，
被包围被孤立在无限空间的海洋里，
不停地沉思、探险、投射，寻求可以联结的地方，
直到架起你需要的桥，直到下定你韧性的锚，
直到你抛出的游丝抓住了某处，我的心灵啊！

（飞白 译）

惠特曼的《草叶集》的主要内容与爱默生的思想有着重要的关联。比如，《草叶集》中的一个重要内容是歌颂美国及其人民，歌颂美国人民的创造性劳动，这一点，即受到了爱默生的影响，爱默生认为："美国在我们眼前是一首诗，它的宽广的地形强烈地刺激着我们的想象力。"[②]而惠特曼在他的《草叶集》前言中就对此作出了直接的反应："美国本身基本上是一首最杰出的诗。"[③]

正是受到爱默生的影响，惠特曼才在作品中形成了自己的思想，他不仅歌颂祖国和人民，而且歌颂民主和自由的理想，赞美自我，歌颂人的精神和力量。正因为他崇尚民主，所以被公认为杰出的"民主诗人"和 19 世纪美国最

第六章　自我的发现与想象的羽翼

---

① gossamer［ˈɡɔsəmə］n. 小蜘蛛网；蛛丝；adj. 薄弱的；轻飘飘的。

② Emerson：*Emerson's Essays*，Harpercollins，1981，pp. 287—288.

③ Walt Whitman：*Complete Poems*，Penguin，1977，p. 5.

杰出的"浪漫主义诗人"。

在自然观方面,惠特曼所受的爱默生的影响更为具体。如爱默生特别强调自然意象和精神境界之间的对应,他在《诗人》(1844)一文中写道:"宇宙是人的心灵的外化。"①惠特曼用自己的许多创作实践表现了类似的思想,《一只沉默而耐心的蜘蛛》(A Noiseless Patient Spider)这首诗,所着重表现的就是人的心灵与外界自然相融相通的状态。

该诗在意象使用方面,最重要的就是蜘蛛吐丝结网。这一意象极为巧妙地表现了人的心灵渴求与外界接触,建立联系,消除孤立。

在第一诗节,诗人用了"explore"(勘测)一词,十分精妙。因为在蜘蛛的眼里,即使是一根树枝,也同样可以被视为海角,攀附在树枝之上,就如同探险家在海角之外进行探险。而"周围的茫茫空虚"形象性地表述了心灵所接触的领域无限广阔,也与第二诗节中的"无限空间的海洋"形成呼应。

第二诗节中四个现在分词的使用,以及"connect"(联结)、"bridge"(桥梁)、"thread"(游丝)、"anchor"(锚)等词语的出现,更是将心灵向外探索、渴望与外界接触的意旨充分地展现出来。

该诗在结构上,也注重前后呼应,两个诗节的用词,遵循平行的发展方式,具体意象和抽象意象相互对照,以达到前后呼应的统一的效果。

在诗的形式上,惠特曼的开拓和创新也在一定的程度上归功于爱默生。惠特曼在形式上冲破格律诗的限定,采用了自由诗体,他要求诗人自由地表达自己,但是他的诗中也有着一定的节奏,他往往通过重复和停顿句读来增强节奏感。

爱默生坚持认为:"不是韵律,而是制造韵律的主题构成一首诗,—— 思想极为热切激昂,充满活力,如同一种植物或一个动物的灵魂,有着自己的组织结构。"②

这样,爱默生让一首诗的形式从属于诗的思想,而不是像某些传统格律诗人那样为了诗的形式而让思想受损。惠特曼受其影响,总是让诗的思想意义处在主导地位,而让诗的形式随思想而不断发生变更。

---

① Emerson:Emerson's Essays,Harpercollins,1981,p. 270.

② 同上书,第 266 页。

第七章 现实的客观与唯美的虚幻

——19 世纪后期诗歌欣赏

第一节 19 世纪后期诗歌概论

就文学主潮而言,整个 19 世纪的文学大体分为两个发展阶段:浪漫主义文学和现实主义文学。前 30 年,是浪漫主义时期,后 70 年是现实主义时期。但是,由于各个国家发展的限定,文学思潮的展开也有一定的差异,如美国大致以南北战争为界,浪漫主义思潮延续到 60 年代,在 19 世纪中叶,浪漫主义文学仍主宰文坛,而具有资产阶级民主主义倾向的现实主义文学则刚刚萌芽。60 年代以后,美国文学才进入现实主义阶段。

浪漫主义思潮之后,由于在自然科学和社会科学领域所取得的重大发展,作家的创作在一定的程度上受到了影响。在自然科学方面,如细胞学说、能量转化学说、进化论等的出现,影响了作家用科学的态度和方法以及整体联系的观点去观察、分析和研究社会。在社会科学方面,德国的唯物主义哲学家费尔巴哈的唯物论哲学、孔德的实证哲学,以及泰纳在实证主义基础上提出的种族、环境、历史决定文学的理论观点,成了批判现实主义和自然主义的理论基础,从而,在当时形成了一种客观的、冷静的、务实的社会风气。作家在创作上,开始厌倦浪漫主义文学的情感漫溢和想入非非,以及无节制的"自我扩张",于是,反过来追求客观性、真实性和准确性。

尽管 19 世纪文学大体可以分为浪漫主义和现实主义这两个发展阶段,但是在诗歌领域,情况要复杂得多,同样存在着多种思潮流派平行发展的局面。但是在 19 世纪后期,最具代表性的,是现实主义和唯美主义两种思潮。

现实主义是西欧资本主义确立和发展时期的产物。这一时期,资产阶级弊端充分暴露,浪漫主义的幻想和抽象的抗议也解决不了现实中的实际问题。于是,人们开始冷静地面对现实,客观地剖析社会问题,探讨出路。现实主义的诗歌成就包括以厄内斯特·琼斯为代表的英国宪章派诗歌、以鲍狄埃为代表的巴黎公社诗歌、以涅克拉索夫为代表的俄国革命民主主义诗歌,以及以高尔基为代表的无产阶级革命诗歌。

唯美主义诗歌强调审美的非功利性和艺术的独立价值,主张"为艺术而艺术"。然而,在诗的"情"、"理"、"美"三极中,"美的一极尽管超脱,也无法割断'情'、'理'二极,若脱离了'情'、'理'二极,'美'就剩下单纯的形式了"①。可见,唯美主义诗歌尽管对于当时人欲横流的社会现实以及唯利是图的功利主义来说,是一种反抗,但是,毕竟有着绝对化和片面化的倾向,因为脱离现实和社会价值的单纯的审美体验,往往只是一种徒有单纯形式的虚幻,尽管这种唯美虚幻也同样有着一定的认知价值。唯美主义诗歌成就主要包括法国巴那斯派诗歌、俄国纯艺术派诗歌、英国先拉斐尔派诗歌以及以王尔德为代表的唯美派诗歌。

19世纪后期,英、法、德、俄以及美国等各个国家,都在诗歌领域取得了较为突出的艺术成就。

在英国,一方面,以狄更斯和哈代作为批判现实主义文学代表在小说创作领域取得了辉煌的成就,另一方面,英国维多利亚时代又是一个诗歌繁荣的时代。英国维多利亚时代的诗歌,成就极为辉煌,出现了丁尼生、罗伯特·勃朗宁、伊丽莎白·勃朗宁、阿诺德、但丁·罗塞蒂、克里斯蒂娜·罗塞蒂、史文朋、王尔德等一批优秀的诗人,是一个独立于小说的文学现象。维多利亚时代的诗人,不仅从"情感漫溢"向心理深度发掘,而且比较讲究艺术形式,有些诗人的创作,具有一定的唯美主义的倾向。尤其是以罗塞蒂兄妹为代表的先拉斐尔派和以王尔德为代表的唯美派,极大地丰富了英国维多利亚时代的诗歌艺术成就。

丁尼生(Alfred Tennyson,1809—1892)是英国维多利亚时代的著名诗人,出生在一个乡村牧师家庭,剑桥大学就学期间就出版了一部诗集。他深受维多利亚女王的赏识,于1850年获得了桂冠诗人的称号,后来又在1884年被封为男爵。他的代表作《悼念集》是缅怀好友的哲理抒情诗集,享有极高的声誉。

罗伯特·勃朗宁(Robert Browning,1812—1889)也是英国维多利亚时代的著名诗人,而且是一名心理诗大师,在诗歌创作方面,他采用客观描写和心理分析的方法,取得了极高的艺术成就。他的突出贡献还在于发展和完善了戏剧独白诗(Dramatic monologue),使得这一体裁广受关注,并且极大地影响了20世纪的诗歌创作。所谓戏剧独白诗,是指这种诗歌仿佛戏剧独白台词的一个片断,独白者处在一定的戏剧情境之中,是剧中人(独白者)对另一个剧中人(并非读者)所说的一段话。正是通过这段话来揭示独白者的心灵,并引起读者丰富的联想和浓厚的兴趣。

---

① 飞白:《诗海——世界诗歌史纲》,漓江出版社1989年版,第565页。

在法国,现实主义诗歌应以雨果和巴黎公社诗歌为代表。雨果以浪漫主义作家的形象登上文坛,经过曲折的发展,后期成为民主主义诗人,他的《惩罚集》成了表现昂扬的革命精神的诗集。

法国的唯美主义诗歌成就也很突出。唯美主义诗人戈蒂耶认为:凡是美的都是无用的,只有无用的才是美的。他的创作以自然美、人体美、艺术美为基本题材。"巴那斯派"继承戈蒂耶的传统,对浪漫主义进行反叛,反对自我展现,以实证主义哲学为基础,从主观抒情走向客观陈述,主张以科学的态度从事诗歌创作,有些诗人在严谨的科学考证的基础上抒写古代题材,或是把当时的新的科学发现写成哲理诗篇。与此同时,波德莱尔的创作,为世纪末的象征主义诗歌奠定了基础。而1871年的巴黎公社革命期间鲍狄埃等诗人所创作的诗歌,是无产阶级文学的重要组成部分。

戈蒂耶(Theophile Gautier,1811—1872)是法国唯美主义诗歌的奠基人。年幼时,他喜爱绘画,1830年开始文学生涯,逐渐走向为艺术而艺术的创作道路。1834年,他在《莫班小姐》的序言中提出了"为艺术而艺术"的口号,主张"文学可以无视社会、道德",认为艺术的价值在于其完美的形式,艺术家的任务在于表现形式的美,从而阐明了他的唯美主义美学思想。戈蒂耶的代表诗集是《珐琅与玉雕》,大约由50首抒情诗所组成,是他的美学观点的具体实践。在这部诗集中,诗人把雕塑艺术移植到诗歌创作中,并且将诗歌创作的过程看成制造高级工艺品的过程。

在德国,抒情诗人海涅作为浪漫主义诗人而撰文批判了浪漫派,强调现实主义的创作原则,显示出革命民主主义的思想倾向,反映了德国人民的呼声。而以维尔特为代表的工人革命诗歌,热情昂扬,锋芒毕露,也是现实主义诗歌的重要成就。德国诗坛自1848年大革命失败而进入现实主义时期以后,出现了法勒斯莱本和史托姆等重要诗人,但总体而言,诗坛上的现实主义不及英、法、俄等国。

在俄国,1825年12月党人起义后,文学便随之进入现实主义时期,以浪漫主义诗歌创作登上文坛的普希金、莱蒙托夫等诗人,也相继成为现实主义作家。

1861年,沙皇政府宣布实行"农奴制改革",从此,资本主义在俄国得到迅速发展,但是封建农奴制的残余依然存在,这些封建残余与新兴的资本主义错综复杂地交织在一起,成了19世纪下半叶俄国社会经济的主要特征。实际上,在改革之后,所谓被"解放"的农民身受资本主义和封建主义双重压榨和剥削,生活更加艰辛。改革后的60年代,以车尔尼雪夫斯基为首的革命民主主义者纷纷著文,揭露农奴制改革的虚伪性,并提出了对沙皇政府应该

"怎么办"的问题;70 年代,"到民间去"的民粹主义运动兴起;80 年代起,马列主义开始在俄国传播,直至 1895 年在彼得堡建立工人阶级解放斗争协会。俄国这一时期的文学,除了屠格涅夫、涅克拉索夫等著名的现实主义诗人,还有费特、迈可夫等诗人在唯美主义诗歌领域,作出了卓越的贡献。

屠格涅夫(1818—1883)是 19 世纪俄国优秀的现实主义小说家兼诗人,生于奥廖尔市的一个贵族家庭。从彼得堡大学毕业后,曾到德国留学,研究黑格尔哲学,早年醉心于浪漫主义诗歌,以富有浪漫主义激情的抒情诗和叙事诗享誉文坛。后来在别林斯基的影响下,走上了现实主义的创作道路,创作了《罗亭》、《父与子》等反映时代特征的长篇小说。

屠格涅夫的散文诗作于作者一生的最后的岁月,共有 83 首。这些散文诗是屠格涅夫晚年的重要作品,可以说是他对一生的探索和思考所作的一个诗的总结。他在短小精悍的散文诗中,表达了他哲理性的思考和内心的自白,敏感地反映了俄国社会的现实和社会的矛盾。屠格涅夫散文诗的艺术特征是形式活泼,语言凝练而富于音乐美感,并且注重于抒情和自我解剖,将浓郁哀婉的抒情与深沉、悲郁的哲理思考融为一体。

涅克拉索夫(1821—1878)是杰出的革命民主主义诗人,他出生在卡缅涅茨-波多利斯基省的一个军官家庭里。童年在母亲的指导下,接受了良好的家庭教育。在省城的中学读书期间,他激发了对文学的兴趣。1838 年,中学尚未毕业,他到彼得堡继续求学,但他违背父亲的意愿,没进武备学校,因而他父亲断绝了对他的经济资助。因此他只能一面在彼得堡大学旁听,一面干些抄写等工作,勉强糊口,进入了平民知识分子的行列。他自 1838 年开始在《祖国之子》等杂志上发表诗作,1840 年出版第一本诗集《幻想与声音》,带有明显的浪漫主义色彩和较强的模仿的痕迹,受到评论界的指责。40 年代初,与别林斯基结识后,受其影响,逐渐走上了革命民主主义的创作道路,成了 19世纪俄国诗坛的现实主义诗派的代表人物。自 1847 年起,他主编和合作主编了《现代人》、《祖国纪事》等进步刊物,团结了一大批进步作家,在文学界起了重要的组织作用。同时,他也创作了大量诗歌,其中既有《未收割的土地》等著名的抒情诗,也有俄国文学中的著名的叙事长诗《谁在俄罗斯能过好日子》。

涅克拉索夫首先在俄国文学中以卓越的艺术表现力抒写公民的情感和思想,并以公民的目光来观察俄国的社会现实,开创了俄国文学中的公民诗的传统。他的诗抒发了对普通人民苦难生活的深切同情,表达了对俄国专制制度的强烈憎恨,被人们称为"复仇和悲歌的诗人"。他曾写道:"每个作家只能表现他深切感受的东西。因为我从小就有机会看到俄国农民在饥寒和各种暴行中遭受的苦难,所以我从他们中间撷取了我的诗歌。"因此,他强调诗歌的现实性和诗人的社会责任,主张"为人生而艺术",反对"纯艺术派"诗人"在苦难的岁月里歌颂山谷、天空和大海的美丽,歌颂亲爱的恋人的抚爱"。他把诗歌的主题转向了"被鞭打的缪斯",既对下层人民的痛苦命运寄予同情,也不仅仅只是为他们一洒热泪,而是发掘他们作为人的价值以及他们身上的固有的朴实的美。

涅克拉索夫也找到了与诗歌主题相适应的艺术形式,他注意吸收民歌民谣的营养,他的诗歌语言朴实简洁,接近民间口语,以具体细腻、思想清晰为特色。他用自己的朴素的语言阐述了高尚的真理,以自己的创作实践开创了俄国诗坛上的一代新的诗风,对 19 世纪 60 年代至 90 年代的俄罗斯诗歌产生了重大影响。

在东北欧,19 世纪后半期,各国的民族解放运动和反封建斗争蓬勃发展。虽然封建残余还大量存在,但资本主义也已经得到迅速发展。从而,浪漫主义文学逐渐衰落,批判现实主义文学继之而起。反侵略、反压迫、反封建的呼声与反映劳动人民的疾苦、号召人民起来为争取民族解放而斗争的精神,是密切结合在一起的。正是这些人类共同的声音,使得东北欧各国涌现出一些著名的作家和优秀作品,成为欧洲文学的一个重要的组成部分。

在美国,19 世纪的前 30 年为早期浪漫主义,30 年代至 60 年代为后期浪漫主义,60 年代以后为现实主义文学时期。早期浪漫主义是美国民族文学的形成过程。这一阶段,布莱恩特开创了美国诗歌的浪漫主义传统,而爱伦·坡的创作,则有着象征主义的倾向,被人们视为象征主义的先驱。

后期浪漫主义与超验主义思想密不可分,这一新的思想是后期浪漫主义文学的思想基础。

超验主义推崇直觉,认为人能超越感觉和理性而直接认识真理。这为调动人的主观能动性、反对清教徒的思想束缚、抒发个人情感的浪漫主义文学提供了思想基础。超验主义运动兴起,美国浪漫主义文学进入鼎盛时期。诗人和散文家爱默生推崇精神至上,主张打破传统束缚,解放思想。

在美国 60 年代以后的现实主义文学时期,著名诗人华尔特·惠特曼从早期浪漫主义逐渐过渡成为著名的民主主义诗人。他歌颂蓬勃发展的资本主义美国,体现了当时民主、自由的时代特征。他用奔放、真挚的感情,讴歌劳动者的美国,抒发发自内心的强烈的爱国主义热情。

狄金森(1836—1886)是美国最著名的女诗人,出生在美国马萨诸塞州的风景秀丽的小城阿默斯特,她把超验主义注入感情深切的诗句,意象独特,并有着唯美主义的创作倾向。狄金森与惠特曼并称,是 19 世纪美国诗坛的两大诗人。

　　狄金森的风格领先于当时的潮流，不求顺畅，也不固守传统的格律，也不按照一般语法规则进行创作，而是以独特的诗歌形式，用简练的措辞、纤细典雅的风格对生命、死亡、自然、爱情等进行审视。她的诗歌生前绝少发表，死后才由家人整理出版。因此，她更是一名现代诗人，其创作对 20 世纪的诗歌产生了深远的影响。

第二节　19 世纪后期诗歌赏析

How do I Love Thee?
Elizabeth Browning

How do I love thee? Let me count the ways.
I love thee to the depth and breadth and height
My soul can reach, when feeling out of sight
For the ends of Being and ideal Grace①.
I love thee to the level of everyday's
Most quiet need, by sun and candle-light.
I love thee freely, as men strive for Right;
I love thee purely, as they turn from Praise.
I love thee with the passion put to use
In my old griefs, and with my childhood's faith.
I love thee with a love I seemed to lose
With my lost saints, — I love thee with the breath,
Smiles, tears, of all my life! — and, if God choose,
I shall but love thee better after death.

我究竟怎样爱你
伊丽莎白·勃朗宁

我究竟怎样爱你？让我细致端详。
我爱你直到我灵魂所及的深度、

---

　　① Grace: *Divine love*; *Mercy of God*. Here, the religious language used by Elizabeth Barrett Browning suggests that there is a purity and spiritual quality in her love.

广度和高度,我在势力不及之处

摸索着存在的极致和美的理想。

我爱你就像最朴素的日常需要一样,

就像不自觉地需要阳光和蜡烛。

我自由地爱你,像人们选择正义之路,

我纯洁地爱你,像人们躲避称赞颂扬。

我爱你用的是我在昔日悲痛里

用过的那种激情,以及童年的忠诚。

我爱你用的爱,我本以为早已失去

(连我失去的圣徒一同);我爱你用呼吸、笑容、

眼泪和生命! 只要上帝允许,

在死后我爱你将只会更加深情。

(飞白 译)

《我究竟怎样爱你》是英国 19 世纪著名女诗人伊丽莎白·勃朗宁《葡萄牙人十四行诗集》的第 43 首,是她在婚前写给罗伯特·勃朗宁的。这是一首柔和缠绵的爱情的颂歌,表达了伊丽莎白·勃朗宁在心目中对爱情的理解以及她对罗伯特·勃朗宁的真挚深沉的爱情。

该诗的构思显得朴实,首先是提出问题,然后进行回答,在一问一答中阐释对爱情以及爱的方式的理解。诗的第一行抒情主人公就提出了一个问题:"我究竟怎样爱你?"("How do I love thee?")接下去的数行中,对第一行的问题一一进行论证并作出回答,诉说爱情的特性以及爱的方式的深邃和丰富。

第二至第四行,是对"我究竟怎样爱你"这一命题的论证,诗中描述这一情感极其伟大,难以估量,甚至超越灵魂所及的深度、广度和高度,所以,这是一个值得探索的命题。

接着,在第五至第九行中,是对爱的方式的阐释。女诗人通过重复和明喻来增强诗歌的力度,并且突出作者的思想。而第十至十一行似乎以过去的遗憾与今日的爱恋相对照,凸现爱情的珍贵。

最后三行,则是庄严的总结,强化对恋人的无悔的爱恋,而且使爱情涵盖了人的生活的全部内容,包括呼吸,包括笑容,包括眼泪,包括生命,而且还超越了生命,在死了之后还要深深地爱着你。读罢,令人感到灵魂的震撼,仿佛心灵经历了一场爱的洗礼。

在这首诗中,伊丽莎白·勃朗宁使用了多种修辞格,譬如,女诗人巧妙地使用了首语重复法(anaphora),她在八行不同的诗歌中,重复使用"I love thee",而在最后一句着重重复这一内容：I shall but love thee。这些词语的重复，帮助全诗形成了独特而强烈的节奏和主旋律。另一个重要的修辞格是头韵（alliteration）。在第一行、第二行、第五行、第九行、第十二行中，都有 thee 和 the 中字母 th 的重复。所以这些重复，同样构成了这首诗歌的主旋律，使得诗歌中所表述的爱情更加真实可信。

在形式方面，该诗采用的不是莎士比亚式的英国十四行，而是彼特拉克式的意大利十四行，韵脚排列形式为：ABBA，ABBA，CDCDCD。灵活的形式，与诗中所表达的感人肺腑的情感内容也是极为吻合的。

Song

Christina Rossetti

When I am dead, my dearest,
　　Sing no sad songs for me；
Plant thou no roses at my head,
　　Nor shady cypress① tree：
Be the green grass above me
　　With showers and dewdrops wet；
And if thou wilt, remember,
　　And if thou wilt, forget.

I shall not see the shadows,
　　I shall not feel the rain；
I shall not hear the nightingale
　　Sing on, as if in pain：
And dreaming through the twilight
　　That doth not rise nor set,
Haply② I may remember,
　　And haply may forget.

---

① cypress ['saipris] n.［植］柏木属植物；柏树枝（用作哀悼的标志）。
② haply ['hæpli] adv. by chance or accident（偶然地）。

歌

克里丝蒂娜·罗塞蒂

在我死后,亲爱的,
　　不要为我唱哀歌;
不要在我头上种蔷薇,
　　也不要栽翠柏。
让青草把我覆盖,
　　再洒上雨珠露滴;
你愿记得就记得,
　　你愿忘记就忘记。

我不再看到阴影,
　　我不再感到雨珠,
我不再听到夜莺
　　唱得如泣如诉。
我将在薄暮中做梦——
　　这薄暮不升也不降;
也许我将会记得,
　　也许我将会相忘。

（飞白 译）

克里丝蒂娜·罗塞蒂(1830—1894)是 19 世纪英国著名的女诗人。她出生在英国维多利亚时代的一个名门望族,17 岁前就开始诗歌创作,1862 年出版了她最著名的诗集《小妖精的集市和其他的诗》。她的抒情诗兼有抒情性和神秘性,并带有少许悲哀的和象征的色彩。

克里丝蒂娜·罗塞蒂的《歌》中有着淡淡的忧伤。这种淡淡的忧伤与诗歌中的质朴自然的语言风格是非常协调的。

这首诗共分两个诗节,第一诗节是对活着的情人所提出的希望,第二诗节则是叙述自己在死后的处境。两个诗节相互呼应,传达出面对死亡所表现的顺其自然、超凡脱俗的高贵格调。

第一诗节中,抒情主人公希望自己的情人顺其自然,不必特意在她的坟头种植蔷薇和翠柏,无须如此隆重的纪念,只需让她置身于青草的覆盖和"雨珠露滴"的简朴之中,甚至让活着的情人对她的记忆也出自意愿,愿意记得就记得,愿意遗忘就遗忘,不带一丝勉强。从对情人的这一听其自然的希望中,我们可以感受到抒情主人公不愿给对方增添负担的宽厚的胸怀以及对情人的体谅和情真意切的爱恋。

第二诗节中,抒情主人公转而陈述自己在坟墓中的身后生活,同样通过质朴自然的描写,表现了抒情主人公淡泊洒脱的灵魂。抒情主人公在此仿佛自唱自吟,怀着坦荡的心情谈论着似乎即将遁入的另一个世界。在这一世界,既看不到阴影的遮蔽,也感觉不到雨露的滋润。然而,尽管置身于"不升也不降"的薄暮之中,可是依然能够在处于静止状态的薄暮"做梦"。这一梦境的表述又把死亡表现得极为超脱,并且充满神秘气氛。而最后两行"也许我将会记得,/也许我将会相忘"不经意间烘托了前面所述的神秘,更使人感受到死亡的自然和身后生命的可能及其价值。

在诗歌技巧方面,诗中首先通过"S"音的大量重复(如 Sing no sad songs),意在产生与全诗意思相近的恬淡的音乐氛围。诗人还通过两个诗节最后两行的局部词语的重复,既点明主旨,又将全诗融会成一个整体,尤其是将抒情主人公彼岸的情怀与她情人的现世的感受紧密地连接起来,使得两种独立的情感浑然一体,从而极大地增强了诗歌的艺术感染力。

Once More by the Neva I Stand

Fyodor Tyutchev

Once more by the Neva I stand.
Once more, as in the past,
As I were alive, I stare
At these sleeping waters.

There's not a spark in the sky's blue.
Everything's stilled in pale enchantment.
Alone along the pensive Neva
Currents of moonlight stream.

Am I dreaming all this,
Or am I really seeing
What we saw by this very moon
When we were both still alive?

Translated by Frank Jude

我又伫立在涅瓦桥头
丘特切夫

我又伫立在涅瓦桥头，
像当年我也活着的时候，
凝望着这一江春水
像梦一样慢慢地流。

蓝天上不见一点星星，
苍白的夜景一片寂静。
唯有沉思的涅瓦河上
流泻着一天月色如银。

究竟这一切全是梦幻，
还是当真我重新看见
我俩在这轮明月之下
生前曾经见过的画面？

（飞白 译）

丘特切夫(1803－1873)的《我又伫立在涅瓦桥头》是他"杰尼西耶娃组诗"中的最著名的一首,写于杰尼西耶娃因肺病逝世四年之后的 1868 年。丘特切夫与杰尼西耶娃的爱情是诗人整个晚年生活的精神寄托。1850 年,丘特切夫与当年 24 岁的杰尼西耶娃在斯莫尔尼学院相逢,两人一见钟情,随之陷入热恋,直到 1864 年杰尼西耶娃逝世。杰尼西耶娃为丘特切夫生育了两男一女,而丘特切夫并未与自己原来的妻子脱离关系。他们的恋情尽管受到社会的非议,但是他们承受着巨大的压力,无比珍惜这份恋情。杰尼西耶娃逝世之后,丘特切夫为了减轻思念的痛苦,远离了祖国,到了瑞士等地。可是,对杰尼西耶娃的思念依然魂牵梦萦,难以忘怀。

涅瓦桥头,是诗人和杰尼西耶娃常去的地方。如今,尽管一江春水还像往昔一样慢慢地流淌,可是,昔日的恋人却已经永远地离开。诗人孤独的心灵渴望与另一个世界的恋人进行交流,与她再次欣赏涅瓦河畔的美景。于是,他仿佛被思念的痛苦和情感的力量推向了另一个世界,现在是以死者的视角来审视眼前的一切:"我又伫立在涅瓦桥头,/像当年我也活着的时候",因为正是在那"活着的时候",他们常常共享一江美景和一天月色。正是在流泻着如银月光的夜色之下,他们享受着爱情的甜美和人生的欢乐。

然而,梦幻毕竟只是梦幻,朦胧的夜色固然神秘,但是其中却蕴涵着无尽的哀愁。隔世的恋情终究难以安抚心中的孤独和凄凉。要么还是坚信已经处于另一个世界，觉得依然与杰尼西耶娃相处在一起，在那个神秘的世界与恋人甜美地追忆着生前在皎洁的月色之下曾经见过的美丽画面？

'Twas Yesterday at Six O'clock
Nikolai Nekrasov

'Twas yesterday at six o'clock
I chanced to pass the Public Square
And I just saw a girl quite young —
A peasant girl being flogged there.

She didn't give a single groan，
The sound of scourges tear the air，
I can not help but cry to muse：
"She must be kin of yours I swear!"

Translated by Woody

昨天下午，五点多钟
涅克拉索夫

昨天下午，五点多钟，
我偶然走到干草广场，
只见一个女人在受鞭刑——
一个年轻的农村姑娘。

她没有吐出一声呻吟，
只有鞭声把空气撕碎……
我不禁向诗神缪斯喊道：
"看啊！你的亲姐妹！"

（飞白 译）

涅克拉索夫是俄国批判现实主义作家中的重要一员。他虽然出生于贵族家庭，但从童年起就在心中孕育了对腐朽的农奴制度的不满情绪。在童年时代，农民的无权地位，伏尔加河上的纤夫的苦难等等都给他留下深刻的印象。青年时代，他脱离家庭接济后，以抄写、卖稿勉强糊口。40 年代，他在别林斯基的帮助下，走上文坛，40 年代末，他开始主持杂志工作，为《现代人》、

《祖国纪事》等进步杂志辛勤操劳了 30 多年，在俄国进步文学界起了重要的组织作用，同时也写了大量诗作，抒发了对下层人民苦难生活的深切同情，发出了反抗沙俄反动统治的大声疾呼，表现了强烈的革命民主主义思想。特别是在 1861 年农奴制改革后，他创作了《红鼻子雪大王》、《谁在俄罗斯能过好日子》等著名叙事长诗，愤怒揭露沙皇恩赐的"解放农奴"的骗局，揭露农民并未解脱奴隶地位和遭受双重压迫的真相，号召农民起来争取真正的解放。

《昨天下午，五点多钟》这首短诗作于涅克拉索夫的创作早期，即 1848 年，它记载了诗人亲眼目睹的一件事。为了强调事件的现实性，诗人用的是朴素、简洁、新闻报道式的语言：时间——昨天下午五点多钟，地点——彼得堡的干草广场，事件——一个女农奴在遭受酷刑。但是，虽说朴素、简洁，其中却蕴含着强烈的情感和深刻的美学思想。诗人将抒情和政论熔于一炉，既抒发了诗人的情感，也宣告了自己的文艺主张，表明了自己的美学观点。在 19 世纪的欧洲诗苑中，浪漫主义诗人摒弃繁文缛节，片面追求文雅的古典诗风，打破古典主义的清规戒律，在创作中直抒胸臆，让澎湃的情感溢于言表。涅克拉索夫受启发于这些浪漫主义诗人，但又不同于他们，他不是像他们那样去歌颂大自然，没有像他们那样挖掘大自然中的美，而是从俄国下层农民中撷取诗歌主题，从下层人物身上发掘美。他更不像同时代的俄国纯艺术派诗人费特、迈科夫，如果说费特、迈科夫等人的缪斯是头戴玫瑰花冠的女神，那么涅克拉索夫的缪斯形象却是这首诗中所提及的受鞭打的女农奴。自 1848 年写成这首《昨天下午，五点多钟》之后，一个个被鞭打的女农奴的形象，构成了涅克拉索夫诗歌常见的主题。

这首短诗尽管形式并不纯熟圆润，但已显示出诗人独具的艺术特色，特别是一系列修辞手法的运用，使得诗歌形象鲜明，效果强烈，发人深思，耐人寻味。

首先，诗人在第一节中多次重复合口元音[u]（俄语字母 y 和 ю），以表现压抑的悲痛的感情；在第二节中却多次重复开口元音[a]（俄语字母 a 和 я）以表现愤怒抗议和诗人的呐喊。由此可以看出，诗人并不是沉溺于悲哀之中，而是赋予诗歌以悲壮雄豪的气概。

其次，诗中采用了婉曲笔法，他没有正面去描写被鞭打的女农妇的惨状，因为这惨状是不堪目睹的，他只是写下了"鞭声把空气撕碎……"，他无法描述出女农奴血肉模糊的形象，但这一点读者是能够想象得到的，空气都被撕碎，何况人的皮肉？诗人这样的描写，更充分表达了他内心深挚的情感以及强烈的仇恨，这比直写也更具有艺术感染力。

再则，诗人采用了对比法，一方面是呼啸着的皮鞭声音，另一方面却没有

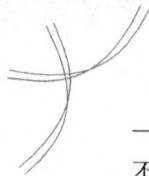

一丝声音,通过对比,暴虐者的专横跋扈的形象和被压迫者的含冤忍辱、但毫不屈服的形象都跃然纸上,激起读者对剥削者的强烈愤恨,以及对被鞭打的女农奴的深切同情。

当然,修辞方式是以内容为前提的,诗歌的艺术形式是为主题思想服务的,涅克拉索夫自己就曾说过:"在形式上要舍得下工夫,诗的风格必须和主题相当。"正因为《昨天下午,五点多钟》奠定了他自己心中的缪斯形象,所以又使他选择了供自己缪斯穿的合身的"服装"。

My Testament

Taras Shevchenko

When I am dead, bury me
    In my beloved Ukraine,
My tomb upon a grave mound high
    Amid the spreading plain,
So that the fields, the boundless steppes,
    The Dnieper's plunging shore
My eyes could see, my ears could hear
    The mighty river roar.

When from Ukraine the Dnieper bears
    Into the deep blue sea
The blood of foes… then will I leave
    These hills and fertile fields——
I'll leave them all and fly away
    To the abode of God,
And then I'll pray… But till that day
    I nothing know of God.

Oh bury me, then rise ye up
    And break your heavy chains
And water with the tyrants' blood
    The freedom you have gained.
And in the great new family,
    The family of the free,
With softly spoken, kindly word

Remember also me.

Translated by John Weir Toronto

遗　嘱

谢甫琴科

当我死后，请将我
　在坟墓里安葬，
葬在亲爱的乌克兰
　茫茫草原中央，
要让我能望见原野
　和第聂伯的浪潮，
要让我能听到河水
　在陡岸下咆哮。

待到滚滚河水洗净
　乌克兰的地面，
把仇敌的全部污血
　冲进大海碧蓝，
我才会离开山冈平原，
　飞向上帝去顶礼……
在这一天来到之前
　我不承认上帝。

安葬了我，就站起来，
　砸断身上铁链，
用凶残的敌人之血
　去把自由浇灌。
在自由的大家庭里，
　在新的大家庭里，
别忘了用告慰的话
　轻声向我奠祭。

（飞白译）

塔拉斯·谢甫琴科（1814—1861），是乌克兰文学的奠基人和乌克兰文学语言的创建者，杰出的农奴诗人兼画家。他从小就是基辅省的一名农奴，少年时代,当他在地主家当家仆时,已经偷偷地学诗学画。后随主人去彼得堡,在画店里当学徒,因为地主庄园里需要有各种手艺的匠人。他的才能开始被彼得堡的著名画家和诗人们所发现,著名画家勃柳洛夫同情谢甫琴科的境遇,以拍卖作品所得的 2500 卢布巨资,于 1838 年为他赎得了人身自由。其后他上了艺术学院,并开始从事诗歌创作,于 1840 年出版了第一本诗集《科布查歌手》,其中收有饱含着批判现实主义气息的著名叙事长诗《卡泰林娜》。然而,被赎身的谢甫琴科并没有获得真正的自由。他由于创作进步诗歌和参加乌克兰秘密革命组织的活动,被沙皇政府判处十年流放和强制兵役,他的其余极少的"自由"年头,也是在沙皇宪警的监视之下度过的。农奴的悲惨生活,沙皇的残酷迫害,流放和监禁的痛苦遭遇,使他产生了对自由的强烈渴望。他在著名的抒情诗《遗嘱》中就表现了这种渴望自由的心声。

《遗嘱》是谢甫琴科抒情诗的代表作,写于 1845 年,当时,他又一次回到故土乌克兰,亲眼目睹了乌克兰农奴的悲惨生活,完成了诗集《三年》(1843—1845),《遗嘱》便是其中著名的一首。

这首诗的第一段充满了对乌克兰故乡的强烈的眷恋之情,充满了浓厚的浪漫主义的幻想——一种对自由的幻想。因为谢甫琴科是一个人道主义诗人,但人道主义是个社会的、历史的范畴,各个时代、各个阶级都有其阶级内容。谢甫琴科所处的时代,由于人类历史的发展进程的缓慢,他作为农奴制俄国的苦难的一员,在现实生活中是没有自由可言的,而且他也认识到,在他的一生中,他不能目睹人类的解放。那么,怎样分享人类自由的幸福,怎样参与人类解放的事业呢? 可以说,他在这著名的"遗嘱"中作了回答。首先,他在诗的开头宣布了他梦寐以求的通往自由的唯一道路:"当我死后,请将我/在坟墓里安葬,/葬在亲爱的乌克兰/茫茫草原中央",这样,他就能享受活着的时候所不能享受的自由,就能自由自在地眺望茫茫无际、无拘无束的原野,就能随心所欲地倾听第聂伯河的自由奔腾和高声呼啸。虽然诗句中包含着悲凉,但这种悲凉被豪迈的激情和强烈的憧憬所压倒。

这还是一种个人对自由的向往,然而,从第二段流露出的诗人的情绪中,我们可以看到,诗人把个人的"小我"融会进了人类的解放事业,抒情主人公以自己死后力所能及的方式参与人间的斗争,盼望仇敌的污血全被冲洗的时刻早日降临乌克兰的大地。

《遗嘱》的结尾充满着极为乐观的情调,他号召人们站立起来,砸烂身上的锁链,他相信总有一天,俄国各族人民将成为一个自由的大家庭,他的名字也将被大家庭中一代代自由的成员所缅怀:"在自由的大家庭里,/在新的大家庭里,/别忘了用告慰的话/轻声向我奠祭。"获得自由的人们并没有忘记这位为自由而奋斗的战士，诗结尾处的这四行美丽的诗句已被刻在许多城市中的这位伟大诗人的纪念碑上。而且，诗人在彼得堡病逝之后，人们也几经周折，终于得以按照《遗嘱》中诗人的遗愿，把他的遗体运回乌克兰，安葬在第聂伯河畔的山冈，让他永远倾听第聂伯河自由的欢唱。

Because I Could Not Stop for Death

Emily Dickinson

Because I could not stop for Death —
He kindly stopped for me —
The Carriage held but just Ourselves —
And Immortality.

We slowly drove — He knew no haste
And I had put away
My labor and my leisure too，
For His Civility① —

We passed the School，where Children strove
At Recess — in the Ring —
We passed the Fields of Gazing Grain —
We passed the Setting Sun —

Or rather — He passed us —
The Dews drew quivering and chill —
For only Gossamer②，my Gown —
My Tippet③— only Tulle —

We paused before a House that seemed
A Swelling of the Ground —
The Roof was scarcely visible —
The Cornice④— in the Ground —

第七章　现实的客观与唯美的虚幻

---

① civility［si'viliti］n. 礼貌；端庄。
② Gossamer［'gɔsəmə］n. 蛛网；薄纱。adj. 薄弱的；轻飘飘的。
③ tippet［'tipit］n. 围巾；披肩；鳞翅目昆虫的领片；tulle［tju:l］n. sild gauze。
④ cornice［'kɔːnis］n. 檐口。

Since then — 'tis Centuries — and yet
Feels shorter than the Day
I first surmised① the Horses' Heads
Were toward Eternity —

因为我不能停步等死神
狄金森

因为我不能停步等死神——
他好心地停步等我——
车驾仅仅载着他与我——
还有永生与我们同车。

我们缓缓驱车——他不赶忙——
而我呢,由于他的礼让——
我已扔下了我的工作——
也扔下了闲暇的时光——

我们经过校园,儿童们——
课间游戏——个个争先——
我们经过凝神目送的麦田——
也经过了落日身边——

或许是他经过我们身边——
露水降下——阵阵凉意——
因为我的长袍薄如蛛网——
我的披肩薄如蝉翼——

我们在一所屋前驻足——
它看来像是土地微隆——
屋顶全然不引人注目——
而门楣也在土中——

从那时候已过了许多世纪——
但每个世纪似乎都短于
那一天——那天我猜到了

---

① surmise ['səːmaɪz] v. 猜测。

我们的马是朝永恒走去。

（飞白 译）

死亡和永恒是狄金生诗歌中的一个常见的主题。《因为我不能停步等死神》是她的最著名的诗篇之一。在这首诗中，女诗人所要探索的正是她心目中对死亡之谜的揭示。

狄金生死亡主题的诗歌，并不只是对死亡的描述，而是通过这一主题，来表述死亡与生命、死亡与永恒之间的关系。在狄金生看来，死亡并不可怕，而是通往永恒的开始。全诗便按照生命历程的先后来表述通往永恒的行程。诗的构思仿佛是描述一次普通的送葬仪式。开头是描述死神像可亲的车夫，驾着"我"还有同车的"永恒"缓缓驱车，途中路过校园，见到嬉戏的儿童，又经过"凝神目送的麦田"，再见到日落西山，最后，终于来到"土地微隆"的屋前。然而，诗的最后一节，却让时间弹跳到未来。在"许多世纪"以后，依然永生的"我"终于悟出，通往坟墓的"那一天"并非生命的终结，而是通往永生的一个起点，是连接永生的一座桥梁。

诗人在此以一天的行程来象征人生的旅程。"缓缓驱车"象征着死亡征途的平和与宁静；校园里的"儿童"暗示着人生的孩童时期；"麦田"象征着成年时代；"落日"象征着人生的暮年；"土地微隆"的房屋则是对坟墓的暗示。而人的一生的旅程在女诗人看来，也只是一种对永恒的等待，而这种永恒则是以死亡而开始的。

在这首诗中，"死神"被描述成和善的先生，好心地"停步等我"，并且与叙述者同车旅行。这充分显示了女诗人"视死如归"的洒脱和乐观主义的生活态度。

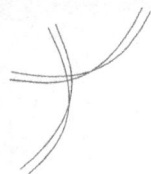

第八章　对神秘未知世界的领悟和传达

——象征主义诗歌欣赏

第一节　象征主义诗歌概论

　　象征主义诗歌是欧美现代主义诗歌运动中的一个重要流派,产生于 19 世纪后半期的法国,是作为自然主义运动的对立面而兴起的。象征主义的文学成就极为突出,对 20 世纪西方诗歌以及文学批评的发展起了重要的作用,产生了深远的影响。象征主义是一种具有美学意义的文学运动,它激励作家以象征或暗示的手法,而不是用直接的陈述来表达他们的思想、情感和价值观念。象征主义作家反作用于 19 世纪的浪漫主义以及福楼拜、左拉等人的现实主义和自然主义,宣称想象就是对现实的直接解释。他们也抛开了巴那斯派等前辈诗人在诗律学方面的严格的规则以及千篇一律的诗歌意象。

　　"象征主义"(Symbolism)是从源自于希腊文的"象征"(Symbol)一词发展而来的。"象征"在希腊文原文中是"把一块木板分成两半,双方各执其一,再次见面时拼成一块,以示友爱"的信物。后来逐渐演变为"用一种形式作为一种概念的习惯代表"的涵义。

　　象征主义诗歌是在波特莱尔等现代主义先驱的直接影响下而开始的。后经兰波、魏尔伦、马拉梅在诗歌创作和理论方面继承和发展,直到 1886 年,让·莫雷阿斯发表宣言,正式打出了"象征主义"的旗号,从此成为一个自觉的文艺运动。

　　欧美的象征主义诗歌大致经历了前期和后期两个发展阶段。前期象征主义的主要代表是法国的兰波、魏尔伦、马拉美等诗人,后期象征主义的主要代表不仅有法国诗人瓦雷里,还有英语诗歌中的叶芝、德语诗歌中的里尔克以及俄语诗歌中勃洛克等著名诗人。

一、象征主义诗歌的基本特征

　　象征主义的哲学基础是直觉主义和神秘主义。象征主义相信,在现象世界之外存在着一个神秘的超现实的世界。这一世界用理性的手段是无法认知的,只有借助于艺术家的直觉所创造出来的象征才能近似地再现它,只有凭直觉,即一些理性的神秘的内心体验,才能认识真理和创造美,因此,他们努力去捕捉个人一瞬间的感受和幻觉。这样,在象征主义诗歌中,现实的形象失去了具体的含义,被富于暗示和联想的象征意象所取代,从而真实的形象成了抽象的、神秘的观念。象征主义诗人兼理论家别雷就曾恰当地写道:"艺术中的象征主义的典型特征就是竭力把现实的形象当成工具,传达所体验的意识的内容。"

象征主义诗歌的主要艺术特征包括以下几点:

1. 重视象征意象

象征主义像浪漫主义一样,关注个人内心深处的情感体验,但象征主义诗人不像浪漫主义诗人那样直抒胸臆,也不开门见山地直接点明主题,而是主张通过一系列的象征意象,引起读者的联想,来曲折地表现自己的思想。莫雷亚斯在《象征主义宣言》中宣称:"象征主义诗歌作为'教诲、朗读技巧、不真实的感受力和客观的描述'的敌人,它所探索的是:赋予思想以一种敏感的形式,但这形式又非是探索的目的,它既有助于表达思想,又从属于思想。"

2. 具有神秘主义色彩和哲理意味

象征主义崇拜直觉,反对理性,必然走向神秘主义。波特莱尔说:"纯艺术是什么?它就是创造出一种暗示的魔术。"魏尔伦主张诗要写得若明若暗,恍恍惚惚。马拉美甚至认为神秘构成象征,象征为了神秘,他在《关于文学的发展》一文中写道:"诗写出来原就是叫人一点一点地去猜想,这就是暗示,即梦幻。这就是这种神秘性的完美的应用,象征就是由这种神秘性构成的:一点一点地把对象显示出来,用以表现一种心灵状态。反之也是一样,先选定某一对象,通过一系列的猜测探索,从而把某种心灵状态展示出来。"

因为一些象征主义诗人坚持认为在我们可以感知的客观世界的深处,隐藏着一个更为真实的神秘的"未知"世界,所以,领悟和传达这一神秘的未知世界,被象征主义诗人视为自己的最高任务。

3. 重视诗的音乐性

诗歌与音乐之间本来就有着千丝万缕的联系,象征主义诗人更是坚持认为音乐与诗歌之间的理想的内在关联,注重对诗歌内在韵律的追求,注重以具有音乐性及声音意义的"语言象征"来表达作品的内容。无论是法国诗人魏尔伦还是俄国诗人别雷,都是以音乐性作为其诗歌中的主要特色,并在理论上把诗歌的音乐性提到了极其重要的地位。魏尔伦在 1874 年出版的《诗艺》的开篇说出了纲领性的名言:"音乐为万物之首。"

二、法国象征主义诗歌

法国象征主义深受象征主义先驱——《恶之花》的作者波特莱尔的影响，继巴那斯派之后登上文坛，其核心人物是兰波、魏尔伦、马拉美三位诗人。后期象征主义的代表是瓦雷里和克洛岱尔等。

他们对前辈的美学纲领持批判态度，认为巴那斯派的理想只不过是以冷漠的态度精确地描绘了世界，而没有把握和理解事物的神秘本质特征。

所以，他们力求把握和寻求事物的神秘本质，力图看清宇宙的奥秘，他们认为，缺乏想象力的逻辑以及人的严谨的思维是不能进入神秘的无极的领域，于是，他们便要推翻语言及诗句逻辑的明确性，开始重视诗句的音乐性，认为只有通过音响的神秘意义才能深入事物的本质。

尤其是魏尔伦(Paul Verlaine，1844－1896)，他奇迹般地把音乐与诗歌联结起来，主张一切艺术向音乐靠拢，用隐约的乐音来表现事物的神秘本质。他不仅在理论上，而且在创作实践中强调诗歌的音乐性。在他的第一部诗集《感伤集》(1866)中的一些诗篇中，就富有强烈音乐性。他的重要作品《无词的浪漫曲》(1874)就是将诗与音乐结合的一次成功的实践。

而另一著名象征主义诗人兰波(Arthur Rimbaud，1854－1891)对象征主义诗歌的主要贡献则是"契合"和"通灵"(Voyant)的实践。所谓"契合"，(或"对应")，是对波特莱尔这一理论的继承，他把波特莱尔的"契合"理论具体地运用到诗歌实践中，力图创造有声有色有味的、同时愉悦五官的形象，《元音》一诗便是这一理论的典型的实践。这首诗的出色之处在于对元音的色彩的阐述，诗人认为元音都是有色彩的：A 代表黑色；E 代表白色；I 代表红色；U 代表绿色；O 代表蓝色。该诗正是以色、味、声以及运动等因素的交织，来形象性地阐明"契合"(或"对应")理论。

所谓"通灵"，是指诗人必须具备一种超人的本领，观察到凡人所看不见或听不到的东西。"通灵"一词最早可见于 16 世纪出版的法译《圣经》。在《旧约·撒母耳记》中，先知撒母耳是沟通天主与选民的媒介，受天主的启示，通晓未来，而且洞察常人心中的秘密。在兰波看来，具有"通灵"这种本领的诗人，就必须去发现"未知"的东西，所以，诗实际上就是一种发现。而要获取这一发现，就必须超越感官的束缚，打破感官的障碍，形成"感官错位"，去观察和把握事物的本质特征。兰波在名为《言语炼金术》(辑于《地狱里的一季》)的一段文字中写道："我已习惯于天真的幻觉，在有工厂的地方，我很清楚地看见一座清真寺。"这种在工厂的位置看到清真寺的能力并不是一般意义上的幻觉，而是一种改造现实的创造性的力量。

兰波的重要诗作《醉舟》被认为是法国象征主义的杰作。《醉舟》描绘了时而暴烈时而宁静的海洋奇景,表现了"疲倦"与"哀伤"的主题。《醉舟》这首诗里虽没有记述他实际上所做的事,但其中的象征意义取得了巨大的效果,他尽管当时没有看见过大海,但他想象中的大海的意象却极为真切。兰波没有把通灵人的能力看成是赐予诗人的天赋,而是强调"诗人使自己成为通灵人",所以,他常常故意打乱感觉,体察每一种感觉经验,来获得一种超常的感觉能力,看到别人所难以觉察到的东西。

兰波的《醉舟》将清新的感觉与《启示录》式的幻觉巧妙地结合在一起,充满着鲜艳的色彩和深刻的联想,节奏奇妙,表现出了强烈而奇幻的风格。

作为法国象征主义诗歌开创者之一的第三位诗人马拉美(Stephane Mallarme,1842—1898),则是一位善于精雕细刻的语言大师,也是法国最难理解的诗人之一。在他看来,一首诗就是一个谜,要想解开这个谜,需要读者自己寻找钥匙。正因如此,后来人们以"朦胧大师"来称呼他。

马拉美出生在巴黎的一个注册局官员的家庭里,早年受到波特莱尔诗歌的影响,并因波特莱尔推崇美国诗人爱伦·坡而潜心翻译他的作品。

马拉美的作品以强烈的音乐性、实验性的语法以及晦涩的思想性为主要特色。他的《牧神的午后》带有复杂的联想和暗示意味,也具有极强的音乐性,被看成是"法语文学中无可争议的最精美的一首诗"(瓦雷里语)。

马拉美曾在《诗的危机》等理论著作中,阐述了他的象征主义诗学观点以及玄奥的理想。他认为一首诗的思想意义并不能依靠理智来解释,而是应该依靠联想和象征以及对诗的直感来领悟。

法国后期象征主义的代表是瓦雷里(Paul Valiery,1871—1945),这也是一位极其重视诗歌音乐性的诗人。他在对象征主义所作的著名定义中指出:象征主义就是努力从音乐中汲取应属于象征主义诗歌的成分。

瓦雷里是在马拉美的直接影响下从事象征主义诗歌创作的。他于1920年创作的《海滨墓园》是一部集象征主义诗艺之大成的里程碑式的作品。诗中充满了隐喻和象征,大海成了诗人的化身,整首诗像是一部自我独白,"海面的变动不止,犹如人的心灵起伏,而海的深处的静止,犹如死者的坟墓,显得既孤独又神秘。……现实中的海面,心灵中的海面,坟墓中的看不见的宁静的海面,三幅图通过一条神秘的纽带交织在一起使诗歌显得既清晰又朦胧"①。

如果说瓦雷里在艺术上师承马拉美,那么,后期象征主义的另一重要诗

---

① 布鲁奈尔等著:《法国文学史》第2卷,博尔达斯出版社1972年版,第684页。

人克洛岱尔(1868—1955)则师承兰波。兰波的著作与宗教信仰对他的文艺思想的形成有着重要的影响。他的诗歌作品充满了炽热的宗教情感。在诗艺上,他特别强调比喻的作用以及艺术形式的创新。在他看来,比喻甚至可以体现上帝与世界之间的关系,他所信奉的象征主义也就是要在缤纷繁杂的客观事物中探索某种神秘的一体性。他在艺术形式的创新方面,主要是摒弃格律诗,采用有节奏的散文诗进行创作。

三、俄国象征主义诗歌

源自法国的俄国象征主义诗歌运动,是俄国首先出现的现代主义诗歌运动,它开始于 19 世纪 90 年代,并于 1900 年至 1910 年间在俄国繁荣起来。俄国的象征主义运动,如同法国一样,也是在一定程度上对早期浪漫主义以及唯美主义的一种复兴。

俄国的象征主义诗人不仅受到了波特莱尔、瓦雷里、马拉美、兰波等法国诗人的影响,而且也受到俄国哲学家弗拉吉米尔·索洛维约夫的影响。

俄国的象征主义运动是以 19 世纪 90 年代译介法国象征主义作为开端的。1892 年,诗人梅列日科夫斯基将他的一部具有后期浪漫主义风格的诗集冠名为《象征》,同年 12 月,他在彼得堡宣读了长篇论文《论俄国当代文学的衰落原因及其新的潮流》。在这篇论文中,梅列日科夫斯基归纳出新艺术的三要素:神秘主义的内容、象征暗示的手法和艺术感染力的扩大。这篇论文为俄国象征主义诗歌奠定了理论基础,被认为是俄国象征派的宣言。

1894 年,巴尔蒙特出版了《在北方的天空下》,这是第一部赢得评论界和读者赞赏的象征主义诗集,随后,勃留索夫于 1894 至 1895 年间编辑出版了三本诗集《象征主义者》,促进了这一运动的发展。自 19 世纪中期以后,随着一系列作品的问世,俄国的象征主义得以繁荣。

俄国的象征主义诗歌运动通常被划分为前后两个阶段或两个浪潮,第一浪潮的代表是梅列日科夫斯基、巴尔蒙特、索洛古勃、布留索夫和吉皮乌斯;第二浪潮的代表是勃洛克、别雷和维·伊凡诺夫。

俄国前期象征主义诗人深受尼采、叔本华等人的影响,并且充分吸收了波特莱尔等法国诗人的艺术技巧。尼采的著作自 1894 年开始在俄国译介,法国象征派诗歌也是自 90 年代起开始在俄国系统介绍。在当时的俄国文学中,"尼采主义"、"颓废派"、"象征派"等概念几乎成了同义词。

然而,俄国象征派诗人尽管在哲学思想和艺术技巧方面受到西欧文化的影响,他们本人却不愿承认。"他们坚决否认自己与西欧文化之间的根本的联系。他们在俄罗斯诗歌中,在丘特切夫、费特、福法诺夫的创作中,寻找自己的根源。"①

俄国后期象征主义诗人则接受了斯拉夫主义,对祖国的历史和民族文化深感兴趣,并且带有浓厚的宗教神秘主义倾向。

俄国象征主义诗歌除了继承象征主义诗歌所固有的一些特征之外,还具有自身的一些明显的特征,主要体现在以下几个方面:

1. 展现世纪末情绪和颓废情调

由于俄国象征主义诗歌的兴起和发展正好处于世纪之交,所以,诗人们善于表现世纪末情绪和颓废情调,表现内心的痛苦、彷徨以及对现有社会秩序和艺术法则的否定,并表现内心世界的强烈的矛盾对立与冲撞。更何况在俄国象征主义流行期间,俄国经历了1905年革命的失败和随后的日俄战争的败北。这些特定的时代风貌和思想情绪必然会在文学创作中得以反映,引发出精神的消沉和失望。

俄国象征主义诗歌的首创者之一梅列日科夫斯基(1865—1941)不仅在俄罗斯文学中首先使用了象征这一术语,而且也使俄罗斯象征主义诗歌在发展初期就表现出弥漫着"世纪末情绪"的颓废情调。

可见,这种颓废意识是面对新的世纪所作的痛苦思考以及表现出的惶惑和不安。而到了20世纪初,梅列日科夫斯基则将颓废情调转向了宗教哲学的说教。

俄国早期象征主义的另一代表巴尔蒙特(1867—1942)创作于19世纪90年代的诗中,更是弥漫着颓废和世纪末情绪。他的诗集——俄国第一部获得广泛关注的象征主义诗集《在北方的天空下》(1894),诉说的就是人世间的忧伤。世纪末的阴郁和新世纪的曙光明显地体现在他的世纪转折前后的作品中。他的《无边无际》(1895)、《寂静》(1898)等90年代后期的一些诗集也有着深沉的忧伤失望的基调。然而,跨入新世纪之后,直到1905年大革命之前,如同其他象征主义一样,他的作品中出现了一些乐观的情调。他作于20世纪初的几部诗集,如《燃烧的屋宇》(1900)、《我们将像太阳一样》(1902)以及《只有爱》(1903)等作品,形成了自己的特色和诗歌象征体系,太阳、火、自然要素等意象则是他象征主义诗学的一个组成部分。他常以太阳作为自己生活信念的象征,崇高的乐观主义情调、坚信生活的热情、渴望自由的呼声、回归"泰初"的追求,这一切,不仅是一种审美现象,而且也是一种新的世界观。然而,他的信念又极不稳定,他相信太阳必将战胜黑暗,同时又迷失于黑暗之中,他向自然界探寻时,一面怀着希望之光,一面又怀着失望之火。

① 巴尼科夫:《俄罗斯诗歌的白银时代》,莫斯科教育出版社1993年版,第4页。

俄罗斯评论家列杰涅夫认为："在有颓废情绪的作品里,常常有对毁灭的美化,与传统道德的决裂,死的意愿。这种情绪几乎感染了所有的象征派,虽然程度不一,在 90 年代很短的一段时间里甚至还形成了讲究礼仪的颓废派——感受生命的终结和人的死亡似乎成了一种时尚。"①

象征主义诗人索洛古勃(1863－1927)就是这样的一位诗人。他不仅以怨哀、忧伤、绝望等颓废情绪为作品的基调,而且他还在俄国象征主义诗歌中突出地表现了"死亡"这一主题。尽管索洛古勃被认为颓废情绪的代表,然而,他即使歌颂死亡,也是在"生"的意义上歌颂"死亡",因为在象征主义诗人看来,宇宙正是通过个体生命的消亡来证明其永恒的存在。

可见,俄国象征主义诗人并没有完全沉溺于世纪末的情绪之中,而是从这一情绪中表达自己的美学及诗学追求。在该诗中,诗人既从生的意义上歌颂死亡,而且也以死亡的主题来表现对纯艺术、对美的境界的向往。

2. 神化自我,淡化上帝

在俄国象征主义诗歌中,与索洛古勃的"死亡"具有联系的另一主题,是对"自我"的神化和对传统意义上的"上帝"的淡漠。精神的消沉和颓废的情绪引发俄国象征主义诗人对传统宗教进行深刻的反思,对新的宗教精神进行探索,力图重新建构人与上帝的关系。这一点,俄国象征主义与法国象征主义有着本质的区别。法国象征主义决裂于浪漫主义,也不再思考天国的神秘,而是关注于物质世界。而俄国象征主义则在一定程度上继承了浪漫主义,而且把浪漫主义的"自我漫溢"发展到了"自我扩张"的地步。所以,别尔佳耶夫在论述 20 世纪初俄国思想的嬗变时说:法国象征主义仅是文学思想的突破,俄国象征主义更是社会思想的突破。

如在俄国象征主义发展史上占有主导地位、主编了三本《俄国象征派》诗集的勃留索夫(1873－1924),于 90 年代即创作了诗集《杰作集》和《这是我》,作品中就过分地强调自我的意识和创作的个性自由。不过他的主要成就是1905 年出版的诗集《花环》。他的这部诗集以诗律繁复多变为特征。维·伊凡诺夫认为:该诗集中的每一首诗,都是"诗歌形式王国的新的发现"。

在神化自我、否认上帝方面,作为象征派女诗人的吉皮乌斯(1869－1945)显得尤为突出。她本是现实主义作家纳德松的崇拜者,后来与梅烈日科夫斯基相识,既成为他生活中的伴侣,又是他文学事业的同盟者。吉皮乌斯的诗是极富音乐性、哲理性和抒情性的,把她列入前期象征主义诗人之列,是因为对现实生活的迷惘,对悲哀、空虚的哀叹,对超验世界的描绘,对现实

① 阿格诺索夫主编:《白银时代俄国文学》,译林出版社 2001 年版,第 5 页。

世界的怀疑以及对另一种"不可知的真实"所表现出的信念和追求,还有,在追求过程中所表现出的主观神秘色彩,即宗教自我主义。她在《倾诉》中的倾诉便显得十分典型:"我的道路残酷无情,/它正把我引向死神。/但我爱自己,如爱上帝,/爱情拯救我的灵魂。"此处的"我爱自己,如爱上帝"便是她宗教自我主义思想的集中体现,成了她的广为流传的著名诗句。

象征主义文艺理论的重要代表别雷(1880—1934)也像其他象征主义者一样,在努力探索人与上帝的新型关系。他推崇索洛维约夫的哲学,尤其是后者关于宇宙和历史进程是与上帝重新组合运动的观点。他的重要理论著作是论文集《象征主义》等。他在理论上一方面坚持象征主义的基本原则,另一方面又批判传统象征主义的唯美主义和形式主义美学观。

俄国象征派的另一重要诗人和理论家维·伊凡诺夫(1866—1949)也在哲学思想上深受德国唯心主义哲学、新柏拉图主义以及歌德、尼采和索洛维约夫的影响。他的主要作品有诗集《导航的星辰》、《晶莹透彻》、《爱神》、《温柔的秘密》以及《冬天十四行诗》等。贯穿他诗歌和文论的基本思想是集体宗教变形。他把宇宙看成一座巨大的教堂,生活和艺术只是它的部分建筑结构,艺术创作也不过是人类力求神圣和与宇宙相和谐的具体表现。他在诗歌创作方面,喜欢使用辞藻华丽的古词语,语言显得艰涩、凝重,他也喜欢使用古老的诗歌形式,尤其喜欢使用十四行诗体。他的早期诗歌还受到古代神学的影响,后期诗歌中则逐渐增强了个人的抒情的声音。

当然,神化自我和淡漠上帝有时也是一种新型关系的体现和自我价值的实现,正如同时期的俄国哲学家弗兰克所说:"当上帝的生命、光、永恒性和幸福也能成为我们的,当我们的生命也能成为上帝的生命从而使我们自己也能'得到神化'、成为'上帝'的时候,我们才对自己来说获得了生命意义。"①

3. 捕捉"瞬间",追求神秘

然而,自我神化的虚幻以及永恒价值的渺茫,又使得诗人们关注"瞬间"。所以,俄国象征主义诗人也将印象派捕捉生活瞬间的艺术手法移植到了诗歌的创作之中。此外,由于象征主义诗人写诗的目的并不是表达什么确切的概念,而是具有模糊性和多义性,所以他们也对"瞬间"格外关注,正如象征主义诗人勃留索夫所说,象征主义写诗,是要"捕捉思想和形象的第一次闪光和萌芽,而不是它的确定的轮廓"。因此,俄国象征主义诗人特别注重"瞬间"真实,追求"瞬间"的美感,淡化"永恒"的意义,并且追求变幻莫测的精神生活和扑朔迷离的内心感受,他们的诗歌也因而具有了强烈的神秘主义色彩。

---

① 弗兰克:《俄国知识人与精神偶像》,徐凤林译,学林出版社1999年版,第184页。

如巴尔蒙特是美的热烈的崇拜者,他希望以艺术的美来剔除现实中的丑恶。因此,他在象征主义的诗歌中看到了"两个方面的内容:隐藏的抽象性和现实的美感"。在他看来,"瞬间"就是最高的美,只有"瞬间"才是真实的,才是生活的本质特征,因而,捕捉瞬间也成了他的诗学追求。

可见,"瞬间真实"与悲观主义的"末日情绪"具有一定的关联,同时,宗教神秘主义也带有一定的乐观主义情调。这两种情绪交织在一起,相互冲突,含糊不清,但体现了当时人们复杂的情感世界。女诗人吉皮乌斯在《瞬间》一诗中,就典型地表现了这两种情绪的融会,而且把捕捉瞬间和神化自我的情绪结合一起。俄国象征主义所追求的"瞬间",常常是心灵的瞬间顿悟,具有浓郁的神秘主义色彩,更何况象征主义的哲学基础就是直觉主义和神秘主义。

与法国等象征主义诗歌中的神秘主义相比,俄国象征主义受到当时俄国文化思想的影响,所追求的则是宗教神秘主义。

如在俄国象征主义第二浪潮中涌现而出的俄国象征主义的领袖人物勃洛克(1880-1921),则是以歌颂神秘女性形象而蜚声文坛的象征主义大师。作为俄国象征派诗歌的最杰出的代表,它的创作以高度的人道主义精神、深刻的哲理性和诚挚的抒情性影响了 20 世纪的许多诗人。

勃洛克生于彼得堡,并在彼得堡大学接受了文学教育。良好的家庭背景,以及自幼在彼得堡大学校园里的生活,为他创作献给著名化学家门捷列夫的女儿——门捷列娃的诗集《丽人集》提供了基础。在他的《丽人集》和《陌生女郎》中,诗人所憧憬的是现实世界中的不存在的非真实的理想境界。

他的诗中,自然意象脱离了最初的含义,转义为某种情绪或境界的化身(如风雪象征着漫无目标和心绪不安,朝霞象征着灿烂的未来,星辰象征着希望);自然色彩也成了表现心灵状态的手段(如蓝色象征着浪漫的理想,红色象征着心灵的恐惧)。诗歌风格上的多义性也使他的早期抒情诗具有了时代的意义,因为在这一风格中,"个人的心灵运动与历史时代以及时代的紧张状态和矛盾性发生了联系"[1]。

可见,俄国象征主义诗歌一方面继承了法国象征主义的创作方法以及西欧的哲学思想,另一方面也是俄国传统文化的进一步的延续和发展,同时也是俄国特定历史时期的时代声音和情绪的折射,从而具有了自身的独到的文化特性,成了世界文学史上的象征主义诗歌艺术成就的一个重要的组成部分。

---

[1] 苏联科学院编:《俄罗斯诗歌史》第 2 卷,科学出版社 1969 年版,第 282 页。

四、英国象征主义诗歌

英美象征主义同样也是受到法国的影响而发展起来的。这些受到法国象征主义影响的诗人包括英国的西蒙斯、道森、德拉·梅尔,以及爱尔兰诗人拉塞尔、叶芝等。美国的一些重要诗人,如庞德、艾略特、克兰、斯蒂文斯、卡明斯等,实际上也具有一定程度的象征主义创作倾向。

西蒙斯(Athur Symons,1865－1945)生于威尔士,在诗歌创作和文学批评方面深受一些法国象征主义诗人的影响,并在《象征主义文学运动》(*The Symbolist Movement in Literature*,1899)、《波特莱尔》(*Charles Baudelaire*,1920)等著作中对法国象征主义作了详尽的介绍。而在《白昼与黑夜》(*Days and Nights*,1889)、《剪影》(*Silhouettes*,1892)等诗集中,他极力模仿象征主义的创作风格。

道森(Ernest Dowson,1867－1900)曾在伦敦结识叶芝等诗人,并翻译了一些法国象征主义诗人的作品。由于同时受到王尔德等诗人的影响,他的名诗《西娜拉》也带有一定的唯美派的倾向。

德拉·梅尔(Walter De la Mare,1873－1956)是英国诗人兼小说家。他生于英格兰肯特郡,长期在英美石油公司任簿记员,业余从事文学创作,是一位多产的诗人,自 1902 年出版第一部诗集《童年之歌》以后,出版了多部诗集。1912 年,他的诗集《谛听者》出版,更使他享有盛名。德拉·梅尔喜爱描写童年、大自然、梦境和奇幻的事物,诗句清新迷人,既有神秘之感,又耐人回味。他的想象力主要与童年时代或某个想象的国度相联系。他的诗歌技巧娴熟,曾赢得同辈诗人艾略特和奥登的赞赏。奥登在 1963 年版的《德拉·梅尔诗选》的序言中说:德拉·梅尔是"一位在技巧和智慧两方面都日臻完善的诗人"。

爱尔兰诗人拉塞尔(George Russell,1867－1935)是爱尔兰文艺复兴运动的代表人物之一,主要诗作有《神圣的形象》(1904)、《新旧抒情诗》(1906)等。

英语世界最杰出的象征主义诗人无疑是叶芝 (William Bulter Yeats,1865－1939)。他是现代爱尔兰著名抒情诗人,后期象征主义在英语国家的主要代表。艾略特曾称他为"我们时代最伟大的诗人"和"任何语言中最伟大的诗人"。他在所谓的"黄色的 90 年代"登上诗坛,经历了唯美主义和象征主义时期,表现了英语诗歌从唯美主义向现代主义的演变,并以出色的创作占据了英语文学中的中心地位。1923 年,他因"始终富于灵感的诗歌","并以精美的艺术形式表达了整个民族的精神"而荣获诺贝尔文学奖。

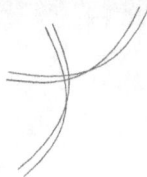

第二节　象征主义诗歌赏析

Correspondences[1]

Nature is a temple where the living pillars
Let go sometimes a blurred speech —
A Forest of symbols passes through a man's reach
And observes him with a familiar regard.

Like the distant echoes that mingle and confound
In a unity of darkness and quiet
Deep as the night, clear as daylight
The perfumes, the colors, the sounds correspond.

The perfume is as fresh as the flesh of an infant
Sweet as an oboe[2], green as a prairie[3]
— And the others, corrupt, rich and triumphant

Enlightened by the things of infinity,
Like amber, musk[4], benzoin[5] and incense
That sing, transporting the soul and sense.

Translated by Willium A. Sigler

契　　合

波 特 莱 尔

自然是一庙堂，圆柱皆有灵性，
从中发出隐隐约约说话的音响。
人漫步行经这片象征之林，
它们凝视着人，流露熟识的目光。

---

① correspondence [ˌkɔris'pɔndəns] n. 对应；契合。
② oboe ['əubəu] n. (乐)双簧管。
③ prairie ['prɛəri] n. 大草原；牧场。
④ musk [mʌsk] n. 麝香鹿。
⑤ benzoin ['benzəuin] n. 安息香胶。

仿佛空谷回音来自遥远的天边，
混成一片冥冥的深邃的幽暗，
漫漫如同黑夜，茫茫如同光明，
香味、色彩、声音都相通相感。
有的香味像孩子的肌肤般新鲜，
像笛音般甜美，像草原般青翠，
有的香味却腐烂、昂扬而丰沛，

如同无限的物在弥漫、在扩展，
琥珀、麝香、安息香、乳香共竟芳菲，
歌唱着心灵的欢欣，感觉的陶醉。

（飞白　译）

波特莱尔(1821－1867)是法国象征主义的先驱,在这首诗中,他表述了象征主义诗歌的纲领性的理论——"契合论"。这里的"契合"(或"对应"),所包括的内涵极为丰富,包括人与自然的契合、精神与物质之间的契合,人的各种感官之间的契合,以及各种艺术之间的契合。该诗调动视觉、听觉、嗅觉,对于传统的"契合"作出了极为形象生动的表述,让人们直接"看到"、"听到"、"闻到"其中所蕴涵的精髓。

该诗的第一诗节,就以神秘的笔触表述了人与自然之间的亲近关系。诗中,自然被形容为一座庙堂,就连它的圆柱也具有灵性,"发出隐隐约约说话的音响"。正是因为自然具有这样的强烈的神性,所以能够通过"象征之林"与人的心灵进行沟通,能够在沟通中"流露熟识的目光"。

从第二诗节中,我们可以感知,体会人与自然之间的亲近关系,靠的就是"契合"。因此,"香味、色彩、声音都相通相感"。正是这种契合,能够在不同的事物之间找到一种相似性,在表面上看起来并没有关联的地方发现事物之间的神秘的关系。可见,诗人是一位"发现者",可以通过色彩、声音、气味等因素所传达的表层信息,发现并且破解事物的隐秘的本质特征。

该诗的下阕六行,以"嗅觉"为切入点,充分利用通感的技巧,并通过鲜明生动的喻体,来形象性地阐述前面所提及的"契合"观念。在各种官能的作用下,嗅觉中香味可以如同触觉中所感知的孩子的新鲜的肌肤,可以如同听觉中的甜美的笛音,还可以拓展为"心灵的欢欣,感觉的陶醉"!

波特莱尔认为各种艺术之间是彼此相通的。他曾经写道:"现代诗歌同时兼有绘画、音乐、雕塑、装饰艺术、嘲世哲学和分析精神的特点,不管修饰得

多么得体,多么巧妙,它总是明显地带有取之于各种不同的艺术的微妙之处。"①所以,契合不仅是艺术层面的契合,更是哲学层面的契合。

　　波特莱尔的这首十四行诗,将"契合"理论具体地运用到诗歌实践中,力图创造有声有色有味的、同时愉悦五官的形象,不愧为象征主义艺术的一首纲领性的诗篇。

Moonlight

Paul Verlaine

Your soul is as a moonlit landscape fair,
Peopled with maskers② delicate and dim,
That play on lutes and dance and have an air
Of being sad in their fantastic trim.

The while they celebrate in minor strain
Triumphant love, effective enterprise,
They have an air of knowing all is vain, —
And through the quiet moonlight their songs rise,

The melancholy moonlight, sweet and lone,
That makes to dream the birds upon the tree,
And in their polished basins of white stone
The fountains tall to sob with ecstasy.

Translated by Gertrude Hall

月　光

魏尔伦

你的心灵是一幅绝妙的风景画:
村野的假面舞令人陶醉忘情,
舞蹈者跳啊,唱啊,弹着琵琶,
奇幻的面具下透出一丝凄清。

当欢舞者用"小调"的音符,

---

①　波特莱尔:《波特莱尔美学论文选》,郭宏安译,人民文学出版社 1987 年版,第 135 页。
②　masker ['mɑːskə] n.(尤指参加假面舞会的)戴面具者。

歌唱爱的凯旋和生的吉祥，

他们似乎不相信自己的幸福，

当他们的歌声溶入了月光——

月光啊，忧伤、美丽、静寂，

照得小鸟在树丛中沉沉入梦，

照得那纤瘦的喷泉狂喜悲泣，

在大理石雕像之间腾向半空。

（飞白 译）

象征主义大师魏尔伦的一个杰出的贡献就是具有将诗变为音乐的魔力。而且在《月光》这首诗中，魏尔伦更是将诗、画、音乐这三者融为一体。

该诗的第一节和第二节，就是一幅并非实体但是又被生动描绘的画面，在这幅风景画中，既有舞蹈，又有音乐，但无论是舞姿还是乐曲，都融入在"凄清"的月光之中。

最后一个诗节更是画龙点睛，集中表现画面中月光所具有的神奇的魔力。这忧伤而又美丽的月光，既让林中的鸟儿安详地进入梦乡，又让"纤瘦的喷泉"在大理石雕像之间"狂喜悲泣"。

该诗中的月亮意象显得独特。在缺乏中秋节特定文化内涵的西方诗歌中，月亮意象并不用来表现团圆主题，相反，更倾向于表现人类共同的情感——忧伤主题和孤独主题。但这里的忧伤主题和孤独主题并不是由思乡而萌发的，而是与月亮意象自身所引起的联想有关，也与西方的一些月亮神话传说有关。

西方有关月亮的神话传说很多，其中关于月亮女神塞勒涅与恩底弥翁的传说流传最广。[1] 塞勒涅（Selene）是希腊神话里的月亮女神。她背生双翅，头戴金冕，经常乘着辉煌的马车，在天空飞驰。她对一个名叫恩底弥翁的美男子产生了缠绵悱恻的爱情，饱经忧伤，后来不得不使他在山洞中沉睡，以便经常去看望他，欣赏他熟睡时的容貌。（在较晚的神话中，她常与赫卡忒及作为月亮女神的得墨忒尔混同。）

因此，在西方的诗歌中，月亮意象成了忧伤的象征，常用来表现忧愁主题。魏尔伦著名的《月光》，正是以月亮的意象为依托，表达了诗人内心深处的不可理喻的忧伤，描绘了一幅生动的"心灵的风景画"。

---

① 鲍特文尼克等著：《神话辞典》，黄鸿森等译，商务印书馆1985年版，第266页。

There Is Weeping in My Heart
Paul Verlaine

There is weeping in my heart
Like the rain falling on the town.
What is this languor①
That pervades my heart?

Oh the patter of the rain
On the ground and the roofs!
For a heart growing weary
Oh the song of the rain!

There is weeping without cause
In this disheartened heart.
What! No betrayal?
There's no reason for this grief.

Truly the worst pain
Is not knowing why,
Without love or hatred,
My heart feels so much pain.

Translated by Peter Low

泪水流在我的心底
魏尔伦

泪水流在我的心底，
恰似那满城秋雨。
一股无名的愁绪
浸透到我的心底。

嘈杂而柔和的雨
地上、在瓦上絮语！
啊，为一颗惆怅的心

---

① languor [ˈlæŋgə] n. 衰弱无力。

而轻轻吟唱的雨！

泪水流得不合情理，
这颗心啊厌烦自己。
怎么？并没有人负心？
这悲哀说不出情理。

这是最沉重的痛苦，
当你不知它的缘故。
既没有爱，也没有恨，
我心中有这么多痛苦！

（飞白 译）

　　魏尔伦认为：诗歌必须具有音乐性，这是诗歌的首要条件。在他的第一部诗集《感伤集》(1866)中就有《秋之歌》、《我的家乡梦》等富有强烈音乐性的诗篇。评论家米绍在评论这部诗集时认为："语言得到了升华，重新被融化到音乐的旋律中了。"为了加强诗的音乐性，他在艺术手段上进行了大量的革新。他的《无词的浪漫曲》(1874)就是将诗与音乐结合的一次成功的实践。他在这部作品中，用含混不清、捉摸不透、飘忽不定的诗句旋律来表现自己的与之相适应的情感。

　　《泪水流在我的心底》(《被遗忘的小咏叹调之三》)是《无词的浪漫曲》中的最著名的诗篇。在这首诗中，每一诗节的首句和末句不仅押同一个韵，而且单词相同，形成一种重复和循环。这种回旋韵式既增加了诗的音乐性，又使得这种音乐性有着语义的成分，极大地增添了词语的情感内涵。魏尔伦正是用这种回旋韵式，以低沉、单调、重复的韵脚恰如其分地表达了挥之不去、紧紧缠绕、无法摆脱的无名的忧伤和愁闷的情绪。

When You Are Old
William Butler Yeats

When you are old and gray and full of sleep
And nodding by the fire, take down this book,
And slowly read, and dream of the soft look
Your eyes had once, and of their shadows deep;

How many loved your moments of glad grace,
And loved your beauty with love false or true;

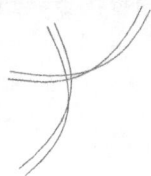

But one man loved the pilgrim soul in you,
And loved the sorrows of your changing face.

And bending down beside the glowing bars,
Murmur, a little sadly, how love fled
And paced upon the mountains overhead,
And hid his face amid a crowd of stars.

当你老了
叶 芝

当你老了,青丝成灰,昏倦欲睡,
在炉旁打着盹儿,且取下这卷诗文,
慢慢阅读,回想你昔日柔和的目光,
追忆你眼睛的浓重的黑晕;

有多少人爱你欢畅娇艳的时刻,
有多少人真真假假爱你的美丽,
但有个男人爱你圣洁的灵魂,
爱你衰老着的脸上的悲戚;

在灼亮的炉栅旁弯下身躯,
微微伤感地喃喃诉怨:
爱情怎会迅速溜到了山巅,
在群星中隐藏起自己的脸。①

  叶芝这首诗是写给他所崇拜的对象茅德·冈的。这位女子是对叶芝诗
歌创作产生重要影响的一个人物。1889 年,叶芝在伦敦爱上了这位年轻貌
美的爱尔兰女性,与她结下了不解之缘。她是爱尔兰著名的女演员和争取民
族自治运动的领导人,是一个性情激昂的人物,而且长得风姿绰约,苗条迷
人。尽管叶芝对她一片痴情,她却一再拒绝他的爱情。叶芝遭受着没有回报
的爱的痛苦,伤透了心,但这场苦恋却使他创作出了许多优美动人的诗篇。
《当你老了》便是涉及茅德·冈的爱情诗中较早的一篇。该诗作于 1893 年,
叶芝仿佛通过该诗来发布爱的宣言,怀着极大的勇气宣称坚守这份无望的爱

---

  ① 引自吴笛译:《野天鹅——20 世纪外国抒情诗选》,黑龙江人民出版社 1988 年版。

情,始终不渝。

该诗在构思方面显然受到文艺复兴时期的法国诗人龙萨同名诗篇的启发。构思同样是火炉旁阅读或赞叹诗篇的虚拟意境,但着眼点是对爱情本质特征的感悟和理解。

在叶芝看来,爱一个人,不应该只是爱着她的美貌,以及她的"欢畅娇艳的时刻",如果深爱一个人,就应该用自己的灵魂去爱另一个人的内在的自我,另一个人的灵魂,痛彻骨髓,铭刻终生;就应该跨越时间,去爱对方"圣洁的灵魂"和"衰老着的脸上的悲戚"。因为青春易逝,美颜难留,但重要的是看一个人的灵魂是否依旧圣洁,思想是否依然真挚。这种不会随着时光的流逝而黯淡的真切的恋情,涤荡着人们的心灵,震撼着人们的灵魂。这不由得令人联想起玛格丽特·杜拉斯《情人》中的名言:"比起你年轻的容颜,我更爱你现在饱经沧桑的脸。"

在韵律方面,该诗所使用的是 ABBA,CDDC,EFFE 这样的抱韵,整齐精美,错落有致,既富有变化,又平缓柔和,给人的感觉是,无论每一诗节或人生每一阶段如何变更,唯一不变是挥之不去的刻骨铭心的恋情。因此,整首诗浑然天成,感人至深。

I Recall, We Would Date at Sundown
Alexander Blok

I recall, we would date at sundown,
You would cut the lagoon with the ore.
I admired your white dressing gown
Not revering fine dreams any more.

Our dates would be awkwardly silent.
Up ahead on the sandy shore
Evening candles would light up, and someone
Thought of beauty, about to show.

Close-up, burning and intimate feeling
Quiet azure wouldn't partake.
We would meet in the haze of the evening
On the shore of the rippled lake.

All has vanished: love, torment, yearning,

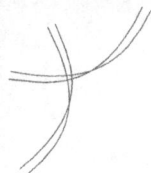

All has faded forevermore...
Slender waist and the voices of mourning,
Our row and your golden ore.

Translated by Alec Vagapov

我与你相会在日落时分
勃洛克

我与你相会在日落时分，
你用桨荡开了河湾的寂静，
我舍弃了精妙的幻想，
爱上你白色的衣裙。

无言的相会多么奇妙，
前面——在那小沙洲上
傍晚的烛火正在燃烧，
有人思念白色的女郎。

蔚蓝的寂静可不接纳——
移近、靠拢，以及焚燃……
我们相会在暮霭之下，
在涟漪轻漾的河岸。

没有忧郁，没有抱怨，没有爱情，
一切皆黯淡，消逝，去向远方……
白色的身躯，祭祷的声音，
你那金色的船桨。

（剑钊 译）

在俄国象征主义诗人勃洛克的诗中，起决定意义的是隐喻和象征。在他看来，现实世界只不过是幻影，而彼岸世界才是真和美的化身。

1898年，勃洛克爱上了彼得堡大学教授、著名化学家门捷列夫的女儿德米特里耶夫娜·门捷列娃（1903年与她结婚），在她的身上，勃洛克找到了自己神秘主义哲学观点的寄寓所在，并为她创作了著名的诗集《丽人集》。《我与你相会在日落时分》就是其中著名的一首。

在这首诗中，我们可以看到，勃洛克的诗歌创作受到俄国哲学家索洛维约夫的神秘主义思想的深刻影响，描写爱情的主题也是受到这一思想的影

210

响。索洛维约夫认为："'理想的最高统一'只有通过爱,给物质世界带来真正和理想人性的爱,才能得到实现。爱是个性的最高体现,是对死亡的胜利,是神秘的'永恒生命'。"①由于受到索洛维约夫的思想以及圣索非亚学说的影响,他所塑造的是神秘女性的形象,是作为道德力量和精神境界的化身而出现的。所以,《我与你相会在日落时分》中所会面的女性便是"丽人"的象征性形象。

在这首诗中,真实恋情的具体体验与"永恒"的理想相互交织。第一诗节中,抒情主人公回忆的是自己绝对真实的爱情。"丽人"形象非常具体,是一位身穿"白色的衣裙"的姑娘。他们相会在"日落时分",他们丢弃了幻想,转向了以白色衣裙为代表的真实。

但是在第二诗节,诗歌又很快从真实世界转向了幻想世界。抒情主人公"奇妙"的相会具有超自然特性。对"白色的女郎"思念无疑也具有幻想的成分。

在第三诗节,既有反映现实的诗行,那里有河岸,有涟漪,有燃烧着傍晚的烛火,并且与幻想的"蔚蓝的寂静"形成鲜明的对照。而未露面的女主人公形象,进一步衬托了寂静。

最后一个诗节,再现第一节中出现的"白色"、"桨"等意象,不过显得更加超然。仿佛现实中的一切都无关紧要,重要的是通往"远方"的理想、神秘和同一性。

该诗俄文原文除了最后一个诗行等少数地方,大多用的是三音步抑扬格,韵脚为交叉韵,即:ABAB。英文译文也极为精彩地体现了原文的内涵,遵循原文的形式,大多采用的是三音步抑扬格,韵脚也是用交叉韵。这种韵式,具有昂扬的音乐色彩,体现了原文中的神秘色彩和乐观自信的格调。

---

① 郑体武:《俄国现代主义诗歌》,上海外语教育出版社 2001 年版,第 153 页。

第九章　现代诗歌的文法学校

——意象主义诗歌欣赏

第一节　意象主义诗歌概论

意象主义诗歌是西方现代主义诗歌运动中的一个重要流派,然而,它在形成与发展过程中却受到了中国古典诗歌的极大的影响,又反过来极大地作用于中国当代诗歌的创作。

意象主义作为一种诗歌流派最初产生于 1908 至 1909 年间的英国,产生于当时由休姆在伦敦建立的一个文学俱乐部,后作为一场意象主义诗歌运动(The Imagist Movement)波及了俄罗斯和美国,极大地影响了欧美现代文学的发展进程。意象主义已经被描述为"现代诗歌的文法学校",对现代诗歌的语言风格的影响是极其明显的。

一般认为,意象主义文学的发展大约分为三个阶段,产生了英国的休姆(1883—1917)、劳伦斯(1885—1930)、弗林特(1885—1960)、奥尔丁顿(1892—1962),俄国的叶赛宁(1895—1925)以及美国的庞德、H. D.、艾米·洛厄尔和威廉斯等重要诗人。而其中受到中国古典诗歌的较大影响的,主要是美国的一些意象主义诗人。

一、意象主义诗歌基本特征

为了说明意象主义所受到的中国古典诗歌的影响,我们首先在此概括一下意象主义文学所具有的一些基本的特征。

意象派诗歌由于在思想方面也受到了柏格森的一些影响,所以特别强调思维过程中的情感内容,强调直觉和意象在逻辑思维中的功能。要求诗歌能像逻辑应有的那样,达到明晰、确凿、雅致并且充满活力。

意象派的三个代表人物——庞德、H. D. 和奥尔丁顿——共同发表了意象派诗歌理论的三条原则,构成了意象派诗歌的三个基本特征:(1)直接表现主客体事物;(2)绝对不用无助于"表现"的词语;(3)按照富于音乐性的短语的节奏,而不按照节拍器的节奏写诗。

第一点体现了具体、直接、客观、"只展现而不加评论"的特征。尤其是体现在意象派的"意象并置"这一基本技巧上。所谓"意象并置"(juxtaposition of images),是指把类同的意象直接连接起来,无须意象之间的主观性的联系,也不用抽象的和无用的辞藻。这种"意象并置"的手法,最典型的例子是脍炙人口的《在地铁车站》。

第二点体现了诗歌语言方面的简洁的特征。要求诗歌客观地呈现,不加主观色彩的渲染,即使是个人的内心情感,也应以准确具体的意象来折射,而不是用主观、抽象和一般性的形容词来表达。

第三点体现了诗体的革新,在诗律上力求打破传统格律的束缚。庞德有一句格言,认为"凡是用流行了 20 年的方式写的诗绝非好诗"。所以,意象派诗人注重内在节奏,从而对自由诗体的发展产生了一定的作用,当然,这内在节奏同样包含一定的音乐性,如庞德主张以跨行来增添"节奏波"等。

我们从意象派诗歌的基本特征中可以看出所受到的中国古典诗歌的影响。

二、意象主义所受的中国诗歌的影响

概括地说,意象派诗歌所受到的中国古典诗歌的影响主要包括视觉意识(画面感)的影响、意境的影响和语言风格的影响等三个方面。

1. 视觉意识(画面感)的影响

意象派诗歌"只展现而不加评论"的特征应该是深受中国诗歌启发的。由于中国文字是象形文字,有极其强烈的视觉效果和画面感。在中国丰富的诗歌艺术宝库中,诗与画达到了和谐的统一,正如苏轼所说:"诗画本一律,天工出清新"。因此,许多诗篇具有典型的画面感。如温庭筠《商山早行》中的"鸡声茅店月,人迹板桥霜"十个字几乎是由意象勾勒出的一幅凄清的有声有色的山村晨景。而在"大漠孤烟直,长河落日圆"这两句古诗中,则通过意象并置,构成壮丽的画面。类似的还有王维的"日落江湖白,潮来天地青"等许多诗句。

意象派诗人意识到了中国文字的巨大魅力,从而极力以拼音文字来对此加以体现。所以,无论是俄国的叶赛宁,还是英国的劳伦斯,强烈的画面感成了许多意象派诗人的追求。叶赛宁在《意象主义宣言》中写道:"真正的艺术大师……锤炼形象,像路上的擦鞋匠,把形式从内容的尘埃中精心清洗……借助形象和形象的韵律学表达对生活的理解,是艺术的唯一规律和唯一可行的最好方法。"英国诗人劳伦斯不仅有着画家的视觉感受,还有着敏锐的触觉感受,善于用具有触觉的语汇来塑造抒情诗形象,触击和打动读者的心灵。有时,劳伦斯的联想大胆、奇特而逼真,如在《忠贞》一诗中,他把鲜花的开放比作是"小小的生命湍流/跃上茎的顶巅"。这些诗中,很多算得上意象派的上乘之作。他在诗中,采用的也是意象派的弹性节奏。还有一些短诗,如《浪花》等,他把听觉形象和视觉形象融为一体,具有极为感人的艺术效果。

2. 意境方面的影响

中国古典诗歌理论中的境界说对意象派诗歌产生了一定的影响。尤其是"无我之境"的观点和追求对意象派强调客观呈现、反对主观情感有着一定的联系。这方面,与现代诗歌中的"逃避自我"以及"客观对应物"的理论也是具有共同之处的。

在中国古典诗歌中,意象是构成意境的基本单位,意象表达法也是其中的一个重要的创作手法。深受中国古典诗歌影响的庞德认为意象是"一刹那间思想和情感的复合体"。

中国的古典诗歌中,常常呈现出优美的意境,看似对自然景物的客观的描写,往往也蕴涵着丰富的思想和情感,使人留下难以磨灭的印象,从而具有经久不衰的魅力,这些都使意象派诗人深受启发。

早在 1911 年,"庞德在《新时代》杂志上发表的文章《学问的新方法》中说,任何事物或事实都可以是'重要的'或'象征的',但有一些却能'使得我们对环绕这些事实的情境,或是原因与影响……有突然的透视。'这个方法是'呈现',而不是'陈述'。所谓'呈现'是这样的:'艺术家寻觅鲜明的细节,在作品中呈现出来,但不作任何说明。'所谓'不作说明',就是指作品的'暗示性'。但是庞德所说的'暗示性',却是要以鲜明的意象表现出来。"①

可见,庞德力图追求的意象派诗歌创作技巧与中国古典诗歌的意象表达法是非常相似的。

3. 语言风格的影响

由于意象派诗人坚持按照富于音乐性的短语的节奏,而不按照节拍器的节奏写诗,所以,意象主义诗歌在语言风格方面显得精练、含蓄。这无疑是深受中国古典诗歌的影响。

意象主义诗歌流派的产生,虽然也受到了西方的象征主义文学的一些影响,但在语言风格方面,主要受益于中国古典诗歌以及与中国古典诗歌有着渊源关系的日本俳句。在强调纯诗、排除所有非诗的成分以及描写方面的坚实性、精确性和客观性等方面,意象主义对于象征主义有许多承袭之处,而在形式短小凝练、形象具体鲜明以及淳朴含蓄等方面,则是受益于中国古典诗歌。

---

① 宋柏年主编:《中国古典文学在国外》,北京语言学院出版社 1994 年版,第 251 页。

意象派的领袖人物庞德通过对中国古典诗歌等研究,得到了许多启示,"他发现,(1)中国诗人不重复诗韵,而重复一个语法结构(通常是主语、谓语和宾语);(2)中国诗中常用对偶句,把抽象和具体描写、不同时间和空间的意象巧妙地连接在一起。西方虽早已使用对偶句,但其使用范围却极小;(3)中国诗中意象一个连一个,给人一种活动画面的感觉;(4)中国诗简洁、含蓄,意象之间不需要媒介,起连接作用的虚词往往可以省略;(5)中国诗节奏新颖、优美。"①庞德的这些研究性的发现,既丰富了他的意象派诗歌理论,也指导和影响了他自己以及所有意象派诗人的创作风格。

三、意象主义重要诗人

意象主义的重要诗人有美国的庞德、H.D.(杜利特尔)、威廉·卡洛斯·威廉斯,英国的奥尔丁顿、劳伦斯,以及俄国的叶赛宁等。

庞德(Ezra Pound,1885—1973)是美国著名诗人和评论家,为意象派诗歌作了大力宣传,并极力阐明他关于意象和意象派诗歌的观点,但他本人并未完全按意象派诗歌原则来进行创作。第二次世界大战期间,在罗马电台为墨索里尼政权作反美宣传,战后被美军俘获,押往美国受审,未定罪而被送入精神病院,直至1958年才到意大利定居。

他的重要作品有组诗《休·赛尔温·莫伯利》(1920)、短诗《在地铁车站》等,最主要的作品是长诗《诗章》。

杜利特尔(H.D.,即 Hilda Doolittle,1886—1961)是在庞德的影响下开始诗歌创作的。H.D.早年是意象派的重要成员,后来她在相当长的时间里仍然坚持意象派的创作原则,在1930年还与奥尔丁顿合作编了一本新的意象派诗集。直到30年代之后,才与意象派挥别,意在开创更宽阔的艺术道路。她晚年的诗愈加关注古代世界,诗风亦趋于神秘晦涩,1931年发表的《献给青铜的玫瑰》便是例证。这种从现实向古典的逃避,或者说企图从古典题材中寻求突破现实视野之狭隘的努力,在她创作高峰期的《不倒的墙》、《开花的杖》和《向天使致敬》等诗中都可以看到。

威廉斯(William Carlos Williams,1883—1963)既信奉惠特曼,也具有意象派的倾向。他早年与埃兹拉·庞德、玛丽安·莫尔、希尔达·杜利特尔等诗人有过交往。他追求纯洁的语言与清晰的意象,探索人生的境况。他的诗作《帕特森》与惠特曼的《自我之歌》类似,同样具有超验主义色彩。

奥尔丁顿(Richard Aldington,1892—1962)出生于英国汉普郡,在多佛

---

① 王军:《艾兹拉·庞德与中国诗》,《外语学刊》1988年第1期,第55页。

学院和伦敦大学接受了良好的教育,是意象派最著名的诗人之一,也是现代英国有一定影响的诗人兼小说家。他17岁时就出版了他的第一部诗集。1912年,他参加休姆和庞德在伦敦组织的意象派,成为其中的一个重要成员。同年,他娶了美国女诗人杜立特尔(H.D.),两人一起从事希腊文和拉丁文的翻译,一起创作意象主义新诗,出版题为《新与旧的意象》的诗集。

劳伦斯(1885—1930)既以丰富的小说创作赢得了巨大的声誉,又以千首诗作奠定了作为20世纪重要诗人的地位。20世纪60年代之前,由于他的小说遭受查禁,他的本来很有活力的诗歌也似乎受到株连,没有得到应有的重视,无怪乎有人曾经叹息道:"假若劳伦斯只写诗歌,他一定会被看成是最重要的英语诗人之一"①。劳伦斯本人在生前似乎也看出了这一点,他曾经不无悲观地说,他的作品要到三百年后才会被人理解。② 然而,三百年时间实为长久,我们恐怕难以待到那时才对他评说是非。值得劳伦斯宽慰的是,不是三百年,而是在他逝世后的三十年,即1960年,随着《查特莱夫人的情人》一案在伦敦法院的公开审理和解除禁令,劳伦斯的作品开始被人理解,声名大振,掀起了一般不小的"劳伦斯热"。小说、书信、评论、游记等等都竞相出版,诗歌作品也得到重视,W.E.威廉斯选编的《劳伦斯诗选》、K.萨加尔选编的《劳伦斯诗选》等都备受欢迎,由V.品托和W.罗伯兹主编的《劳伦斯诗歌全集》,自1964年出版以来,广为流传。作为20世纪重要的诗人和小说家,他的诗歌受到了人们的理解和喜爱,1972年《劳伦斯诗选》的编选者K.萨加尔在该书导言中引用柯尔律治评论浪漫派大师华兹华斯的话来赞美劳伦斯的诗:"他的诗令人百读不厌,每次重读都有新鲜感。虽然读者能充分理解这些作品,但任何时代都很少有人能达到这些诗的思想深度,或有如此深入探讨的勇气。"这番话是颇具概括性的。

叶赛宁(1895—1925)出生于梁赞省一个农民家庭。1915年迁入彼得堡,与著名诗人勃洛克、克留耶夫等相识,并以自己的诗篇获得了文坛的赞赏。1916年初第一本诗集《扫墓日》出版。1919年参加意象派,并成为中心人物,写出《四旬祭》、《一个流氓的自由》等作品。叶赛宁虽然一度成为意象派诗人,但是他的创作仍然以传统手法见长,是普希金传统和"明朗的忧伤"这一风格的典型的继承者,主要作品有组诗《波斯抒情》(1924)和长诗《安娜·斯涅金娜》(1925)等。

---

① 见珀金斯著:《现代诗歌史》,哈佛大学出版社1979年版,第439页。
② 见K.萨加尔:《劳伦斯的艺术》,剑桥大学出版社1964年版,第1页。

第二节　意象主义诗歌赏析

In a Station of the Metro
Ezra Pound

The apparition of these faces in the crowd：
Petals on a wet，black bough.

在地铁车站
庞　德

这几张脸在人群中幻景般闪现；
湿漉漉的黑树枝上花瓣数点。

（飞白 译）

　　《在地铁车站》(*In a Station of the Metro*)虽只有短短两行,但最能反映庞德的诗学主张。关于这首诗,庞德曾在 1916 年回忆录中作了介绍:"三年前在巴黎,我在协约车站走出了地铁车厢,突然间,我看到了一个美丽的面孔,然后又看到一个,又看到一个,然后是一个美丽儿童的面孔,然后又是一个美丽的女人,那一天我整天努力寻找能表达我的感受的文字,我找不到我认为能与之相称的、或者像那种突发情感那样可爱的文字。那天晚上,……我还在努力寻找的时候,忽然找到了表达方式。并不是说我找到了一些文字,而是出现了一个方程式。……不是用语言,而是用许多颜色的小斑点。……这种'一个意象的诗',是一个叠加形式,即一个概念叠在另一个概念之上。我发现这对我为了摆脱那次在地铁的情感所造成的困境很有用。我写了一首三十行的诗,然后销毁了,一个月后,我又写了比那首短一半的诗;一年后我写了这首日本和歌(俳句)式的诗句。"

　　由于庞德本人发话在先,所以人们无不例外地认为它是日本俳句式的诗作。西方和日本的一些学者干脆将此列为俳句的范畴。

　　尽管作者本人和一些评论者声称该诗具有日本俳句的特性,但我们从该诗的创作及修改时间上考察,就可以感觉到汉诗对他的影响。从时间上看,庞德正是在 1913 年对汉诗发生了浓厚的兴趣。庞德系统地阅读汉诗也是发生在 1913 年春夏。而到了 1913 年 10 月,他早已读了法文版的孔子和孟子的著作。

　　而且我们对文本进行分析,仅从艺术形式上也不难看出,这两行诗有着汉语诗歌的一些重要特色。概括地说,这些特色主要体现在两个方面:一是对偶句的特征;二是诗律学的"word"这一概念的介入。我们从这两个角度来对该诗进行分析,更能看出该诗所接受的汉语诗歌的影响。

　　先说该诗所具有的汉诗对偶句的特征。

　　这两句诗中,既没有动词,也没有人称,而是包含着两个复叠对比的形象:人群中隐约的面孔与黑树枝上的花瓣。第一行描述诗人的具体经验:黑压压的人群中,突然幻影般地闪现出几个"美丽的面孔",第二行进行隐喻,看见人群中清新美丽的面孔,犹如看到"湿漉漉的……花瓣数点"。第二行更加突出了色彩的对比:黑色树枝与鲜艳花瓣。在情感力量方面,人群与湿漉漉的枝条,都令人感到冷漠、压抑;而美丽的面孔与花瓣,又使人感到耳目一新,有了爽朗轻快的感觉。

　　尽管表达方式是非个性化的,非抒情的,但仍然给人以情感方面的力量,或许,通过对比,还会引起现代城市生活中的心灵对自然美的依恋,对中世纪的传奇的向往。该诗虽然形式短小凝练,但形象具体鲜明而又淳朴含蓄。这一风格上的特征尽管日本俳句中也有,但同样是受益于中国古典诗歌的。

　　而在结构形式方面,汉诗的特征就更为鲜明了,不仅有黑色树枝与鲜艳的花瓣这一色彩的对比以及强烈的画面感,而且也有将不同时间和空间意象巧妙连接的对偶句的特征。日本的俳句主要着眼于诗的意境,是不具有这种对偶句特征的,俳句的"5－7－5"的三行排列,与对偶句形成了巨大的差异。更不用说庞德本人深深理解汉诗的这一技巧了,他曾在总结汉诗的特点时极其中肯地写道:"中国诗中常用对偶句,把抽象和具体描写、不同时间和空间的意象巧妙地连接在一起。"可见,庞德对于汉诗对偶句的理解和运用并非出于无意识,而是一种主动的借鉴和移植。

　　而俳句的英译一般也是以 3 个诗行和 17 音节(即 5－7－5 形式)来处理的,有些英语诗人在模仿俳句进行创作时,也是用 3 个诗行和 17 音节的结构模式。与庞德同时代的另一意象主义诗人艾米·洛厄尔(Amy Lowell)就曾经创作过多首俳句,用的也是 5－7－5 形式。如果是模仿俳句,庞德对当时的这种俳句形式理应知晓,可见,他是力图以汉诗中的对偶句的形式来表达他的感受和突出他的诗学主张。而正是庞德对这种叠加形式的"方程式"的苦苦探索,影响了一代诗人。

　　我们再看诗律学上的"word"这一概念在该诗中的介入以及所引发的诗律学上的变革。

　　从形式上看,该诗不符合传统英诗音节－重音诗律中的任何一种格律,也不符合可归于纯音节诗律的日本俳句中的"5－7－5"17音节结构模式。实际上，在庞德的复叠对比的两行诗中，每行各有4个实词，其余为虚词。在此，庞德的确关注实词，而其余的虚词，在庞德看来是可以忽略的。庞德是深知源自汉诗的这一特征的。他也曾经总结到："中国诗简洁、含蓄，意象之间不需要媒介，起连接作用的虚词往往可以省略。"

　　该诗不以音节，而以实词作为诗律学意义上的结构模式。这种受中国诗歌形式的影响，以"word"为结构单位的诗歌在西方诗坛也占有一席之地，并且得以继承和发展，而庞德的《在地铁车站》可视为最初的代表。

A Girl

Ezra Pound

The tree has entered my hands,
The sap has ascended my arms,
The tree has grown in my breast —
Downward,
The branches grow out of me, like arms.

Tree you are,
Moss you are,
You are violets with wind above them.
A child - so high - you are,
And all this is folly to the world.

少　女

庞　德

树进入了我的双手，
树液升上我的双臂。
树生长在我的胸中——
往下长，
树枝从我身上长出，宛如臂膀。

你是树，
你是青苔，
你是风中紫罗兰。

你是个孩子——这么高——
而在世界看来这全是蠢话。

(飞白 译)

庞德这首题为《少女》的诗也较为典型地体现了意象叠加的技巧。这是庞德赠给早年恋人 H. D. 的诗。第一诗节中的"树"与第二诗节中的"你"这两个并置的主要意象，构成一种潜意识关系，引发读者充分的想象。

对于这首诗，不同的读者肯定会有各种不同的诠释。表面上看起来，只是进行关于树木的"呈现"，并没有情感的抒发。但其中的情感和思想内涵无疑是非常深沉的。

我们不妨发挥一下我们自己的想象：

首先，我们可以设想，庞德将该诗中的"少女"视为自己的孩子，当她被托在他的手中时，说明她已经从他的身体中分离，但依然是他身体的一个部分。"你是个孩子——这么高"，体现了长者对孩子的敬畏。"而在世界看来这全是蠢话"则说明现实世界对他与少女关系缺乏足够的理解。

其次，我们也可以设想，第一诗节是以少女为第一人称进行叙述，少女着重表述自己的变化。少女为了躲避追逐者，而变成了树木。在古罗马诗人奥维德的《变形记》等作品中，女子变成植物或动物的例子有很多的。在第二诗节中，人称发生变化，以一个男子的身份进行抒情，着重表现男子对少女的赞美和无望的追逐。

无论如何，有一点是明白无误的，那就是庞德对"树"的意象情有独钟。例如在《合同》一诗中，庞德声称与惠特曼"有着共同的树液和树根"，而在《舞姿》一诗中，庞德也形象性地描述："你的手臂像树皮下嫩绿的树苗"。

所以，我们可以肯定的是，在《少女》这首诗中，"我"与"少女"之间，也有着类似《合同》一诗中的"树液"、"树根"的关联和《舞姿》一诗中的比喻。诗中以树液和树根为媒介，沟通你我，让人格特性和形体像树木一样生长，使读者从中体验到少女的美丽，感受到"少女——树"的青春活力和勃勃生机。

Oread

Hilda Doolittle

Whirl up, sea —
whirl your pointed pines,
splash your great pines
on our rocks,

hurl your green over us,

cover us with your pools of fir.

山 林 仙 女

杜立特尔

翻腾吧，大海——

翻腾起你那尖尖的松针，

把你巨大的松针

倾泻在我们的岩石上，

把你的绿色扔在我们身上，

用你池水似的杉覆盖我们。

（赵毅衡 译）

　　《山林仙女》(*Oread*)的作者杜立特尔是著名的意象派女诗人，与庞德是大学同窗，并一度钟情于他，与他订婚。她也是在庞德的影响下开始诗歌创作的。作为优秀的意象派诗人，杜立特尔的作品的力量较早就得到了承认，她曾有过相当大的影响，但她后期诗作未能在题材和风格上进行成功的开拓。

　　《山林女神》是杜立特尔早期作品，也是她最知名的作品之一。从《山林女神》中，我们可以看出，她的诗体现了意象派的创作主张：用语明白简练，绝不拖泥带水，意象呈现清晰明朗，全诗显得像大理石浮雕一般玲珑精致。该诗的触觉感受尤为强烈，将"宽广"和"锐利"两种特性巧妙地合而为一。"大海"的意象代表着宽广，而"松针"的意象无疑代表着"锐利"。给人们的感觉是，集"宽广"和"锐利"于一身的松涛，无比强大和神奇，就连岩石也能够被覆盖和融解。

　　杜立特尔不仅通过庞德受到了中国古典文学的影响，而且还对古希腊神话和文学有着渊博的知识，她的诗集大多数是古典题材，对古典文学的热衷还使她翻译了不少古希腊作家的作品，在译作中同样可以看到她的艺术追求和高超的驾驭语言的技巧。

The Red Wheelbarrow

William Carlos Williams

so much depends

upon

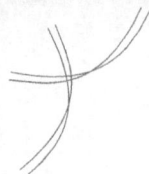

a red wheel
barrow

glazed with rain
water

beside the white
chickens.

红 色 手 推 车
威 廉 斯

很多事情
全靠

一辆红色
小车

被雨淋得
晶亮

傍着几只
白鸡

（飞白 译）

　　美国意象主义诗人威廉斯的著名诗作《红色手推车》典型地体现了对诗歌的视觉效果的追求。全诗通过色彩的强烈对比，以平常的意象构造了一幅简洁生动、生意盎然的画面。

　　正是这种看上去并不意味着任何东西的平常的物体，通过"意象并置"等手法，获取了中国古诗般的意境，得到了广泛的共鸣和丰富多样的诠释。

　　该诗说明，从平凡的生活和物体中可以发现美的品质。淋在雨中的红色手推车，加上没有任何瑕疵的白鸡，构成了一幅普通而又优美的画面。手推车无疑是劳动的象征，但是它同样可以被雨淋得晶亮，说明普通的生活不仅是劳动，同样有着美的享受和对美的感悟。

　　该诗的结构也颇具特色。八行诗中，所采用的 4－2,3－2,3－2,4－2 音节结构，错落有致，富有节奏。虽然有些诗行采用了抑扬格，但是并非贯穿始终。如果说该诗在诗律方面有什么规则，那么也应该是以"word"为结构单位的诗歌结构模式，每一节都是四个"word"，并由 3－1 构成，整首诗是由 3－

1,3—1,3—1,3—1 所构成的,从中不难看出类似于庞德《在地铁车站》那样
的汉诗的影响要素。

Piano

D. H. Lawrence

Softly, in the dusk, a woman is singing to me;
Taking me back down the vista of years, till I see
A child sitting under the piano, in the boom of the
    tingling strings
And pressing the small, poised feet of a mother who smiles as
    she sings.

In spite of myself, the insidious① mastery of song
Betrays me back, till the heart of me weeps to belong
To the old Sunday evenings at home, with winter outside
And hymns in the cozy② parlor, the tinkling piano our guide.

So now it is vain for the singer to burst into clamor③
With the great black piano appassionato④. The glamour
Of childish days is upon me, my manhood is cast
Down in the flood of remembrance, I weep like a child for the
    past.

钢　琴

劳伦斯

黄昏中,一个女人对我轻柔地歌唱,
引起我对往事的追忆,我看到
一个孩子坐在钢琴下,在清脆的旋律中,
触摸且唱且笑的母亲放平的小脚。

我不由自主,被歌的巨大魔力召回到过去,

---

① insidious [inˈsidiəs] adj. 阴险的。
② cozy [ˈkəuzi] adj. 舒适的;安逸的。
③ clamor [ˈklæmə] n. v. 喧闹;叫嚷。
④ appassionato [əˌpɑːsiəˈnɑːtəu] adj. 热情的;[音]热切的。

第九章　现代诗歌的文法学校

我心中哭着想起家中的周末夜晚，

丁当的琴声引导我们唱着圣歌，

屋外一片隆冬，客厅里舒适温暖。

现在，歌者放声高唱只是枉然，

黑色大钢琴的狂奏也不再使我动心，

儿时的异彩占据了我，成年被回忆的洪流

冲毁，我思念过去，哭得像个幼婴。①

劳伦斯是英国 20 世纪最独特最有争议的一位作家，是英国诗歌史上的一位极其重要的现代诗人，被人称为文学领域里的"双重冠军"。他一生作诗一千多首，这些诗成了他文学创作的重要组成部分，也是他一生中的欢乐与痛苦以及思想感受的重要记录。他早期诗歌有着浓郁的自传色彩，主题主要是爱情，第一部诗集《爱情诗及其他》于 1913 年出版。1912 年，他与情妇弗莉达（他的一个老师的妻子）私奔至德、意等国，至 1914 年正式结婚，出版于 1917 年的诗集《瞧！我们走过来了！》是庆祝结合的新婚曲和爱的颂歌。他的中期创作摆脱了自传性的束缚，在非人类的自然界开拓了新的诗歌天地，著有诗集《鸟·兽·花》。他晚期的著名诗集是《最后的诗》，主要是歌颂死亡的欢乐和死后的永生。劳伦斯的诗歌对许多英美现当代诗人产生过影响，现在越来越受到西方文学研究者的关注。

《钢琴》是劳伦斯早期最著名的诗作，也是他的代表作之一。该诗曾被选入并且仍被选入各种各样的诗歌选本和文科教材。它为何能被多次入选呢？英国的劳伦斯研究专家品托指出：这是"因为很多编者认为该诗是感伤的怀旧心理的表现"。其实远远不止这些，尽管该诗形式短小，但容量极大，简短的形式中容纳了深厚的情感。正如品托所说，《钢琴》是"情感的一次诚实的记录"。该诗中所表现出来的情感是极为丰富复杂的，除了对往事的追忆这种怀旧情绪之外，其中还有着无限的柔情和崇敬，有着作为儿子对母亲的强烈的眷恋，有着对现实深沉的哀怨，有着对儿时的纯洁之心的沉迷，有着对艺术的神奇魔力的叹服……蕴含的内容太多了，太丰富了。这些丰富复杂的情感通过诗的形式，作了一次"记录"。这些情感之潮，也并非是像浪漫主义诗人那样哗然喷放而出，而是受到抑制的。这种受到抑制的情感随着感情的"记录仪"——诗句——一丝一缕地流露出来。

在诗的开头，情感被歌声所唤醒，这歌声把童年的情景推到诗人的眼前；

① 引自吴笛译：《劳伦斯诗选》，漓江出版社 1988 年版。

被歌声唤醒的情感又受到歌声的控制,随着歌声的高低而时起时伏。诗人认识到了歌声的这种"狡诈",因此,虽然他的情感屈服于歌声的控制,但随着歌声的继续,随着诗句的展开,他的情感开始"背叛"歌声,开始"失控"。到了诗的最后一节,情感完全"背叛"了歌声,一发不可收拾,就连黑色大钢琴的狂奏猛敲也不再能把他惊醒了。他完全沉浸在对过去的回忆之中。仅仅是回忆吗?那他又为何一洒热泪,像孩子似的哀哭?其中的情感的奥秘我们难以得知和领悟,但我们又何必对此刨根究底,既然他的情感已经"背叛"了歌声,我们又何必忠实地沉湎于他的"回忆的洪流"?

Green

D. H. Lawrence

The dawn was apple-green,
The sky was green wine held up in the sun,
The moon was a golden petal between.

She opened her eyes, and green
They shone, clear like flowers undone[①],
For the first time, now for the first time seen.

绿

劳伦斯

黎明是一片苹果绿,
天空是举起在太阳下的绿酒;
月亮是两者间的金色花瓣。

她睁开眼睛,射出
绿色光彩,纯净灵秀
像初绽的鲜花,此刻被人发现。

(吴笛 译)

劳伦斯的《绿》是一首典型的具有意象派特征的诗歌。该诗虽然是以景色呈现为主,但是我们透过"绿"的色调,感知到情感的力度。

在该诗的第一诗节,中心意象是"绿"。绿色是生命的颜色,也是大自然

第九章 现代诗歌的文法学校

---

① Past participle of undo (to open; unwrap).

的基本颜色。在绿色的黎明和绿色的天空的映衬之下,月亮的意象尤为显眼。诗人以绿叶和金色花瓣来"呈现"夜空中的这一轮明月,显得博大、空灵。

第二诗节着重抒写月亮的意象,也同样突出了绿色。其实,英语中的green(绿)是源自于古英语 growan(成长),因此,"绿色"与"成长"密不可分,表现了与月亮意象相关的象征寓意。

《绿》选自诗集《瞧! 我们走过来了!》,是该诗集中的重要的一首。该诗集更是一部心灵活动的诗的记录。1912 年,他与情人弗莉达(他的一个老师的德国妻子)私奔到了德、意等国,1914 年,弗莉达与前夫解除了婚姻,与劳伦斯结婚。《瞧! 我们走过来了!》是庆祝他们结合的新婚曲,是爱的贺颂,是他们早期婚姻生活中欢乐与痛苦的记录。有学者认为《绿》这首诗的创作,是从弗莉达的眼睛中得到灵感的。那么,"月亮"意象与"眼睛"的叠加,既强化了"初绽的鲜花"的比喻,又引发了初次"发现"爱情的欢欣。在劳伦斯的笔下,月亮意象,是常常以初恋的形象出现的(如《一朵白花》)。

《绿》属于劳伦斯的早期诗歌,从中可以看出,他的早期首先具有一种内在的诚实和明快的气质,表现了画家的眼力,也表明了诗人的眼力,使诗的形象清新自然,生动逼真,具有动人美感的一面,同时,联想大胆而新鲜,比喻深刻而真切,不仅有着画家的视觉感受,还有着敏锐的触觉感受,诗人用具有触觉的语汇来塑造抒情诗形象,触击和打动读者的心灵。

I've Quit My Father's Home

Sergei Esenin

I've quit my father's home
And left blue Russ. With three
Bright stars the birch-tree grove
Consoles my mother's grief.

The moon has, like a frog,
Upon the pond appeared.
Like apple blossom, locks
Of grey fleck father's beard.

I shall not soon come back!
Long shall snow blow in the yard.
Our one-legged maple shall
Over blue Russ stand guard.

To kiss its raining leaves
Is joy, and none so fine—
The head of the maple-tree
So closely resembles mine.

Translated by Peter Tempest

我辞别了我出生的屋子
叶赛宁

我辞别了我出生的屋子，
离开了天蓝的俄罗斯。
白桦林像三颗星临照水池
温暖着老母亲的愁思。

月亮像一只金色的蛙
扁扁地趴在安静的水面。
恰似那流云般的苹果花——
老父的胡须已花白一片。

我的归来呀，遥遥无期，
风雪将久久地歌唱不止，
唯有老枫树单脚独立，
守护着天蓝色的俄罗斯。

凡是爱吻落叶之雨的人，
见到那棵树肯定喜欢，
就因为那棵老枫树啊——
它的容颜像我的容颜。

（顾蕴璞 译）

　　高尔基曾说："谢尔盖·叶赛宁与其说是人，还不如说是一个器官，是大自然专门为了写诗，为了表达出不绝的'田野的哀愁'，为了表达出对世界上一切生物的爱以及人们所应得到的仁慈而创造的。"

　　《我辞别了我出生的屋子》表达的正是这样的一种"田野的哀愁"。这种哀愁又是通过富于音乐性的词语和富于画面感的意象而传达给读者的。我们阅读的时候，觉得一连串奇兀的意象令人目不暇接，但是，诗人总是以大自然的变幻，来表达情绪的变化，也总是以大自然的意象来充当客观对应物，与

人的情感进行沟通。在第一诗节中,安抚老母亲愁思的,是一片白桦林;第二诗节中,表达思乡情怀的,是一轮明月;第三诗节中,反映归来"遥遥无期"的,是风雪,久久吟唱的风雪;第四诗节中,展现物我合一的,则是"像我的容颜"的一棵枫树。

该诗中的一个突出的特色是大胆而出色地使用比喻这一技巧。在诗人的笔下,白桦林像"临照水池"的三颗星辰,老父的花白的胡须,恰似"流云般的苹果花",而月亮则像"一只金色的蛙","扁扁地趴在安静的水面"。这些比喻,生动感人,既以出色的才华抒发了复杂多变的心理感受,令人获得美的愉悦,又以人与自然的完全融合的思想,突出和深化了作品的内涵。

第十章　现代轮船上的传统乘客

——20世纪诗歌欣赏

第一节　20世纪诗歌概论

20世纪欧美诗歌大体包括传统诗歌、现代主义诗歌和后现代主义诗歌等部分。传统诗歌坚持诗歌的艺术规范和美学观念；现代诗歌具有极其强烈的反传统倾向；后现代主义诗歌的概念相对比较抽象，难以统一，但是在许多方面逐步脱离现代派所确定的方向，如自白派诗人对自我的表现和对内心的探索等，是在一定意义上的对传统浪漫主义及其传统价值的理性复归。

20世纪的欧洲文学与19世纪及其以前的文学不同，不再由某一种思潮流派控制文坛，而是由几种文学思潮、方法并行发展，它们之间既有相互对立的一面，也有相互影响的一面。这也是由复杂的历史背景所形成的。

20世纪诗歌在诗学思想和诗歌形式上发生了一系列剧变。一方面，传统的诗歌形式仍然被继承和发展，如叶赛宁、弗罗斯特等；另一方面，也有一些作家进行诗歌形式的大胆的开拓和创新，如庞德、沃兹涅先斯基等，还有一些诗人在继承传统的基础上进行探索和创新，如哈代等。

现代欧美诗歌的主要流派在欧美现代文学，尤其是现代主义文学中占据极其重要的地位。现代欧美诗歌的主要流派除了象征主义和意象主义，还有表现主义、未来主义、超现实主义以及当代诗歌中的自白派、垮掉派等多种诗歌流派。

表现主义诗歌主要在德国。表现主义艺术家激烈反对印象主义—自然主义的美学原则，主张突破外部的物理表象，表现内部的精神实质；主张突破纯客观的描摹，转向主观情感的表现。

未来主义的成就除主将马里内蒂外，重要的诗人还有意大利的帕拉采斯基(1885－1974)、卢齐尼(1867－1914)、帕皮尼(1881－1956)，法国的阿波里奈(1880－1918)以及俄罗斯的马雅可夫斯基等。未来主义运动虽存在时间不长，且主张过于偏激，但影响遍及全欧，并对现代主义文学的形成和发展具有一定的奠基意义。

超现实主义团体是以布勒东、阿拉贡和保罗·艾吕雅等为首的一批激进文学青年组成的,在运动发展过程中又不断分化组合。他们曾接受过马克思主义"改造社会"的观点,积极投身政治斗争,反对资本主义制度,但总体而论,他们更向往绝对的思想自由和行动自由,政治思想上属无政府主义体系。

当代诗歌中的自白派、垮掉派等流派也被一些学者称为后现代主义诗歌。"垮掉的一代"(Beat Generation)是对沉闷的政治空气和学院派"高雅"文化的一种病态的反叛。他们自称是"诗人、浪子、毒鬼三位一体"的年轻文化人。这一派执意撇开传统,破坏一切固有的形式和正常规律,因而形象粗犷,语言粗俗晦涩。代表性的作品有凯鲁亚克的《在路上》(On the Road)和金斯堡的《嚎叫》(Howl)等。

美国"自白派"诗歌(Confessional Poetry),作为美国 50 年代中期到 60 年代的一个成就突出的诗歌流派,是对 20 世纪上半叶美国诗坛上占统治地位的现代主义诗歌及其理论的一个反叛。尤其是对意象派诗歌和艾略特的学院派诗风及其影响甚远的"非个性化"诗歌理论的一个反叛。意象派诗歌强调"直接处理无论主观还是客观的事物",并且宣称"绝对不用任何无益于表达的词",从而排斥"主观性"。而艾略特的"非个性化"理论也是基本上对传统浪漫主义"重情感"和"重自我"等主观化倾向的强烈反叛,从而又走向"逃避自我"的另一个极端。

美国"自白派"诗人流露出哀伤的情调更为浓郁,对心灵的展现也更为透彻。美国有学者在评价自白派诗歌时认为:"永恒的磨难意识是一切自白艺术的原动力。"

此外,20 世纪的拉丁美洲,文学特别繁荣,出现了智利的米斯特拉尔、聂鲁达,墨西哥的帕斯等许多举世闻名的伟大诗人。正是这些诗人的艺术贡献,使得西语文学出现了 16、17 世纪之后的又一次繁荣。

俄罗斯马雅可夫斯基等未来主义诗人曾经宣称要把普希金等传统诗人从现代轮船上抛下去,然而,在现代轮船上,仍然载着许多重要的"传统乘客",普希金的传统不仅没有抛却,反而得以发扬,20 世纪,传统的现实主义诗歌创作仍占有一席之地,同样取得了突出的成就。一些传统的现实主义诗人,主要是继承了 19 世纪批判现实主义文学的优秀传统,所以也可称为传统诗人。他们的创作在思想上以及在艺术方面与 19 世纪批判现实主义文学有许多共同之处,同时,对整个 20 世纪现实主义诗歌的发展,也具有一定的奠基作用。

在思想内容上,他们继承传统的道德观念和价值尺度以及传统的题材范围。就文学特征而言,他们在继承传统手法的基础上,也有了一定的发展和创新。首先,他们在客观反映现实的同时,并不排斥想象,也不一味地排斥主观性。其次,在面向社会、正视社会的同时,并不逃避自然,有些现实主义诗人甚至是优秀的"自然诗人"。再则,在形式上,继承传统"抒情诗"的特性,在诗律方面也严格按照传统的规则作诗。但是,有些诗人借鉴并融会各种不同的现代主义诗派的艺术手法和技巧,在形式上也力求创新。最后,在性格塑造时(主要是指戏剧诗和叙事诗),现实主义诗人倾向于对人的精神世界进行开拓,对多层次的复杂的心理进行探索。

在现代欧美诗歌中,有不少作家坚持用现实主义手法进行创作。其中较重要的作家有英国的哈代、俄罗斯的布宁以及美国的弗罗斯特等。

哈代(1840—1928)是一位极具时代精神和现代性的作家。他既以小说创作成为 19 世纪后期英国批判现实主义文学的主要代表,又以诗歌创作方面的杰出成就而被誉为"现代诗歌之父"。无论在我国还是在西方,哈代都是极受关注的作家和学术界研究的一个焦点。对哈代的研读,吸引了众多的读者和研究者的兴趣;对哈代的接受、传播和研究,与英美现代文学的进程和文化思潮的变迁有着密切的关联。

哈代的诗歌充满着悲剧意识。但是,哈代的悲观主义思想产生于一种科学的世界观,具有一定的认知价值。他并不主张"乐观主义"地粉饰现实,而是主张忠实地展现社会的本来面目,从而诊断出社会"疾病",达到进化向善的目的。哈代在许多场合阐述过自己的"进化向善论"(Meliorism),并在自己的创作中以这种思想为指导。他认为,要改善这悲惨的世界需要有三个条件:第一,人类要看到现实的丑恶,这是改善现实的出发点……第二,由于造物主对人类的疾苦无动于衷,所以,要改善世界,只有靠人类自己努力奋斗;第三,为改善世界,人类必须从某种信仰中得到启示和指导。所以,哈代的悲观主义,尤其是"进化向善论"思想,是有着重要的积极意义的,研究这一思想,对于我们理解和鉴赏他的文学创作,是不可忽略的。

综观哈代的近千首诗作,尽管它们丰富多彩,千姿百态,有时也不乏喜剧色彩,有时也出现一些色彩明朗的作品,但就基调而言,却是悲观的。犹如小说创作,他时常描写一些悲惨的偶然细节和悲惨的必然结局。不过就主题和内容而言,他的作品已不限于"威塞克斯小说"的人物的悲惨命运了,而是将场景范围扩大了,内容更为丰富复杂了,所表现出的悲哀更为沉重,悲剧意识也更加深刻了。尽管他的诗歌主题繁复丰富、表现的思想庞杂多变,但似乎都围绕着一个轴心,即深沉的悲哀,同时有着内在的魅力、悲剧的力量、冷隽的美感、独特的诗意以及高超的技艺。而且,由于哈代反映了许多西方现代人共有的心绪,所以,他目前在国际诗坛上备受推崇。

布宁(1870—1953)是第一位获得诺贝尔文学奖的俄罗斯作家,既是小说家,也是诗人,被认为是俄国批判现实主义作家中的最后一位代表。生于沃罗涅日的一个破落的贵族家庭,在优美的乡村度过了自己的童年。他没有念完中学就因经济拮据而辗转各地,当过图书管理员、校对员、统计员。80 年代末和 90 年代初,他在思想上曾受到颓废主义和托尔斯泰主义的影响,但很快发生转变。后来与民主主义作家接近。1899 年,结识高尔基,并为高尔基主办的知识出版社撰稿。1917 年后,布宁不理解十月革命的意义,对十月革命持敌视的态度,并于 1920 年侨居法国,后来在巴黎逝世。布宁从小爱好文学艺术,16 岁时便发表诗作。1901 年,他出版的诗集《落叶》获得普希金奖。他从事诗歌创作的年代,正逢现代诗派风靡一时,但布宁的诗歌继承了俄罗斯现实主义抒情诗的传统,稍带一些自然主义或巴那斯派的色彩。他的诗歌情感真诚,视野敏锐,描写细腻,语言明澈,构思别致,主要以抒情见长,缺少哲理的概括。他诗歌的基本主题犹如他的小说,常常抒写大自然的富饶和悲凉之美,以及黑夜、孤寂与死亡。他在自己的诗中,对祖国的大地满怀眷恋之情,赞美大自然和田园诗般的恬静的生活,怀念逝去的理想化的往昔,也不时面对生存的悲哀流露出孤独、悲观和忧伤的情感。

弗罗斯特(Robert Lee Frost,1874－1963)是一个大器晚成的杰出的抒情诗人。他将近 40 岁时才发现了自己的创作专长,出版了第一部诗集《一个男孩的愿望》(*A Boy's Will*,1913),然后,他又继续创作了 40 个春秋,在晚期,直到 1963 年逝世,他被认为是美国自朗费罗之后的最孚众望的诗人,"在弗罗斯特 89 岁高龄去世之前的将近半个世纪的时间里,他一直被看成美国非官方的桂冠诗人"①。

他的第二部诗集《波士顿的北方》(*North of Boston*)于 1914 年出版,同样获得了评论界的赞赏。

弗罗斯特在英格兰还结识了一些美国诗人,其中包括意象主义大师庞德和艾米·洛厄尔。但弗罗斯特这个时期的作品主要是表现英格兰的乡村,同格瑞夫斯(Robert Graves)等乔治时代的诗人比较接近。1915 年弗罗斯特一家回到了美国,他的诗歌也在美国广受欢迎。他以诗歌创作和教学活动度过了余下的生涯,创作了《新罕布什尔》(*New Hampshire*,1923)、《向西奔腾的溪流》(*West-Running Brook*,1928)、《以树作证》(*A Witness Tree*,1942)等多部诗集。

弗罗斯特在公众之中的形象是一个质朴的田园诗人。人们惊叹于他以美国地方语言风格对新英格兰乡村日常生活的描述。他的诗歌王国建立在

---

① Helen vendler:*Voices and visions*,New York:Random House,1987,p. 91.

农村自然之中。他总是选择狭小的世界。但尽管诗的素材范围较窄,诗歌本身却具有复杂的内涵和微妙的情调。

弗罗斯特是一位传统意义上的田园诗人。评论家莱尼恩(John F. Lynen)在《罗伯特·弗罗斯特田园诗的艺术》一书中认为:"弗罗斯特像古老的田园诗作家一样,力图让我们感觉到田园世界大体上是人类生活的代表。"与此同时,弗罗斯特又是一位一定意义上的"现代主义"诗人,连现代主义大师庞德也对他发生了浓厚的兴趣。弗罗斯特非常熟悉一些现代派诗歌艺术,并时常在自己的创作中汲取现代派诗歌的技巧,如悖论、象征等他都运用得极为娴熟。

可见,在田园诗人弗罗斯特的抒情诗中,无论就表达"始于情趣,终于智慧"的诗学主张,还是就体现语言风格或者诗歌技巧进行考察,我们都可以发现,他的诗歌生命的特质是基于自然意象的,他在非人类的自然意象中,探索着人与自然的关联以及人类的奥秘。捕捉于大千世界的自然意象,尤其是花草树木等植物类自然意象,在他的艺术创作以及思想的探究中,都起着至关重要的作用。

第二节　20世纪诗歌赏析

The Darkling Thrush[①]

Thomas Hardy

I leant upon a coppice[②] gate
　　When Frost was spectre-gray,
And Winter's dregs made desolate
　　The weakening eye of day.
The tangled bine-stems scored the sky
　　Like strings of broken lyres,
And all mankind that haunted nigh
　　Had sought their household fires.

The land's sharp features seemed to be
　　The Century's corpse outleant,

① thrush [θrʌʃ] n. 画眉;鸫鸟。
② coppice ['kɔpis] n. 矮林。

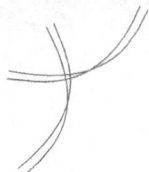

His crypt the cloudy canopy,
    The wind his death-lament.
The ancient pulse of germ and birth
    Was shrunken hard and dry,
And every spirit upon earth
    Seemed fevourless as I.

At once a voice arose among
    The bleak twigs overhead
In a full-hearted evensong
    Of joy illimited;
An aged thrush, frail, gaunt, and small,
    In blast-beruffled plume,
Had chosen thus to fling his soul
    Upon the growing gloom.

So little cause for carolings
    Of such ecstatic sound
Was written on terrestrial things
    Afar or nigh around,
That I could think there trembled through
    His happy good—night air
Some blessed Hope, whereof he knew
And I was unaware.

黑暗中的鸫鸟
哈　代

我倚在以树丛作篱的门边，
　寒霜像幽灵般发灰，
冬的沉渣使那白日之眼
　在苍白中更添憔悴。
纠缠的藤蔓在天上划线，
　宛如断了的琴弦，
而出没附近的一切人类
　都已退到家中火边。

陆地轮廓分明，望去恰似
　　斜卧着世纪的尸体，
阴沉的天穹是他的墓室，
　　风在为他哀悼哭泣。
自古以来萌芽生长的冲动
　　已收缩得又干又硬，
大地上每个灵魂与我一同
　　似乎都已丧失热情。

突然间，头顶上有个声音
　　在细枝萧瑟间升起，
一曲黄昏之歌满腔热情
　　唱出了无限欣喜，——
这是一只鸫鸟，瘦弱、老衰，
　　羽毛被阵风吹乱，
却决心把它的心灵敞开，
　　倾泻向浓浓的黑暗。

远远近近，任你四处寻找，
　　在地面的万物上
值得欢唱的原因是那么少，
　　是什么使它欣喜若狂？
这使我觉得：它颤音的歌词，
　　它欢乐曲晚安曲调
含有某种幸福希望——为它所知
　　而不为我所晓。

（飞白　译）

第十章　现代轮船上的传统乘客

　　作为抒情诗人，哈代是一位善于寄情于景，将自然景物与人类心灵和情感世界密切契合的"自然诗人"，自然意象在揭示主题、表达复杂的思想情绪等方面，常常起着画龙点睛的神奇效果。在哈代的独特的视野中，自然界的一草一木都具有与人类共同的灵性和情感，都有着深刻的文化内涵和象征寓意。他将自然意象作为表达自己情感的独到的载体，正是这些经过诗化的自然意象，构筑了繁富多彩的诗人的宇宙和星空。

　　抒情诗《黑暗中的鸫鸟》（*The Darkling Thrush*），正是这样的一首出色的"自然诗篇"，也是哈代最具代表性的诗歌作品之一。在论及这首诗时，英国诗人阿尔弗雷德·诺伊斯给予极高的评价,称它为"抒情的语言所能写出的最出色的哀婉动人的抒情诗,可以说是世界上最优美的抒情诗之一"①。

《黑暗中的鸫鸟》这首诗的出色之处不仅在于诗歌语言的优美动人、诗歌意象和诗人心境之间的和谐自然,以及诗歌中所使用的一系列精彩的形象化的富有现代色彩的比喻,而且更在于通过鸫鸟的意象反映了抒情主人公低沉悲观的情调中黯然闪现希望之光的心境,联系到该诗特定的创作日期和具体时辰,作品更加具有了一种深远的意境和普遍的意义,表达了人们在面临英国维多利亚时代即将终结以及新的时代将要开始之时的担忧、疑虑、期盼等交织一起的复杂的情感。

具体地说,该诗作于19世纪的最后一个黄昏。当时,在1896年长篇小说《无名的裘德》出版之后,哈代曾因小说中的尖锐的批判精神而遭受了来自各个方面的抨击,他终于放弃小说创作,心理上趋于悲观失望,所创作的诗歌也蒙上了一层悲哀和阴郁的色彩。他这种心理上的嬗变在他这一时期(即19世纪的最后几年)的诗作中明显地表现出来,他在一首接一首的诗歌作品中描写外部世界的荒凉与凛冽,以及自己对生活和时代的幻灭感。可是,在这个19世纪的最后的一个傍晚,他凝望户外,却对自然景象有了一种双重的分裂的感受力,一方面强烈地感受到自然界的荒凉与凛冽,另一方面却感受到了新世纪的一线曙光。

该诗共分四节,诗的第一、二两节表现的是抒情主人公对待大自然的第一种感受,即荒凉与凛冽的感受。

第一诗节描写抒情主人公倚在篱门边上,仿佛在向自然界寻求宽慰,可是自然界并没有成为浪漫主义诗人所乐于表现的逃避人类的避难所和"美的源泉",大自然所展现的一切景象不仅不能使他得到宽慰,反而使他更添憔悴。他所感知的是残冬的一片凋零。

接着,在第二诗节中,诗人将"世纪末"的情绪进一步形象化地拓展。在这一诗节中,诗人从眼前所见的自然景象逐步扩展到整个大地和苍穹,并出色地运用比喻技巧,把大地比作"斜卧着的世纪的尸体",把苍穹比作是这具尸体的墓室,把呼啸的寒风比作围着尸体悲哽哭泣的悼念者,从而把世纪末的大地的一片死寂、悲哀的惨景刻画得淋漓尽致。随后,诗人又将对自然景物的描写与人的情感世界的刻画结合起来,抒写与外部凛冽大地相吻合的内心世界的冷寂,诗人既从自然界中探索自身生活的悲剧的源泉,让自然景色像人类生活一样可悲可泣,又以人类的悲哀来衬托自然景色的凄惨,把自然

---

① 转引自拙著《哈代研究》,浙江文艺出版社1994年版,第260页。

界的萧条和人类世界的悲戚都推到了使人感到绝望的"世纪末"的边缘。

　　然而,诗人并没有沉溺在悲哀的残冬景象之中,而是有着华兹华斯式的希冀,到了该诗的第三节,诗人笔锋突然一转,开始表现对大自然的截然不同的第二种感受。在使人感到冲动枯萎、激情丧尽的一片凄凉的残冬景象中,却突然从细枝间响起了鸫鸟的无限欣喜的歌声。这只鸫鸟虽然"瘦弱、老衰、羽毛被阵风吹乱",但它却敞开心怀,放声歌唱。正是在鸫鸟的那一声声颤音中,抒情主人公感受到了欢乐和希望。

　　因此,在该诗的最后一个诗节中,鸫鸟的欢乐的歌声发生了一种"移情"作用。虽然是凛冽的寒冬的傍晚,虽然周围的现实世界依然充满着悲哀和阴郁,但是抒情主人公在该诗的最后一个诗节中,从鸫鸟的黄昏之歌中领略到一种对未来世界和新时代的希望的顿悟:鸟儿尚在欢唱,自己为何悲观失望?这样,自然界的鸫鸟这一意象不仅具有了代表自然界美的一面的独立的存在空间和内涵,而且也成了人类情感和思想发生转变的"客观对应物"。鸫鸟把自己的欢乐的歌声向渐浓的黑暗倾泻,它的歌声是那么悦耳,那么"欣喜若狂",莫非这只跨世纪的鸟儿能透过这最后一个黑夜,看到茫茫天地之间闪现出的新世纪的希望的光芒?

　　所以,该诗是哈代在与 19 世纪告别时所作的诗意的总结。以浪漫主义的理想而开始的 19 世纪,到头来结束于批判现实主义,结束于人的价值观和人的信仰的丧失。但是,尽管理想的王国未能实现,人类的发展毕竟会"进化向善",因此,该诗的最后又有了人所不知的欢乐和新世纪的曙光。正是鸫鸟这一意象的双重性和世纪之交的特定的象征寓意性,使得该诗成为广受赞美、广为传诵的不朽名作。

The Beauty

Thomas Hardy

O do not praise my beauty more,
　In such word — wild degree,
And say I am one all eyes adore;
　For these things harass me!

But do for ever softly say:
　"From now unto the end
Come weal, come wanzing, come what may,
　Dear, I will be your friend."

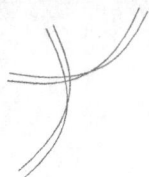

I hate my beauty in the glass:
　　My beauty is not I:
I wear it: none cares whether, alas,
　　Its wearer live or die!

The inner I, O care for, then,
　　Yea, me and what I am,
And shall be at the gray hour when
　　My cheek begins to clam.

美 人 儿
哈　代

哦,莫要慷慨地夸耀我的美丽,
　　达到如此措辞不当的程度,
莫要说我是众人敬慕的对象,
　　因为这些话使我遭受困苦!

但请永远温柔地诉说:
　　"自现在直至白首,
不管是祸是福,不管发生什么,
　　亲爱的,我始终是你的朋友。"

我憎恨我在镜中的美丽:
　　我的美丽不是我本人,
是我穿着它,然而无人关心
　　穿戴者是死亡还是生存!

内部的我呀,哦,却关心
　　我是何人,又将成为何人,
在将来那些阴郁的时刻,
　　当我面颊开始奏出错音。

（吴笛　译）

　　《美人儿》一诗选自诗集《早期与晚期抒情诗》。首先得了解一下此诗的背景:在伦敦,有一个瑞士糖果商的女儿,名叫韦蕾(Miss Verrey),她容貌端庄秀丽,无比迷人,无聊的人们常把她当作茶余饭后的谈资,为此她感到非常气恼,最后郁郁而死。

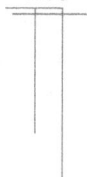

这首诗在形式上受到勃朗宁戏剧独白诗的影响,是一首典型的戏剧独白诗。这类诗中的独白者是处在一定的戏剧情境之中,其独白既不是自言自语,也不是为展现心理的需要所进行的内心独白。独白者是一定的戏剧情境中的一个人物,戏剧独白诗便是这个剧中人向另外一个剧中人所说的一段话。该诗的独白者便是美人韦蕾,另一个剧中人,不难猜测,是对美人的外貌慷慨夸耀、并且对她爱慕的男性朋友。全诗通过美人向另一个剧中人叙说的形式,使独白者一层一层表露自己的思想、展现自己的心灵,告诫人们不要看重外的美貌,而要看重心灵的形象,不要立足于口头上的赞美,而要立足于心灵的沟通。

诗人通过美人之口表明,一个人有两个"自我",即外在的自我和内在的自我。外在的自我只是一种形式,一种服饰,而内在的自我才是这种服饰的"穿戴者",才是实在的、本质上的自我。"服饰"上的美色是要随着岁月而变更的,花容月貌熬不过时光老人的毁损,红颜凋谢是不可避免的事实,而心灵上的美色却能永驻,外在的自我是会"奏出错音"的,而内在的自我则始终关心着生命的本体和生命的发展,所以,保持心灵上的美色更为重要。哈代在先前所作的收在《时光的笑柄》中的《以前的美人》一诗,也表达过类似的思想,强调"内在自我"的重要性,并认为,一个人失去表面上的美色并不可悲,可悲的是失去心灵的记忆和心灵的形象。

可见,《美人儿》一诗表现了诗人哈代的独特的审美观。

Afterwards
Thomas Hardy

When the Present has latched its postern behind my tremulous stay,
And the May month flaps its glad green leaves like wings,
Delicate-filmed as new-spun silk, will the neighbours say,
"He was a man who used to notice such things"?

If it be in the dusk when, like an eyelid's soundless blink,
The dewfall-hawk comes crossing the shades to alight
Upon the wind-warped upland thorn, a gazer may think,
"To him this must have been a familiar sight."

If I pass during some nocturnal blackness, mothy and warm,
When the hedgehog travels furtively over the lawn,
One may say, "He strove that such innocent creatures should come to

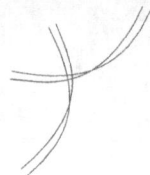

no harm,
But he could do little for them; and now he is gone. "

If, when hearing that I have been stilled at last, they stand at the door,
Watching the full-starred heavens that winter sees,
Will this thought rise on those who will meet my face no more,
"He was one who had an eye for such mysteries"?

And will any say when my bell of quittance is heard in the gloom,
And a crossing breeze cuts a pause in its outrollings,
Till they rise again, as they were a new bell's boom,
"He hears it not now, but used to notice such things"?

以　后
哈　代

当"现在"在我不安的逗留告终时闩上了后门,
当五月扑动欢乐的绿叶像鸟儿鼓翅。
片片都覆盖着精细的膜如同蛛丝,邻居们
会不会说;"他平素爱注意这样的事?"

如果在暮色里.夜隼随着寒露悄悄下降,
穿过暗影飞来,像眨眼般无声无息,
落在被风压弯的山地荆棘上,凝视者会想:
"对于他,这景象该是多么熟悉。"

如果我消逝于夜蛾飞舞的温暖的黑夜,
当那刺猬小心翼翼地漫游草地,
有人会说:"他力求使这些无辜生物不受迫害,
但他也无能为力;而如今他已离去。"

如果听得我最终归于沉默,人们站在门口
凝望着冬夜缀满天空的星斗辉煌,
永远告别了我的人们,会不会浮起一个念头
"他最善于欣赏这样的神奇景象?"

当暮色苍茫中响起我离去的钟声,它的嗡鸣
被逆风切断而暂止,待到再响之时,

恰似另一口新钟,这时会不会有人说:"他如今
听不见了,但他平素爱捕捉细微的事?"

(飞白 译)

《以后》作于 1917 年,当时哈代已是 77 岁高龄的老人了。这般高龄的老年人,必将出现死亡将至的念头。而死亡将至的念头又会大大改变人的自我意识。怎样对待死亡,怎样看待"以后"? 诗作自始至终贯穿着有关这一问题的思考。

《以后》共分五节,从结构上看,每节是一个完整的句子。开头一节和最后一节都是疑问句,而且重复最后的短语。每节的第一行都是涉及死亡的短语,如:"闩上后门"、"在暮色里"、"消逝于黑夜"、"归于沉默"、"离去",等等。而每节的最后一行则多半是涉及生存活动的短语,如"注意"、"熟悉"、"欣赏"、"捕捉",等等。这样,从结构上就造成了生与死的对立与冲撞。

我们再从使用意象上来看,这首诗的每一节都以一个不同的自然意象为中心,第一节是"绿叶",第二节是"夜隼",第三节是"夜蛾"和"刺猬",第四节是"星斗",最后一节是"钟声"。这些自然界中的生物与非生物意象也都能使人联想到生存与死亡。第一节的绿叶的意象充满着生命的活力,"五月"、"鸟儿鼓翅"、"扑动"等词的运用更增添了青春的活力和生命的气息。然而,春的气息是短暂的,第二节中便出现了秋天的"寒露",第四节中又出现了"冬夜",到了第五节便是寒风瑟瑟、丧钟声声,一切都归于虚无了。诗人以自然界中的春去冬来的季节的交替,来喻指从诞生到死亡的人生的历程。

那么,诗人对人生历程的这种思考说明了什么呢? 对于这一问题,评论界存在着各种不同的看法。有人认为是表现诗人对生活的幸福的感恩(威恩),有人认为是表达诗人对真善美的向往(刘易斯),有人认为表现了诗人忍受命运安排的悲观情绪(米切尔),有人认为是哀叹生命的短暂和死亡的可悲,还有人认为是在求索生活的神秘、宇宙的神秘。

笔者认为,这首诗主要还是通过对死亡的哀叹来表现强烈的怀旧心理,通过对生命之冬的阴森气氛的渲染,来表现对生命之春的回忆。怀旧情绪是哈代表现在晚期创作中的一个重要特点,对现实世界的幻灭感,使得他沉湎于对往昔的追思和回忆之中,妄想在回忆中求得自我的完善,对昔日的纯真自我的追思,成了他晚年诗歌的突出的主题。这首诗也如他在晚年所作的其他大量诗歌一样,是在重温遥远的情感,再现遥远的往事。在他看来,现实的一切都是短暂的,瞬将消逝的,唯有美好的过去才是永恒的。

Stopping by Woods on a Snowy Evening
Frost

Whose woods these are I think I know.
His house is in the village, though;
He will not see me stopping here
To watch his woods fill up with snow.

My little horse must think it queer
To stop without a farmhouse near
Between the woods and frozen lake
The darkest evening of the year.

He gives his harness① bells a shake
To ask if there is some mistake.
The only other sound's the sweep
Of easy wind and downy flake.

The woods are lovely, dark and deep,
But I have promises to keep,
And miles to go before I sleep,
And miles to go before I sleep.

雪夜林边小立
弗罗斯特

我想我认识树林的主人，
他家住在林外的农村；
他不会看见我暂停此地，
欣赏他披上雪装的树林。

我的小马准抱着个疑团：
干吗停在这儿，不见人烟，
在一年中最黑的晚上，
停在树林和冰湖之间。

---

① harness ['hɑːnis] n. (全套)马具；系在身上的绳子。

它摇了摇颈上的铃铎，

想问问主人有没有弄错。

除此以外唯一的声音

是风飘绒雪轻轻拂过。

树林真可爱，既深又黑，

但我有许多诺言不能违背，

还要赶多少路才能安睡，

还要赶多少路才能安睡。

（飞白　译）

就诗学主张而言，弗罗斯特曾明确表明了自己的美学原则："一首诗应该始于情趣，而终于智慧。"(It begins in delight and ends in wisdom.)①他的一些抒情诗往往以新英格兰的自然景色开始，然后轻松自如地顺着口语体的自然节奏向前移动，最后在诗末以警句式的结论而告终。他的代表性的抒情诗《雪夜林边小立》即典型地代表了他的这一特色。

该诗构思朴实，用的也是日常说话的语言，显得单纯。然而，单纯的构思却表现出深邃的思想。在第一诗节中，雪夜骑马的农夫"我"被披上银装的树林所深深吸引，不由得不顾夜黑风寒，驻足欣赏美丽的自然景色，想与自然融为一体。第二诗节写小马的惊奇：主人为何在此停留？而在第三诗节中小马摇动铃铎，想问主人是否停错了地方？但作为回答的只有微风和雪花落地时的悄声细语。到了最后一个诗节，"我"从小景中得以顿悟，并没有被神秘的自然所俘获，而是要去行动，实现自己的诺言。

在这首四音步抑扬格的抒情诗中并没有什么理性的安排或是被强加什么高深莫测的含义。作者也只是以描写普通的自然景物作为开端，然后一步步地引导读者去思索、去感受自然的神秘以及人与自然之间的关系，到诗的最后得出一个富有智性的结论，以带有警句性质的两行复句来结束全诗。但两行复句虽然词语相同，含义却大为拓展。第一句"还要赶多少路才能安睡"是一般意义上的赶路和安睡，"go"与"sleep"是本意，而第二句"还要赶多少路才能安睡"则是转义了：要想安睡，就必须去完成人生的责任，"sleep"的另一层含义便是"die"了。诗人在此告诫自己不要虚度年华，这样，一句重复，使全诗得到了哲理的升华。

---

① Richard Gray：*American Poetry of the Twentieth Century*，Longman Group UK Limited，1990，p.134.

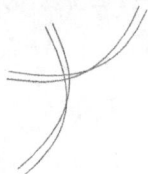

The Road Not Taken
Frost

Two roads diverged in a yellow wood,
And sorry I could not travel both
And be one traveler, long I stood
And looked down one as far as I could
To where it bent in the undergrowth;

Then took the other, as just as fair,
And having perhaps the better claim,
Because it was grassy and wanted wear;
Though as for that the passing there
Had worn them really about the same,

And both that morning equally lay
In leaves no step had trodden black.
Oh, I kept the first for another day!
Yet knowing how way leads on to way,
I doubted if I should ever come back.

I shall be telling this with a sigh
Somewhere ages and ages hence:
Two roads diverged in a wood, and I —
I took the one less traveled by,
And that has made all the difference.

没有走的路
弗罗斯特

金黄的林中有两条岔路,
可惜我作为一名过客,
不能两条都走,我久久踌躇,
极目遥望一条路的去处,
直到它在灌木丛中隐没。

我走了第二条,它也不坏,

而且说不定更加值得，
因为它草多，缺少人踩；
不过这点也难比较出来，
两条路踩的程度相差不多。

那天早晨两条路是一样的，
都撒满落叶，还没踩下足迹。
啊，我把第一条路留待来日！
尽管我明白：路是连着路的，
我怀疑是否还能重返旧地。

此后不论岁月流逝多少，
我提起此事总要伴一声叹息：
两条路在林中分了道，而我呢，
我选了较少人走的一条，
此后的一切都相差千里。

(飞白 译)

弗罗斯特的名诗《没有走的路》也体现了"始于情趣，而终于智慧"的诗学主张。该诗也是以描写普通的意象——树林中两条岔路开始，岔路极为平常，"撒满落叶，还没踩下足迹"，到了最后也得出一个富有智性的结论。

普通的两条岔路到后来被象征性地代表着人生的两条道路、两种经历。人生道路中的偶然的、没有情理的选择，会有意无意地造成千差万别，形成完全不同的人生色彩。而一旦作出了选择，作出了不愿随波逐流而要勇于探索和创新的选择，那么就得一条路一条路地走下去，再想回头走到原先的岔道却是根本不可能的了。虽然抒情主人公所选择的是较少人所走的道路，但是，既然作出了选择，也只能义无反顾地走下去了。这平易的诗句，却给人生旅途的过客留下了无穷的思考。

这首20行的诗歌采用的是五音步抑扬格，押韵方式为ABAAB。全诗结构精巧，第一诗节陈述情境：秋林中所面临的两条道路；第二诗节叙述自己的选择——选择较少人走的一条；第三诗节继续描述道路，思考两条道路之间可能存在的区别；第四诗节作出智性的结论：简单的选择常常引发完全不同的结局。而最后透过"一声叹息"，我们所感受到的不仅仅是遗憾，或是怅惘，或是解脱，更是对人生旅程的无尽的感慨。

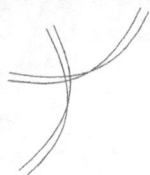

Silentium

Osip Mandelstam

She has not yet been born:
she is music and word,
and therefore the untorn,
fabric of what is stirred.

Silent the ocean breathes.
Madly day's glitter roams.
Spray of pale lilac foams,
in a bowl of grey-blue leaves.

May my lips rehearse
the primordial silence,
like a note of crystal clearness,
sounding, pure from birth!

Stay as foam Aphrodite
and return, Word, where music begins:
and, fused with life's origins,
be ashamed heart, of heart!

沉　默

曼杰利什坦姆

此刻她还没有诞生，
　她是词句也是音乐，
　她是一个未解的结，
联结着一切生命。

大海的胸膛静静呼吸，
　白昼亮得如此疯狂，
　盛开着海沫的白丁香
在蓝黑色的玻璃盆里。

但愿我的口学会沉默——
　回到沉默的泰初，

宛如水晶的音符，
一诞生就晶莹透彻！

留作海沫吧，阿芙洛狄忒！
让词句还原为乐音，
让心羞于见心，
而与生命的本原融合！

(飞白 译)

曼杰利什坦姆(1891－1938)出生于华沙的一个犹太商人家庭，小时候随同父母迁居彼得堡。中学毕业后，曾游历巴黎和德国，并在巴黎大学和海德堡大学听课。自1910年开始发表作品，1911年入彼得堡大学，并参加古米廖夫等组织的"诗人车间"，1912年加入"阿克梅派"，成了该文学团体的创始人之一和"阿克梅派"的重要成员。

曼杰利什坦姆自1910年开始发表诗作，1913年出版第一部诗集《岩石》。1922年出版第二部诗集《忧郁》。1928年出版《诗集》。自30年代起，他遭受不幸，被诬陷入狱，从1935年到1937年，被流放到沃罗涅什，流放归来不久，于1938年5月再度被捕，同年12月原因不明地去世。直到1967年，他才被苏联正式平反昭雪，恢复名誉，指出他是惨遭冤狱，被非法镇压的。

曼杰利什坦姆的诗作在杂志上一发表，就曾受到称赞，引起当时文学界较大的反响。有一位评论家认为："读了这位年轻诗人漂浮着一层薄雾的诗篇，心灵为之震动，不禁自语道：'这为什么不是我写的？'"但是，由于他把艺术家的自由精神看得高于一切，因而与当时苏维埃国家的政治气氛不甚协调。特别是30年代，由于特定的历史条件，诗人遭遇了许多的不幸。他在知己的小圈子里朗诵诗歌抵制斯大林的个人迷信，讥刺民主与法制遭到严重破坏的现象，因而被苏联公安人员拘捕。1938年，曼杰利什坦姆在海参崴附近的劳改营暴死之后，他的作品就一直被禁，直到平反昭雪以后的1973年，苏联才出版了他的一本诗选。1986年，苏联成立了由罗日杰斯特文斯基任主席的曼杰利什坦姆文学遗产委员会，收集、整理、出版他的作品。

对于曼杰利什坦姆的诗歌，20世纪80年代之前一直是褒贬不一，持反对态度的人对他的诗作竭力贬低。如著名文学评论家沃尔科夫认为曼杰利什坦姆的诗"是浸透了个人主义而与群众相对立的！……诗人全然不顾及生活的现实规律性，把自己个人的法则带进了生活……"日丹诺夫把曼杰利什坦姆的观点视为阿赫玛托娃所犯"错误"的根源，认为"曼杰利什坦姆所主张的'返回中世纪'是与左琴科的'返回猴子去'遥相呼应的"。然而在英美等国家,他一直为人们所瞩目,与阿赫玛托娃、茨维塔耶娃、帕斯捷尔纳克等被称为"20世纪俄罗斯诗坛的四巨匠"。80年代以后,随着他作品的公开发表,他作为俄罗斯著名诗人声誉愈来愈高,也被俄罗斯评论界认为是20世纪最伟大的俄罗斯诗人之一。甚至是那首以"我们活着,却不知国家何在"这一诗句开头的短诗,那首曾使他被捕、并为之付出了生命代价的16行短诗,也被诗人罗日杰斯特文斯基认为是"一首最真诚、最惨烈的悲剧史诗","内涵却能与一部巨大的史诗相媲美"。

曼杰利什坦姆的抒情诗语言较为难懂,主题较为隐晦,诗中充满着复杂的文学联想。但是,他打破了传统的诗歌语言结构,向情节、主题等传统形式进行了挑战。对现实世界的失落感,被扭曲的心灵的苦,使他转入对潜意识领域的挖掘,企图寻回在现实世界失去的东西。就使得他的诗有一种内在的冲力,独具特色。

《沉默》是曼杰利什坦姆的早期作品,作于1910年,收入1913年出版的他的第一部诗集《岩石》。当时,他是"阿克梅派"的重要诗人。从这首《沉默》中可以看出阿克梅派诗歌的一些特点:鲜明清晰、形式凝练、具体细腻,把情感和思想自然地蕴含在作为客观对应物的意象之内;同时又表现出受19世纪丘特切夫等现代诗先驱的影响,把情感从外部世界转回自己的内心世界。这首《沉默》与丘特切夫的一首诗同一标题,原文都是拉丁文"Slentium",在主题和诗艺方面,也有很多相似之处,丘特切夫在诗中赞颂"沉默",要把情感隐匿在内心,让情感和梦想在心灵深处"冉冉升起,又徐徐降落,/默默无言如夜空的星座"。曼杰利什坦姆在这首同名诗中则表现出要返回"沉默的泰初"的意愿,这个"沉默的泰初"在诗中就是先于诗歌和人类文化的大海的意象。

诗的开头就联系着大海,首先出现的"她"一词,有如谜一般的朦胧,但我们读到最后一节,再回头一看,就能看清这儿的"她"是指艺术和美神阿芙洛狄忒,她还没有诞生,是指"是词句也是音乐"的阿芙洛狄忒还没有从海沫中诞生出来,寓指返回到了人类文化尚未诞生的"沉默的泰初"。

接下去一节,诗人出色地描写了他所喜爱的意象——大海,在他看来,大海就是现实世界的"灵魂深处",他在主题相近的一首诗中曾经写道:我们"深黑的灵魂"离开了知识和语言,"像年轻的海豚游动在世界的灰色的深层"。而在这一节中,诗人一方面以超然的眼光,以宏观的角度来描绘大海,这样,汹涌澎湃的大海也不过是在轻声地呼吸着;另一方面,诗人以两种强烈的色彩来进行对照,来反映白昼(现实世界)和大海(深层世界)的强烈冲突。白昼狂热地发出亮光,但反而把大海映衬得更为神秘、深沉、宁静,"在蓝黑色的玻璃盆里""盛开着海沫的白丁香"这一诗句以出色的比喻描绘了在强烈阳光照射下的海面奇景。

接着,诗人有感于大海的沉默和宁静,表述了自己对沉默的渴求,盼望自己"回到沉默的泰初",回到像水晶一般晶莹透彻的地方,没有尘世间的欺辱和谎言。这与丘特切夫《沉默》一诗中所说的"思想一经说出就是谎"的观点颇有相似之处。

最后一节,诗歌回到了始初,联系大海的意象,和第一行遥相呼应,点明了主题,明朗了诗人的渴望:让从海沫中诞生的美神阿芙洛狄忒返回进海沫,让词句还原为音乐,让人的心灵融进生命的本原。这样的结尾,不仅扣住了诗中大海这一主题意象,而且无论在情感上,还是在思想上,都能深深地触动读者的心灵。

该诗原文韵律严谨,用的是抱韵,即 abba 韵,译文对此也作了忠实的、完美的传达。这种抱韵产生一种循环、回旋的效果,恰如其分地补充了诗中的返回"沉默的泰初"这一主题。

Thunderstorm, Instantaneous Forever

Boris Pasternak

After this the halt and summer
Parted company; and taking
Off his cap at night the thunder
Took a hundred blinding stills.

Lilac clusters faded; plucking
Off an armful of new lightnings,
From the field he tried to throw them
At the mansion in the hills.

And when waves of evil laughter
Rolled along the iron roofing
And, like charcoal on a drawing,
Showers thundered on the fence,

Then the crumbling mind began to
Blink; it seemed it would be floodlit
Even in those distant comers
Where the light is now intense.

Translated by Lydia Pasternak Slater

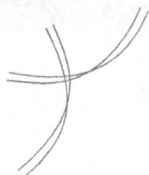

雷雨一瞬永恒

帕斯捷尔纳克

夏季就这样告辞了，
在半途之中，脱下帽，
拍一百幅炫目的照片，
记录下黑夜的雷声隆隆。

丁香花穗可冻坏了。
这时，雷，摘下一满抱
闪电——从田野摘来闪电
好给管理局做灯。

暴雨爆发，扑满篱笆，
仿佛炭笔画出无数线条；
穷凶极乐的波浪
漫溢在大楼的屋顶。

此刻，"意识崩溃"在使眼色
就连理性的那些角落——
那些明白如昼的地方
也面临如梦初醒的照明。

（飞白 译）

　　帕斯捷尔纳克（1890—1960），出生在莫斯科一个艺术气氛很浓的家庭。他自幼受到艺术的熏陶，醉心绘画，从13岁起开始接受了六年系统的音乐教育。后来他把美术与音乐方面的禀赋以及哲理性的思辨都成功地移植到诗的创作上，在诗的领域表现出独具的描绘景色的才能，在逼真细致的风景抒情诗中注入音乐的成分，而且从哲学的意义上以这种外部世界的描绘来揭示人类灵魂的深沉复杂的内部世界。

　　帕斯捷尔纳克于1908至1909年就激发了对现代诗的强烈兴趣，并开始与现代派诗人密切接触。他的第一部诗集《云中的双子星座》于1914年出版，1917年又出版了诗集《越过壁垒》。这两部诗集表现了诗人对自我的声音、生活的观点以及在五色缤纷的文学潮流中的自我位置的探讨，抒发了对生与死、爱与恨以及大自然的感受。

　　1922年《生活——我的姐妹》和1923年《主题与变奏》的出版，给诗人带来了巨大的声誉,使他进入了俄罗斯最杰出的诗坛巨匠的行列。《生活——我的姐妹》在对大自然和宁静生活的描绘方面,具有独到的创新之处,表现了人生与大自然的一体性。爱情的主题形成了大自然的配合旋律。他通过描绘风雪雷雨等自然现象来间接地表达情感和心境。《主题与变奏》更趋成熟,但情绪较为阴郁。爱情的主题更加戏剧性地呈现出来。在这部诗集中,作者采用类似变奏曲的技巧,强调了情侣的冲突与分离的母题。

20年代后期,帕斯捷尔纳克被写历史主题的普遍倾向所吸引,转向重大的社会主题和史诗体裁的创作。30年代初,帕斯捷尔纳克出版了诗集《第二次诞生》。诗集中有对自然景色的细致入微的描绘,也有对爱情的真挚细腻的赞颂,尽管仍不时流露出一种深沉的忧郁和哀怨,但总的来说,这部诗集中洋溢着一种新的情调。

他在创作后期,由于经过长期的探索,文字趋于简朴清新,不再沉溺于渺茫的描绘,克服了早期诗中的晦涩。在许多诗中,他以淳朴而富有诗歌激情的语言,描绘大自然的景色和自然界的现象,并把对大自然的描绘与普通的日常生活结合在一起,表现人们对色调柔和的大自然和周围人们日常关系中成千个瞬间和细节的细致感受,把风景抒情诗变为揭示人类灵魂的工具。他晚期的诗集同样受到人们的极大关注,他最后的诗集《雨霁》被人们认为是他诗歌创作的高峰。

除了诗作之外,他在晚年还完成了长篇巨著《日瓦戈医生》。1958年,他由于"在现代抒情诗和俄罗斯伟大叙事诗传统方面所取得的重大成果",曾被授予诺贝尔文学奖。

帕斯捷尔纳克吸收了俄国象征派的精巧的用词魔法;他发展了阿克梅派诗人对周围世界细部的敏锐观察;他学会了未来派的口语体用词风格和音调以及超现实主义意象……无怪乎《20世纪世界文学百科全书》称他是"唯一的一位以独特的方式把现代俄罗斯诗歌的三大流派的精华融合起来的俄罗斯诗人"。

抒情诗的创作,要以不全求全,从有限中见到无限。抒情诗不同于小说和戏剧,对事物运动作比较连贯的和完整的反映,而是和摄影艺术以及绘画艺术有某种相似之处,这就是捕捉和提炼典型的瞬间。从《雷雨一瞬永恒》一诗可以看出,帕斯捷尔纳克就是这样的一位诗人,他善于捕捉景色的每一个细部,以最大的真实再现他的"此时此地"的某一瞬间。当然,这种对细部的真实的描写,并非目的本身,而是通过它来凝结内心世界情感生活的全部浓淡色调,和丰富的、飘忽的、复杂的、多变的感受,使这些瞬间的情绪感受得以永恒。同时,在画面中还渗透着哲学的思考和探索。在《雷雨一瞬永恒》一诗

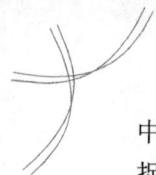

中,诗人企图在诗的形象中把感觉与现实、瞬间与永恒连成一体,赋予瞬间捕捉的画面以永恒的涵义。

该诗的标题就典型地实现了瞬间感受的永恒性,这种永恒性首先是在第一诗节中通过照相这一意象来捕捉的。雷犹如摄影师,闪电就如闪光灯,每一次闪动,便拍摄了眩惑的夜景,使瞬间得以永恒。在此,帕斯捷尔纳克看到了自然力与艺术家之间、自然物体与艺术作品之间的相似性。在他看来,自然是艺术家,是比喻的创造者,诗人只是记录器。瞧吧,"夏天"是一个正在辞别而去的访问者,"雷电"按动快门,给离别的夏天摄影留念。夏天虽然即将消逝而去,可这一瞬间却通过帕斯捷尔纳克的诗歌永远留存下来。

第二诗节中,丁香花穗的出现改变了意象,闪电变成了从田野采摘而来的花束,于是,雷从第一诗节的摄影师变成了采摘闪电、为房屋照明的"园丁"。

第三诗节中,诗的意象转变成了帕斯捷尔纳克常常喜爱使用的意象:暴雨、波浪,以此来表现自然界的剧烈的运动。但这种运动激起了诗人新的想象,使他看到自然与艺术的交替。诗中的"炭笔"一词更是突出地表现了自然力与艺术品的相似性。

在该诗的最后一节中,场景扩张了,放大了,毁灭性的雷雨魔术般地引来了内心意识的"崩溃",生理上的照明变幻成心理上的启蒙,于是,本来明白如昼的理性的角落也被照得如梦初醒,从而使诗歌的境界和含义都得到了升华,不是简单地捕捉雷雨时分的瞬间的图像,而是把自然界的剧烈的运动看成是人类的崩溃与人类的重生。

Hawk Roosting[①]

Ted Hughes

I sit in the top of the wood, my eyes closed.

Inaction, no falsifying dream

Between my hooked head and hooked feet:

Or in sleep rehearse[②] perfect kills and eat.

The convenience of the high trees!

The air's buoyancy[③] and the sun's ray

---

① roost [ruːst] n. a place for temporary rest or sleep. vi. to rest or sleep on or as if on a perch or roost.

② rehearse [riˈhəːs] v. 预演;排演。

③ buoyancy [ˈbɔiənsi] n. 浮性;浮力。

Are of advantage to me;
And the earth's face upward for my inspection.

My feet are locked upon the rough bark.
It took the whole of Creation
To produce my foot, my each feather：
Now I hold Creation in my foot

Or fly up, and revolve it all slowly—
I kill where I please because it is all mine.
There is no sophistry① in my body：
My manners are tearing off heads—

The allotment of death.
For the one path of my flight is direct
Through the bones of the living.
No arguments assert my right：

The sun is behind me.
Nothing has changed since I began.
My eye has permitted no change.
I am going to keep things like this.

栖息枝头的老鹰
特德·休斯

我坐在树木的高梢,闭上了双眼。
一动也不动? 在我钩状的鼻子
与钩状的爪子之间,没有虚假的梦:
不会在沉睡中排演完美的捕杀和饱餐。

高高的树木可真便利:
空气的浮力和太阳的光线,
都给我提供了优越条件;
大地的脸膛向上仰起,任我检验。

---

① sophistry ['sɔfistri] n. 诡辩。

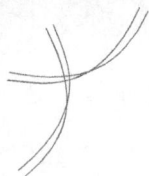

我的爪子钉在粗粝的树皮上。
花费了全部的天地万物
才造出了我的爪子和根根羽毛；
我现在把乾坤用爪子抓住，

或者飞上云霄，慢慢地旋转万物，
我随心所欲地宰杀，因为全都归我。
我的身上没有诡辩法，
我的规矩就是撕碎别的头颅。①

　　特德·休斯(1930—1998)出生于英国约克郡，是英国著名的桂冠诗人。
特德·休斯的这首《栖息枝头的老鹰》，是老鹰在树梢上的独白，老鹰俯视大
地，居然认为他的爪子控制着乾坤，要"随心所欲地宰杀"，并声称他的规矩
"就是撕碎别的头颅"。他断言不允许世界有任何变动。休斯说，他曾想到了
希特勒之流的人格，这首诗是对法西斯心理本质的奇异的洞悉。该诗对 20
世纪 60 年代英诗中的戏剧独白的复兴所产生的影响，也是难以估量的。

　　这位以写动物诗登上文坛，并以写猛禽凶兽的动物诗而著称的特德·休
斯，热衷于用锋利的笔触和激情表现自然界、生物界和人世间的力量和抗争。
他受叶芝、欧文、劳伦斯以及布莱克等人的启发，在诗中经常运用形象化比
喻，他的艺术手法不同于一般的英美诗人，既不用传统的格律诗，也不用极不
整齐的自由诗，而是用半格律、半自由的混合体。他注重于刻画事物外形和
心态上的力量、精确性和具体性。

Morning Song

Plath

Love set you going like a fat gold watch.
The midwife slapped your footsoles, and your bald cry
Took its place among the elements.

Our voices echo, magnifying your arrival. New statue.
In a drafty museum, your nakedness
Shadows our safety. We stand round blankly as walls.

I'm no more your mother

---

① 吴笛译，见飞白主编：《世界诗库》第 2 卷，花城出版社 1994 年版，第 712—713 页。

Than the cloud that distils a mirror to reflect its own slow
Effacement at the wind's hand.

All night your moth-breath
Flickers among the flat pink roses. I wake to listen:
A far sea moves in my ear.

One cry, and I stumble from bed, cow-heavy and floral
In my Victorian nightgown.
Your mouth opens clean as a cat's. The window square

Whitens and swallows its dull stars. And now you try
Your handful of notes;
The clear vowels rise like balloons.

晨　歌
普拉斯

爱情使你开动起来,像只胖胖的金表。
接生婆拍击你的脚掌,你赤裸裸的叫喊
在自然界的要素中占了一席之地。

我们嗓音发出回声,放大你的来临。一尊新塑像。
在通风的博物馆,你的裸体遮蔽起我们的安全。
我们茫然伫立,像一堵堵墙壁。

我算不上你的母亲,就像一块浮云,
蒸馏出一面镜子,反射出自己
在风的手中被慢慢地抹除。

你的飞蛾般的呼吸在单调的红玫瑰中间
通宵达旦地扑动,我醒来倾听:
遥远的大海涌进我的耳朵。

一声哭叫,我从床上滚下,像母牛一样笨重,
穿着花花绿绿的维多利亚式的睡衣。
你的嘴张了开来,像猫嘴一样纯净。方形的窗户

开始变白,吞噬一颗颗黯淡的星星。现在,
你试验着一把音符,

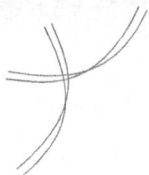

清晰的元音气球般地冉冉升起。

（吴笛 译）

在美国"自白派"诗人中,西尔维亚·普拉斯(1932—1963)这位女诗人的人生经历是极为凄惨的。她在诗中所展现的已经不是一般意义上的悲哀了,而常常是一种几近绝望的自我揭露和自我毁灭的情绪。

西尔维亚·普拉斯善于以简略的语言、怪诞的象征将因父亲的早亡、婚姻的不顺等个人因素而产生的极度的内心的痛苦、个人的隐私、自杀的冲动以及对家庭生活和家庭人员的怀疑、怨恨、失望等坦率地公之于众,这些对自我心理状态的刻画和剖析对当代英语世界的诗歌具有深刻的影响。

如她在《拉扎勒斯女士》一诗中,甚至要以死亡来证实自我存在和自我能力,认为"死亡是一门艺术",还要使它"分外精彩",而晚期的重要作品《边缘》这一标题指的就是精神崩溃的边缘、自杀的边缘(她的长篇小说《钟罩》中一个姑娘在精神病院的体验,常常在她晚期的诗歌作品中得到重新描写)。该诗给人造成一种既恐怖又宁静的感受,同时也给陈旧的描写女尸美的主题注入了新的活力。正因如此,有的论者在评论自白派诗人普拉斯诗歌创作时说:"普拉斯的诗作可以被当成详尽的自我毁灭的记事簿来阅读。"①

《晨歌》在某种意义上来说,记录的也是"自我毁灭",但是,这一"自我毁灭"是与对新生命的赞美结合在一起的。其主题与美国诗人霍尔的《我的儿子,我的刽子手》一诗非常接近。

第一节首先形象性地说明新生命的来源,这一新的生命是由于"爱情""开动"的结果,于是,新的生命"像只胖胖的金表",并以自己的哭声宣告"在自然界的要素中占了一席之地"。

接着,在第二诗节和第三诗节,女诗人富有哲理地阐述了新的生命与母体之间的辩证关系。在普拉斯看来,一个新的生命的诞生,象征着另一个旧的生命的衰败,所以,她用"你的裸体/遮蔽起我们的安全"来表现这种辩证关系。所谓母亲,不过是"一块浮云","蒸馏出一面镜子",然后,对着这面镜子,看着自己怎样年岁"慢慢地抹除"。

然而,尽管新的生命的成长记录着旧的母体的逐渐毁灭,女诗人仍然以初次作为母亲的欢快,歌唱自己的"晨歌"。诗的最后两行:"你试验着一把音符,/清晰的元音气球般地冉冉升起"体现了欢快之情和对新的生命活力的由衷的赞叹。

---

① Fred Moramarco & William Sullivan: *Containing Multitudes*, *Poetry in the United States since* 1950, New York: Twayne Publishers, 1998, p. 89.

Dead Still

Andrei Voznesensky

Now, with your palms on the blades of my shoulders,
Let us embrace:
Let there be only your lips' breath on my face,
Only, behind our backs, the plunge of rollers.

Our backs, which like two shells in moonlight shine,
Are shut behind us now;
We lie here huddled, listening brow to brow,
Like life's twin formula or double sign.

In folly's world-wide wind
Our shoulders shield from the weather
The calm we now beget together,
Like a flame held between hand and hand.

Does each cell have a soul within it?
If so, fling open all your little doors,
And all your souls shall flutter like the linnet
In the cages of my pores.

Nothing is hidden that shall not be known.
Yet by no storm of scorn shall we
Be pried from this embrace, and left alone
Like muted shells forgetful of the sea.

Meanwhile, O load of stress and bother,
Lie on the shells of our backs in a great heap:
It will press us closer, one to the other.

We are asleep.

Translated by Richard Wilbur

凝

沃兹涅先斯基

用你的双手捧住我的双肩,

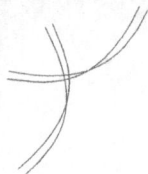

抱紧!

只感到呼吸—— 唇对唇,

只感到大海在背后,浪花飞溅……

我俩的背—— 两个月光贝,

隔绝了背后的外界。

他们互相倾听,紧紧连接,

生活的公式啊,统一的相对。

在人世插科打诨的风前,

我们用肩膀严严实实

掩护我们间发生的事,

像用两只手掌保护一朵火焰。

据说每个细胞中都有灵魂。

如果当真的话,

请把你的气窗开大。

我的每个毛孔中

都会有你被捕获的灵魂

像雨燕似的扑腾,拍打!

一切秘密终将暴露。

难道我们会被口哨的风暴攻克,

裂开成为沉默的雕塑,

成为两个不再嚓嚓的贝壳?

尽管压过来吧,闲话和是非,

压向贝壳—— 我们弹性的背!

至少在目前,只能把我们

压得更近。

让我们睡。

(飞白 译)

20 世纪俄罗斯著名诗人沃兹涅先斯基(1933—)无疑是一位具有传奇色彩的先锋派诗人,他虽然毕业于莫斯科建筑学院,毕生从事的却主要是诗歌事业,以《抛物线》、《长诗〈三角梨〉里的三十首抒情离题诗》、《镂花巧手》、《反物质世界》等 40 多部诗集赢得了广泛的声誉,受到国内外的普遍关注。1996

年,在巴黎的一个艺术节期间,巴黎的《新观察报》称他为"当代最伟大的诗人"。2000至2003年他的6卷集《沃兹涅先斯基作品集》的出版更是受到评论界的好评。

作为一个"诗歌建筑师",他所坚持的诗学是他自己所称的"建筑学的缪斯",我们从他广为传诵的著名的抒情诗《凝》中就可以感受到,支配他诗歌创作的"缪斯"是一种将视觉艺术和语言艺术巧妙结合起来的相互适应感、和谐感和建筑结构感。其实,翻开俄文版的《沃兹涅先斯基作品集》,映入眼帘的各种符号、名称、图案、电报电文、阿拉伯数字、数学中的分数和带分数,等等,一定会使读者感到困惑莫解,觉得晦涩朦胧,然而诗人所作的各种尝试和实验倒也难能可贵,他坚持认为,"诗歌有自己的独立的生命、性格。有时它不顾作者的意志,不遵循语法规则"。他还认为,"诗歌未来的出路在于各种联想。"正因为他的诗联想复杂、隐喻过多,视觉形象过于丰富,所以不易理解。

但在《凝》一诗中,俄罗斯传统的诗学技巧与现代的诗学探索结合得尤为精妙,既有深邃的意境,又有清新的语言,诗歌形象鲜明,既有传统风味,也有"现代"色彩,生动感人,易于领悟。

《凝》是一首情感强烈的爱情诗。标题中的"凝"一词就起到了画龙点睛的效果,该词指的是凝结不动,突出地表现了该诗在视觉方面的艺术追求。

诗的第一节,我们通过抒情主人公的言语,可以清晰地感受到在我们眼前呈现出的是一幅栩栩如生的海边的画面:大海拍岸,浪花飞溅,大海的岸边,一对情侣紧紧偎依,仿佛凝结成一尊雕塑。这一景象是较为常见的,但是,诗中"只感到"一词的重复出现,却使该诗的意境得以加深,转换了空间结构,苍茫的宏观宇宙空间变小了(大海在背后),精细的个人的微观世界扩展放大了(唇对唇),仿佛电影镜头由远及近地推移,构成了一个特写镜头和定格的画面。

众所周知,诗与画的关系问题,一直被人们所关注,18世纪的莱辛在《拉奥孔》中经充分的论证,提出了诗画不同质的观点:"画凭借线条和颜色,描绘那些同时并列于空间的物体,诗通过语言和声音,描绘那些持续于时间的动作。"[①]但他并没有完全隔绝两者,而是认为:"绘画也能模仿动作,但是只能通过物体,用暗示的方式去模仿动作……诗也能描绘物体,但是只能通过动作,用暗示的方式去描绘物体。"[②]沃兹涅先斯基是一个深深懂得这种空间艺

---

① 伍蠡甫:《试论画中有诗》,选自曹顺庆选编:《中西比较美学文学论文集》,四川文艺出版社1985年版,第374页。

② 莱辛:《拉奥孔》,人民文学出版社1979年版,第83页。

术能够寓动于静、时间艺术可以化动为静的诗人。他在第一诗节描绘的凝固不变的海边景象的基础上,又在第二诗节增添了"月光贝"的意象。诗人将这对恋人的背部比作"月光贝",来隔绝与外部世界的联系,隔绝世事的严峻,而完全沉浸于爱情的欢乐之中,从而只有了精神的沟通和相互的感知,忘却了周围的一切……

沃兹涅先斯基又是一个极为推崇联想和隐喻的抒情诗人,他曾经说:"隐喻是形式的马达。20世纪是变化和变形的世纪,今天的松树是什么? 是贝纶? 是火箭的有机玻璃? 诗歌首先是奇迹,感情的奇迹,声音的奇迹和那个'稍微一点点'的奇迹,没有它,艺术就不可思议,它无法解释。"①在接下去的三四两节诗中,诗人便充分发挥了自己的联想和隐喻的才能。

第三节中,沃兹涅先斯基充分运用自己的艺术想象力,将抽象化为具体,具体化为抽象,虚实相交,相互映衬。诗人用具体的"肩膀"来掩护抽象的"事件",用可触的"手掌"来保护虚幻的"一朵火焰",抵挡"插科打诨的风"。这是一朵纯洁的、炽热的爱情之焰,抒情主人公用生命之手保护着它,免受外部的侵蚀,让这朵爱情的火焰能够永恒地燃烧。在此,诗人以有形的诗句,表现了无形的深邃的境界和闪动着的情丝。

第四节中,沃兹涅先斯基的比喻更加形象化,抽象事物更加具体化,你中有我,我中有你,灵魂也在相互感化、相互渗透。由"细胞"、"气窗"、"毛孔"、"灵魂"、"雨燕"、"扑腾"等意象和词语所锤炼出来的诗句,恰如其分地传达了心灵的沟通、爱情的力量和血性的领悟。这是一种生理的力量,更是一种心理的力量、精神的力量。

当然,爱情的力量有时也会与社会因素形成尖锐的冲突,受到某些社会因素的强大压力,所以,诗中的抒情主人公在歌颂了灵魂的沟通和爱情的力量之后,又在结尾部分发出了担忧的感慨以及面对可能出现的灾难所抱有的坚定的信念。

抒情主人公面对人生苦涩的现实,面对"风暴",面对各种流言蜚语,担忧爱情的火焰抵挡不住风暴的侵袭,担忧他们的"月光贝"承当不住太多的重负而迫不得已地从此分裂,变成两片不再嘁嘁作响的、失去生命活力的"贝壳"。

但是,这一担忧之中,更蕴涵着一种坚定的信念,相信他们的爱情能够经受时间和空间的任何考验,即使经历了暴风骤雨,也会归于宁静,也会"压得更近"。

这样,感情的波澜随着心绪的起伏而起伏,感情波澜的一起一伏,都表现

---

① 转引自许贤绪著:《20世纪俄罗斯诗歌史》,上海外语教育出版社1997年版,第525页。

了抒情主人公对人生的思考和新的认识。而每一次起伏,都把情感、思想以及对读者的感染力向前推进了一步。诗人还采用反讽的技巧,抒写对逆境的展望,来加强抒情主人公抵抗流言蜚语的决心。此时,抒情主人公不再顾及周围的一切,愿让一切闲言碎语和是非曲直都压过来,即使压得粉碎,他们也心甘情愿。而且至少在目前,只会把他们压得更加亲近,促使他们更加心心相印,凝成一体。这样,反讽的技巧又增强了诗中哲理的深度。

诗的节奏时强时弱,韵式变化多端,激荡着人们的心扉,诗行的音步时长时短,时而完整,时而"短缺",形成了与诗歌语义相符的情绪结构:在尽情享受爱的欢乐的同时,也潜藏着对严峻生活的一丝忧戚。

可见,沃兹涅先斯基在《凝》一诗中,不同《戈雅》等作品中对声响等听觉形象的关注,而是表现出了"诗歌建筑师"的本色,在一定的意义上成了"用文字写出诗歌'雕像'"的"文字雕刻家"。① 诗中主要强调的是视觉效果,通过凝固不动的建筑学意义上的静态形象,来表现极具动态效果的汹涌澎湃的人类情感的波涛。

Night in the Motherland
Nikolai Rubtsov

The oak tree's tall. The water's running deep.
The restful shadows 'round begin to steal.
And there's such silence up on you to creep
As though the nature here knew no ordeal!

And there's such silence up on you to creep
As though no roof heard any tell of thunder!
No wind along the pond will break its sleep,
No farmyard straw will rustle somewhere under,

Nor often is a drowsy crake's cry sung⋯
I'm back — the past will not return again!
It's just as well; let this at least remain,
Let this short moment last, at least stay young,

When there's no woe your soul has got to weep,

① 周式中等主编:《世界诗学百科全书》,陕西人民出版社 1999 年版,第 347 页。

And it's so restful as the shadows reel,
And there's such silence up on you to creep
As though in life there should be no ordeal,

And your own heart which you will not repent
Of having all drowned in a mystic probe,
Is taken hold of with the bright lament
Like moonlight takes hold of the earthly globe…

Translated by Irina Kulikova

故乡之夜
鲁勃佐夫

高耸的橡树。深邃的水塘。
寂静的夜影躺倒在四方。
没有声响，万籁俱寂，
仿佛自然界从未经受震荡。

没有声响，万籁俱寂，
仿佛屋顶从未听过雷声轰隆！
池塘边不曾有轻风吹拂，
庭院里的干草也不曾沙沙响动。

睡眼惺忪的秧鸡叫声稀落……
我已归来—— 往事却一去不返！
怎奈何？但愿此景长留，
但愿此瞬永恒地延长：

当心灵不再被灾难惊动，
当阴影游移得这般安详，
没有声响，万籁俱寂，
仿佛人生不再有震荡，

当整个心灵毫不遗憾地
全都沉入美好的神秘，
当明亮的哀愁笼罩着心灵，
宛若溶溶的月光笼罩着尘世……

（吴笛 译）

俄罗斯 20 世纪低语派最杰出的诗人尼古拉·鲁勃佐夫（1936—1971）的诗歌婉约缠绵，并且具有一种俄罗斯诗人所固有的忧郁的气质。他著名的《故乡之夜》一诗，既表现了对故乡、大自然的眷恋心情，也可从中听到诗人惆怅、迷茫乃至略带哀怨的声音以及对人类纷争的担忧和内心世界的对宁静和安详的企求。

在这首作于 60 年代末期的《故乡之夜》中，作者把对故乡的思念和怀旧的主题融会进一片宁静的境界，使得全诗既弥漫着一种清新、宁静的基调和动听、迷人的音乐气氛，又渗透着若隐若现的感伤成分。柔和的静悄悄的故乡之夜充满了诗情画意和纯真的温馨，开头一行"高耸的橡树。深邃的水塘"，就单刀直入地把读者带进了富有神秘感的静谧之中。万籁俱寂，就连夜影也安宁下来，不再浮动。然而，诗歌表层的宁静里面，却又搏动着不宁静的心灵。在一片具有梦幻色彩宁静的境界中，却又注入了诗人的一缕缕"明朗的哀伤"，迸发出对宁静产生怀疑的火花。这种明朗的哀伤是普希金—叶赛宁式的哀伤，怪不得他被认为是叶赛宁风格的继承者。

在第一、二两节诗中，宁静的基调是建构在"仿佛"之上的，"仿佛"和"宛若"，把人的思绪引入了梦幻境地，忘却了现实中的一切，仿佛喧嚣的现实世界已成为往昔，永不复返。然而，这种"仿佛"不过是与事实相反的虚拟而已，在梦幻般的宁静的境界之中，其实渗透着诗人疑虑、苦闷的情绪和忧郁的气质。因为现实生活并不像这故乡之夜中的宁静的瞬间，现实世界还充满了喧嚣，充满了雷鸣，沸腾着暴风骤雨，翻滚着滔滔白浪。过去有过震动，遭受过灾祸，将来还会有震动。因此，在最后两个诗节，诗人怀着一颗充满灾祸感的心灵，发出一种对宁静的祈求，祈求这一宁静的瞬间停留下来，变成永恒，让这瞬间的内心感受持续下去，直至永远，这样，就没有灾祸触摸心灵，而且，疲倦的受伤的心灵也能在柔和月光轻轻的抚爱之中，慢慢地忘却过去的灾祸，沉没于神秘之波，融会于眼前这片使瞬间变为永恒的寂静。

该诗笔触细腻优美，内心感受和思想感情的波动随着对故乡之夜自然景色的描绘而变化，直至最后诗人渴求自己的心灵在大自然的宁静中得到安抚，如同世界被月光的魔力所沐浴。

图书在版编目(CIP)数据

世界名诗欣赏. / 吴笛著. —杭州：浙江大学出版社，
2008.5(2022.5 重印)
ISBN 978-7-308-05898-8

Ⅰ.世… Ⅱ.吴… Ⅲ.诗歌－文学欣赏－世界－高等学
校－教材 Ⅳ.Ⅰ106.2

中国版本图书馆 CIP 数据核字(2008)第 054179 号

世界名诗欣赏

吴 笛 著

责任编辑	钟仲南	
封面设计	刘依群	
出版发行	浙江大学出版社	
	(杭州天目山路 148 号 邮政编码 310028)	
	(E-mail：zupress@mail.hz.zj.cn)	
	(网址：http://www.zjupress.com	
	http://www.press.zju.edu.cn)	
	电话：0571—88925592，88273066(传真)	
排　　版	浙江大学出版社电脑排版中心	
印　　刷	广东虎彩云印刷有限公司绍兴分公司	
开　　本	787mm×960mm　1/16	
印　　张	16.75	
字　　数	292 千	
版 印 次	2008 年 5 月第 1 版　2022 年 5 月第 6 次印刷	
书　　号	ISBN 978-7-308-05898-8	
定　　价	29.80 元	